# 岸辺のアルバム

TAichi YamAda

JN138066

山田太一

P+D BOOKS
小学館

目次

# はじめの波紋

「カテイチョウサ？」と則子《のりこ》はきいた。

「そうです。家庭調査センターです」と電話の男がいった。「無差別抽出《ちゅうしゅつ》で、お電話していま
す」

「どんな事でしょう？」

そこまでで則子は、もう嘘を感じていた。男の声に不真面目なところはなかった。落ち着いた低い声で知的な匂いがあった。しかし、仕事であちこちにかけている声ではない。電話のベルで則子が出ると「田島《たじま》さんでいらっしゃいますか？」と男はいった。その声がすでにドキリとするほどひそやかだった。思い切って男が女にかけているというところがあった。

「現在の場所に、何年前からお住まいですか？」

「九年とちょっとかしら」

「お住まいの種類は――その、たとえばマンションであるとか」

「一戸建てです」

「御家族の構成は？」

「主人と子供ふたりです」

「お子さんは——つまり、お嬢さんであるとかいうことですが」

「上が女で下が男です」

「上がお嬢さん、下が坊《ぼっ》ちゃん」

男は書きとめるように、小さくくりかえした。電話の向こうは静かだった。男のいう通りなら、他の社員がかける電話の声があってもよかった。

「御主人は、どういう方面のお仕事でしょうか?」

「会社員です」

「会社員——」

男は、また書きとめるように黙った。「忙しいから」と切ってしまう方が自然な気がした。しかし、則子は切らなかった。

「おそいんでしょうね、つまり、お帰りがということですが——」

「ええ。商社なものですから」

「商社へおつとめですか?」

「ええ」

「へえ——」

自分より若い男を則子は感じた。

「それでですね」

「ええ――」

短く迷う気配があった。

「浮気のお相手は何人ぐらいですか?」

「え?」

「浮気の相手です。奥さんの浮気の相手です」

口早になるのを押さえているのが分かった。息づかいが聞こえた。

「秘密にしましょう。人妻の七〇パーセントは浮気をしています。私は何人だって、おどろきませんね」

則子は切らなかった。

「いかがです? 何人のひとと経験がありますか? 何人の男とやりましたか?」

男の声は少しふるえた。何故切らないのだろう、と則子は自分で思った。

「数えているんですか?」

男は痙攣《けいれん》するように短く笑った。則子は黙っている。その沈黙に忽《たちま》ち追いつめられたように、
男は抗《あらが》うような声になった。

「五人か十人か知らないけど、奥さんの知っている世界など、たかが知れてると思いますね」受話器を耳からはなした。「奥さんは何もしらないと思うな」切りぎわに、そんな声が聞こえた。

カナリアが鳴いている。細カナリアである。

十月だった。あたたかいよく晴れた日で、あけはなしたガラス戸に近く鳥籠を置いていた。掃除を終えたところである。小さな庭にベゴニアが数株、地味な花をつけている。

庭の向こうは低いブロック塀をへだてて多摩川《たまがわ》の堤防であった。

高い緑の土手で、居間にいると、視線の八割が土手の緑であった。その上は空である。土手の上を歩く人は、青空、曇り空、雨雲を背景にして、舞台の上の人物のように田島家階下の視野を横切って行った。

二階へあがると、多摩川が広々とひらけた。

対岸は川崎市《かわさきし》である。登戸《のぼりと》の家並、向ケ丘《むこうがおか》の丘陵が見渡せる。

川音は殆んど耳に入らない。よく聞く音は、やや上流にかかる小田急《おだきゅう》の鉄橋を渡る電車の通過音であった。

どうして平気なのだろう、と則子は思った。いたずら電話である。セックスについて露骨《ろこつ》ないい方をされた。

前にもそういうことがあった。この家ではない。前にいた下北沢《しもきたざわ》のアパートで、部屋に電話をひいた数日後に「いまひとり？」と中年男の声でかかった。

「いけないなあ、自分でそんなことをしちゃ。教えてあげるよ、私が。駄目駄目脱がなくちゃ。スカートをはいたまま手を入れたら皺《しわ》が寄るじゃないの」

その時は数か月たっても、思い出すと記憶を押しやりたい気持ちになった。年のせいだろうか。あの時が二十七、いまは三十八である。

「図々しくなったのね」と呟《つぶや》いてみる。

でも男を怒鳴りつけるほど図々しくはなっていない。黙って聞き、黙って切った。そこのところは十一年前と同じである。四十歳になるには、まだ三十九歳の一年と三十八歳の三か月と十数日がある。まだそんなに中年というわけではない。

声だわ。むしろ声だわ、と則子は思った。

声が前とちがっていた。前の男は猥雑《わいざつ》さが唾液《だえき》のように声を濡らしているという気がした。いまの男は、そうではなかった。かまえた低い声も、自分の言葉にうろたえたように、やや高く若さを露《あら》わにしかけた時も、育ちのよさのようなものがあった。いい声といってもいい。魅力があったといってもいい。

則子はひとりで小さく苦笑した。

男をほめている、と思った。洗面所の鏡の前に来ていた。

「バカみたい」

甘えた声を出し、鏡の中の自分につくり笑いをした。横顔になる。背筋をのばしてみる。正面になる。微笑して、首をちょっと曲げて、はずかし気な表情をしてみる。ひとりである。なにをしても自由だった。

「何人の男とやりましたか?」

電話の男の声を真似《まね》て、則子は鏡の中の自分を真顔で見つめた。

日が落ちて律子《りつこ》が帰ってくる。

「やあね、はしゃいでるの? お母さん」

電話のことを話すと、にべもなくそういった。

「はしゃいでるわけないでしょう」

「でも嬉しそうに話してたわ」

「すぐそういうこというんだから」

二人だけの夕食だった。

「明日吉祥寺《きちじようじ》でコンパをやるんだけど、スコッチ一本貰っていいかしら?」

「なんのコンパ？」

「何度もいったじゃない。ホンケンよ」

「ホンケン？」

「翻訳研究会よ」

「駄目。お父さん大事にしてるんだから」

「のまないじゃない」

「普段はのまないわよ」

「それがいやらしいのよね。飾っといて国産のんでるなんて、ずれてるわよ。スコッチなんてどんどん安くなってるのよ。大体お酒を棚におくっていうのが分からないわ。日本酒の一升《いっしょう》瓶《びん》ズラリと飾っておく人いるかしら？　洋酒だと棚におくっていうの、本当に変な趣味だと思うわ」

「居間におけば変だけど、食器棚ならおかしくないわ」

「のまないで見えるところに置いとくっていう根性がいやなのよ」

私立大学の英文科一年である。成績は小学校からよかった。この半年ほどで、みるみるあかぬけて美しくなった。自信があり、人の話を聞こうとしない。若さの只中《ただなか》にいて、自分のことで頭がいっぱいで、どんな人情も必要としていないという風に見えた。鼻息が荒くて、今のこの子には何をいっても無駄だという気に、よく則子はなった。

「いいわ、お父さんに直接交渉するわ」

謙作《けんさく》は断れないだろう。ついこの間は、福岡に転勤する部下に一本包んだ。この数年、海外出張がなくなっている。国内の繊維機械担当部長になり、前ほどブランデーもスコッチも補給がきかない。のまずに、なにやかやとなくなって行くのだった。

繁《しげる》の帰宅は八時半である。八時まで塾へ行っていた。高校三年の秋だ。学校の帰りに、ハンバーガーやラーメンで軽く空腹をなだめ、帰ってからちゃんと食べるという日が週四日組みこまれていた。

「レーシング・カーってお母さん知ってるでしょ。鈴鹿《すずか》とかなんとかでガーッってやるやつ。あれのドライバーなんてのはさ、すごく貧富の差が激しいんだって。だってほら、マシンだから金がかかるでしょ。だから、本当にマシンが好きで、修理工場なんかにいてさ、段々ドライバーになったやつと、金持ちの息子《むすこ》なんかで、ドンとすげェの親に買わせてドライバーになった奴《やつ》といるわけよね」

「もう少し綺麗《きれい》に食べて頂戴」

「そういうのが一緒に走るでしょ。あいつやっちまおうかってさ、悪いのが走る前にゴチョゴチョっていうんだって。そいで金持ちの息子のを、二、三台でひっかけに行くわけよね。ガーッ、ガガガガッって、横からせまったりさ。こりゃ怖いよね。下手すりゃ死んじゃうんだからさ」
「本当にお魚の食べ方、小学校の頃から変わらないんだから」

「一度ほんとに見てみたいなあ。事故おこして、キュルキュルひっくりかえって、ブワッって燃え上がってさあ」

繁には律子のように、意地の悪いところはなかった。気が好くて、帰ってくると一日のことをよくしゃべったが、これも母の話をきくというところまではいかなかった。成績は中以下で、国立は勿論、私立もかなりランクを落とさなければあぶないといわれていた。しかし、本人はそんなことであまり悩んでもいないように見える。食べながら、しゃべりたいことをしゃべりまくると、留守中にタイマーで録音していたＦＭの音楽を確かめに二階へ駆け上がり、バタンとドアが閉まった。

あとは謙作である。

十二時までは待つことにしている。すぎると床に入った。起きていてもいいのだが、謙作が寝ていろ、という。待っていると思うと、歯切れのいい仕事が出来ない、という。夜中までなにが仕事かと思うが、今日はのみたくないといい、事実朝から疲れた顔で出て行きながら、夜半まで帰らない日が続くと、好きなだけではないのだ、と思う。契約をとるのに、酒をのみ麻雀《マージャン》をしなければいけないとは、やりきれないことだと思うが、どこまでどうなのか則子には分からない。仕事の話を謙作はしなかった。家に持ちこまないのが男らしいと思っているふしがある。

そのかわり家のこともごたごた耳に入れるな、というのだが、それでは夫婦で黙りっこをしているようなもので、なんのために一緒にいるのか分からない。そういうと、「気分のいい話をすればいいんだ」という。

繁の部屋があんまり汚いので掃除をしようとすると「いじらないでっていってるじゃないか」と怒る。そんなら自分で綺麗になさい、というと分かった、という。いうだけでちっとも綺麗にしない。「お父さんから、なんとかいって下さい」というような事はいうな、というのである。

「気分のいい話なんて特別ないわ」

そういい返すと、黙っていた。面白くない顔をした。それから数日後、酔って帰ってタガがはずれたように反論をはじめた。

贅沢をいうな、というのである。一戸建てに住んで内職もしないで子供に手もかからず、亭主のつき合いの苦労にもまきこまれず、カナリア相手に暮していて、気分が悪いとはなんてェいい草だ。「拾えよ。俺が上衣を脱いでほうったら、すぐ拾えばいいだろ」

則子は拾った。こういう時は、さからわないことにしている。

同じ管理職でも、一、二年前に漸《ようや》くマンションを買い、その返済に奥さんは会計事務所のパートへ行き、その上その奥さんは、森岡《もりおか》常務が亭主の昇進の鍵だと判断すると、私宅の網戸の取りはずし、水洗いにまで行っている、という。

「そんなことをしろ、といってるんじゃないぞ。そんなことは、俺の生き方に反する。単に効果の点から考えても、あのかみさんは、見当ちがいの努力をして、亭主の足をひっぱっている」

しかし、お前が現状に不満だ、というのは贅沢だ。それだけはいっておく。それは精神の貧しさだ。俺がお前だったら、もっと豊かな生活をしてみせる。レコードを聞いたっていい、本を読んだっていい、展覧会へ行ったっていい。お前は何をしている、何をしてるんだ、とめずらしくしゃべった。

その謙作が、今日は十時すぎに帰った。

酒の匂いがなかった。

「お帰りなさい」

「ああ」

疲れた顔で謙作は寝室へ行く。

早いのね、といいかけたが、言葉に気をつけなければいけない。皮肉にとられると困る。十時は謙作の帰宅時間としてはたしかに早い。しかし、多くの家庭の常識からいえば、決して早いとはいえない。恨みがましくとられるのはいやだった。

「お風呂があるわ」

「ああ」

上衣をとり、ネクタイをはずす。拘束をはぎとるように、ワイシャツを脱ぐ。則子は、さめかけている風呂の火をつけに行く。

「明日、八時十二分のひかりで大阪だ」

「そう」

「三泊だ」

裸になると謙作は則子を追うように風呂場へ来た。

「ちょっとぬるいわ」

「いいよ」

身体もしめさずに湯船にとびこむ。

「ぬるいな」

乱暴に湯をかきまわした。

「だからいったのに」

則子は笑った。謙作は笑わない。両手で湯をすくい、顔に激しくかけると、何度か荒っぽく顔をこすった。かつては男らしかったそうした仕草が、いまは疲れた男の神経的な動作にかわっている。

「北陸を回るかもしれない。そうなれば、五泊ぐらいになるだろう」

絹糸系繊維の産地が北陸に集まっている。福井には、ナイロン、ポリエステルの工場もある。繊維機械販売にとっては、北陸は重要な戦場のひとつであった。

「背中、こすってあげましょうか」

「いいよ」

「だって背中よく洗ったことないでしょう」

「洗ってるさ」

「知ってるんだから。タオル回してゴシゴシやったことないでしょう?」

「あるさ」

「こすってあげる」

「いいよ、今日は」

謙作はちょっと苦笑するようにいった。しかし、いい方の底に、一人にしてくれよ、と大声でいいたいのを、かろうじて押さえている表情があった。

「お酒のむ?」

「ああ」

則子は風呂場を出て、ガラス戸を閉めた。いじらしいもんだわ、と自分で思った。夫が十時に帰ったことが嬉しいのである。「こんなに早く」帰ることが少ないので、ついはしゃいで、謙作が嫌がることを知りながら、背中を流すなどといった。ちょっとだが風呂場に長居をした。そういう感情を、かつての謙作は、わり合い察する方であった。いまは仕事の疲労がその余裕をなくしている。四十五歳である。この一、二年急に体力が落ちた。疲れが歴然としていて、則子の方で気をつかうことの方が多くなった。

酒というのは、謙作の場合、ウイスキーのオン・ザ・ロックである。

氷を出していると、もう風呂場の戸があいた。

「あら、もう?」

ふりかえらずにいうと、急に湯上がりの体温を背後に感じた。

裸のまま謙作は後ろから則子を抱いた。

「どうしたの?」

「たまには寝るか」

ささやくようにいった。詫びるような調子があった。

「いいわよ、なにも」

則子も苦笑しながら、やさしくいった。

「いいってことはないだろう」

ふり向かされて、軽く唇を合わせた。

「まだ二人共起きてるわ」

「かまうもんか」

「とにかく着て。冷えるもの」

はなれた。すると謙作は、けろりと寝室に向かいながら「川田の奥さん、入院してるんだそうだ」と関係のないことをいった。

「どうしたの？」

「膵臓炎《すいぞうえん》だと」

川田は謙作の大学の友人である。農林省で、あまり先行きのない位置にいた。

「川田さんから？」

「堀越《ほりこし》からだ。昼間電話があった」

見舞いに行った方がいいが、自分はまずくすると六日後でなければ帰れない。明日にでも一度行って来てくれ、というようなことを、謙作はパジャマを着ながらいった。

「膵臓炎て、どんなふうになるの？」

「急にものすごく痛がってな。押さえたってはねとばす勢いで、救急車呼んでも、のせるどころじゃないんだそうだ。医者がモルヒネを打ってやっと病院へ運んだっていうんだ」

「そんなすごいの」

「あのかみさん肥ってるからな。あばれたら川田じゃ押さえがきかない」

絶食をして、水ものまず、なんとか危機を脱したが、死亡率はかなり高い病気だと、やはり大学の友人の堀越からの受け売りをしゃべりながら、謙作はいつもの性急なのみ方で一杯二杯と続けてのみ干した。いつも急いでいた。いつも忙しがっているのだった。

「じゃ、寝るか」

三杯目をのみ干すと、謙作は立った。

「あした早いからな。来いよ」

「いや」

「どうして？」

「分かるでしょ」

「なんだ？」

「あした早いならしないで寝た方がいいわよ」

「いいから来いって」

謙作は寝室へ入ってしまう。これで則子が暫くいかなければ眠っているのである。もともと欲望はないのだ。仕事で力は使い果たしている。しかし一応、家族への義務は果たす、というところなのだ。

田島家には、十二冊のアルバムがある。そのどれもが一家四人の笑顔の写真で満たされていた。しかし、それはかなり謙作の作為だった。

周囲の家庭に比べると、一家四人で笑いあう事は子供が小さい時から少なかった。しかし、たまにそうしたことがあると、証拠を残すように謙作はカメラを持ち出した。見ろ、俺だって結構家庭につくしているじゃないかと、アルバムを開くと謙作のそんな声が聞こえるような気が則子はした。セックスも、それと同じ味気なさがあった。

「則子」

謙作が呼ぶ。返事をしなかった。

「則子」

めずらしく、二度も謙作は妻を呼んだ。

謙作は裸の則子を背後から抱くのを好む。

乳房に触れながら、尻との密着感もあり、耳から襟足《えりあし》へ唇を動かしながら「両手はどこへでも自由に動くからな」といった。キスだけは不便だが、首をひねれば出来なくはない。

そんなことをいい出したのは、二、三年前である。

つまりは、あまり動かずに多くのことが出来る体位ということであり、激しくあれこれと則子の裸体を動かすことが少なくなった。

今夜も、ほぼ二十日ぶりである。

「少し肥ったな」

「分かる?」

「ああ」

「お乳は大きくならないわ」

「いいさ」

「繁を生んだ頃なんか、いまの倍以上あったのに」

「倍以上ってことはないだろう」

「あら、あったわ」

「そうかそうか」

謙作は、則子を仰向かせ乳房に顔をうずめた。ふっと、いつもとちがうやさしさを感じた。

「なにかあった?」

「何故?」

「ううん」

こういう質問を謙作は嫌っている。つい聞いた。さっき則子を呼ぶ声からも、かすかな弱音のようなものを感じたのである。妻に甘えたい、という調子があった。

「働きすぎよ」

則子は、母のように謙作の髪を撫でた。

謙作は答えない。それから、則子のそういう気の回し方に反撥《はんぱつ》するように「いつものように」なった。

則子は、時折、夫と自分は「本来なら」いまだに、いつでも甘い時を持ち得るのだと思うことがある。

それを、いろいろなものがへだてているという気がした。子供が生まれると、二人の間を子供が邪魔をした。

夜半に謙作が帰ると昼寝をたっぷりした律子が目をあいていて二時すぎまで眠らない。眠った頃には、謙作も疲れて寝息をたてていた。

繁が生まれ、係長になった頃は尚更《なおさら》だった。則子も終日の子供相手で、謙作が求めても全身で応じ、それを楽しむ余裕がなかった。

そのあとは、謙作の二年間のカラチ単身赴任である。この建売りを買うまでの迷いと借金の頃。部長昇進前後からの異常な仕事の忙しさ。そうした多くのものが、本来なら甘い二人を、味気なくへだてているのだ、と思った。「その証拠に」そうした邪魔ものが消えた日の、いくつかの甘い思い出がある。

たとえばカラチから帰国した年の八ケ岳《やつがたけ》である。

子供が出来てからはじめての二人だけの旅であった。ゆうすげが咲いていた。ホテルから散歩に出て夜になり、こんなに夜は暗いものかとおどろいた。月がなく真の闇《やみ》であった。闇の中を二人でキスをくりかえして長く歩いた。

「忙しすぎるのよ」

則子は呟いて、疲れて年齢の露わな謙作の寝顔を見た。仕事、子供、家、多くのものが二人が心からゆっくり向き合うことを、いつもはばんでいるという気がした。

「何人のひとと経験がありますか?」

昼間の電話の声を思い出す。

一人である。則子の男は、謙作ひとりであった。

# 扉をひらく

二度目の電話があったのは、五日後であった。

「奥さんですか?」

声はそういった。黙っていた。はじめに則子は「田島でございます」といったのである。その声で分かっている筈であった。

「先日は失礼しました。失礼なことを申しました」

甘い低い声である。

どういう御用でしょう? どちらさま? なんのおつもり? どなた? どこからかけてらっしゃるの? いろんないい方がある。どういおうかと短く迷った。

「奥さんを時折、お見かけするものです」

「近所の方?」

「近所とはいえません。その気にならなければ、逢わないでしょう」

「この間は本当にいやな思いをしました。二度となさらないで下さい」

そういって切った。男がなにかいいかける気配があった。

切った手が、少しふるえた。当然でしょう。これ以上相手をしたら、その方がおかしい。あやまれば、長々と相手をするとでも思ったのかしら？

するとまた電話のベルが鳴った。

はじめて則子に恐怖が走った。このかけ方は異常だと思う。今までは、まだなにか許せるものがあった。しかし、切ってすぐまたダイヤルをする執拗《しつよう》さには、病的なものを感じた。暴力の匂いがした。

ベルは鳴り続けている。どういおう。

警察にいいますよ。どういうことですか？　しつこかありません？　お名前はなんておっしゃるの？　迷惑じゃありませんか！

受話器をとると女の声が「田島さまでいらっしゃいますか？」といった。

「はい」

銀行の名をいった。「お振り込みがございましたのでお知らせいたします」

謙作が経済誌の座談会に出たのである。一線部長の本音というテーマであった。二万七千円が振り込まれていた。

拍子抜けして庭を見た。カナリアが鳴いている。掃除が終ったところである。五日前と同じ時刻であった。十時を少し回っている。勤め人ではないだろう。こんな時間に、勤め人がああした電話をかけられるとは思えない。

病人だろうか？　そうかもしれない。あの低い声は、病人が孤独のあまり思いついたいたずらという気配がないこともない。性的な電話にしては、動物的なくさみがないことの説明もつく。

私を時折見かけたという。

何処《どこ》でだろう？　駅前の商店街かなにかだろうか。そうだとすれば、つけられたことがある筈である。でなければ、電話はかけられない。まったく気がつかなかった。それにしても沢山の買物客の中から、則子をどうして選んだのだろう。若い人は、いくらでもいるのである。昼間ひとりでいる主婦を選んだのだろうか。たしかに若い主婦は、多く小さい子供に追われている。結婚生活も新鮮である。ああした電話への反応もおおむね一本調子かもしれない。面白味がないかもしれない。

それとも——それとも、と則子は、そう思うことを小さく迷った。「それとも、とりわけ自分を美しいと思ったのだろうか」

しかし、男の性的な視線から、次第に遠くなっている自分を知っていた。

則子は美人である。そういってもいいと自分でも思っている。十代、二十代のころには、思わず魅きつけられたというような男の視線によく出会った。ギクリとしたように則子を見る目もあった。執拗な、なめるような、裸体を見透すような熱い視線にも出会った。三十代も終りに近くなれば、そうした視線が減るのは当たり前である。むしろ減るのが遅かったと思っている。

いまだって好色な視線から無縁なわけではない。電車で向かい側の男が目をはなさずにいたというような事は、つい半月ほど前にもあったことである。それにしても半月前のことだ。しかも、それを憶えている。そんなことは若い頃にはなかった。

あの時の男だろうか？　午後の電車で、則子から目をはなさなかった五十代の男。そんな筈はない。電話の声は五十代ではない。

せいぜい四十代、多分三十代、ことによると二十代である。やせた長身の男のように思える。いや、ひそかに則子に目をつけ、何度か近い距離にいながら目立たないというのは小柄な変哲もない外観の男かもしれない。小肥りの、甘い印象など少しもない男が、声だけ二枚目ぶりだということもあり得る。

その方が、ありそうだ、という気もする。ジャンパーでサンダル履きの薄汚れた男。そんな男は、いくらでもいた。商店街で見かけても殆んど則子の意識の外にいるような男たちのひとり。

そんな事を思いながら午前中がすぎた。つまりは男のことばかり考えていた。電話はかからなかった。

午後から駅前のスーパーへ出掛ける。

何処かで男が見ているかもしれない。そんな思いが、則子を少しかえていた。仕草を意識した。

いつの頃からか駅前の商店へ行くぐらいでは、身装《みな》りを考えることが少なくなっていた。前なら、まずそんな組み合わせでは外へ出なかった上下でも平気で出るようになっていた。スーパーにある鏡の中の自分を見て、はっとしたこともある。身体の線が弛緩《しかん》していた。

今日はちがっている。

服装には気をつけたし、身振りにも緊張が戻っていた。おかしなことだった。無礼な男のために服装に気をつけるのは馬鹿げていた。しかし、則子にはしばらくぶりで、求めていたものをとり戻したような思いがあった。男の視線を意識して歩くことの快感があった。女はやはりこうでなければいけない。仮に男が見ていないとしても、見ていると思い込んで歩いた方がいい。そうでないといつの間にか老いにとりつかれてしまう。利用すればいいんだわ。あのいやな電話を利用してやればいい。そんなことを思った。

夜になっても電話はかからなかった。

あきらめたのだろうか。それなら、それでいい。いや、その方がいい。大体、電話を待っているわけではないのだ。迷惑なのだ。ただ、あれで諦《あきら》めるとも思えなかったから気になっただけだ。

翌日の十時をすぎてもかからなかった。

「ほっとしたわ」

口に出して則子は、そんなことをいって、家を出た。新宿《しんじゅく》のデパートを歩いた。謙作と繁の靴下をバーゲンで買い、律子のコートと自分のスカートの下見をした。三時すぎに帰った。

三度目の電話は四時半にあった。

「切らないでいただけますか?」

男は、いきなりそういった。卑屈な感じはなかった。対等の相手に率直にものを頼んでいるという口調である。「お気に障ることはいいませんから」

しかし、それは勝手ないい草だった。すでに気に障るようなことを言っているのだ。これからはいわないから相手をしろというのは勝手だった。

「大体見ず知らずの家へ何度も電話をかけるということが、気に障ることだとは思わないんですか?」

則子は切口上になった。男は黙った。

「どういうおつもりですか?　用事ですか?　用事なら、おっしゃって下さい。またかかるかと思うと、気になって困りますから、おっしゃることがあるなら、おっしゃって下さい」

「お怒りは当然です」

静かに男はいった。詫びるというより事実を認めるという調子であった。ばかにされているような気がした。

「どんな事でしょう？　用件を伺いましょう？　どういうつもりかしら？」

男はすぐ答えなかった。

「もしもし」則子は高声《たかごえ》にいった。

「はい」

「はいって――用件を伺うっていってるんです。時々私を見かけるということですけど、どちらにお住まいですか？　どこで私を見かけるんですか？」

則子だけが居丈高《いたけだか》になり、男が被害者であるかのような空気が流れた。則子は声を落とした。

「おっしゃって下さい」

「ちょっとしたお願いです」

「どうぞ」

「お願いというより提案というべきかもしれない」

「どっちでも結構です」

「奥さんは雑談の出来る男性を何人ぐらいお持ちですか?」

「どういう意味でしょう?」

「浮気の相手ではありません。ただ、こうやって気軽に電話で話が出来る男性を何人ぐらいお持ちですか」

「私、気軽にいまあなたとしゃべってはいませんけど」

「一人もいないんじゃありませんか?」

「なにをおっしゃりたいのか分かりませんわ」

「奥さんが特別な訳ではないと思うんです。大抵の女性は、結婚をすると気軽に夫以外の男性と逢いにくくなります」

「そりゃそうでしょう」

「逢いにくいだけじゃない。こうやって電話で雑談することも少なくなる。同性との長電話はしても、夫以外の男性とは長々と電話でしゃべるということも少なくなる」

「御用件を簡単におっしゃっていただけません?」

「お忙しいですか?」

「夕方ですもの。どこの家だって、多少とも忙しいんじゃないかしら」

「では日をあらためてもいいです」

「いいから話して下さい。短い間なら、伺います」

「時々、電話で、お話をしてはいけませんか?」

「あなたと?」

「そうです。奥さんと私とです」

「なんの話をするんです?」

「雑談です。多少非常識かもしれませんが、こういうおつき合いがあってもいいんじゃないかと思ったんです」

「いいかもしれませんけど、あなたとはそんな気になれませんわ」

「何故です?」

「何故って、あなたは、最初の電話で、なんていったか忘れたわけじゃないでしょう」

「それはお詫びします」

「ああいうことを口に出来る男性と雑談したいとは思いませんの」

「どうしてあんなことをいったか聞いていただきたいですね」

「悪いけど、もう切ります」

「はじめに奥さんをどこで見かけたかをお話しましょう」

「どこでもいいですわ」

「ドキリとしたんです。ギクリとしたといってもいい」

「夕飯のお米もといでいないんです」

「何時に御夕食ですか?」

「七時前後です」

「まだ五時前です。大丈夫ですよ」

「あなたのお話なんか聞きたくないんです」

「そんな筈はないな」

「どうして?」

「自分にどうして男性がひきつけられたかという話を、聞きたくない女性は、いないでしょう」

「切ります。たかをくくらないで下さい」

「切らないで下さい」

切った。これ以上相手をしていては、あまりにお人好しに見える気がした。

おかしな男だった。殆んど口調に変化がなく、もの静かで、甘く低い声で話した。そのくせ、妙に人の神経に障るのだ。「大丈夫ですよ」「そんな筈はないな」というような癇《かん》に障るいい方がまざるのだ。それで、つい則子も口調が荒くなる。「お忘れになったわけではないでしょう」というところを「忘れたわけじゃないでしょう」といってしまう。

切ってみると、なんとなくそうした口調を男にみちびかれた、という気がした。丁寧なやりとりなら、もっと早く切ったろう。男が刺激するので、つい会話が続いた。

「考えすぎだわ」

口に出してそういい、則子は米をといだ。

謙作が北陸から帰る日である。とうに東京に着いているのかもしれない。謙作のことだ。真っ直ぐ家には戻らない。会社へ行き、出張の結果を「分析」しているのかもしれない。

そんなことを経済誌の座談会で謙作がいっているのを読んだことがある。出張から帰って、とれた契約の報告ばかりする部下がいる。自分は、まず失敗した契約の分析をしろという。それが何より次にやるべきことを教えてくれる。そんなことをいっていた。

会議室で、部下を集めて大声で「分析」をしている謙作が浮かんだ。もっとも、実際の会議室を則子は知らない。会社へ妻が現れるなどということを謙作は、極端に嫌った。

則子の知らない世界で、謙作は、生活の大半を送り、それに打ちこんでいた。

自分は、ひとりでお米をといでいる、と思った。静かで、本当にひとりだった。

「ルイ」

少年の高い声が鋭く川から聞こえた。振り向くと、夕闇の土手の上を、犬がとぶように横切った。

「薄いグリーンのワンピースを持ってらっしゃいますね？」

「グリーンのワンピース？」

「地は白なのかもしれません。白地にグリーンの線で大柄な花が描かれている」

「持ってますけど」

「九月のはじめに着てらっしゃった」

「ええ」

「上りのホームで立ってらっしゃるのを、下りのホームから見たのです」

男は、中座して戻って来た話相手のように構えもなく話をはじめた。四度目の電話である。

「ドキリとしました。いいなあ、と思いました。ワンピースがではありません。奥さんがです。三十代の女性のよさが、こんなに綺麗にひとつの存在になっているということに胸を打たれたといってもいい」

「人ちがいじゃありません？」

少し切口上が残った。

「勿論人ちがいじゃありません」

男は微笑を含んだ声でこたえ、まるで読んでいるように、よどみなくあとを続けた。

「どこの方だろう、と思いました。しかし、その時はそれきりです。不思議なものですね。一度お見かけすると、またすぐ奥さんを見たのです。日曜日に多摩川の土手を歩いていて、ベランダで蒲団《ふとん》を干してらっしゃるのを見たのです。お宅も名前も、いちどきに分かりました。でも、それだけのことです。分かったってどうしようがあるでしょう。家に帰ると、わざわざ表札を見に行った自分がおかしくなりました。しかし、数日たって、奥さんのことがまだ頭にあるのに気づいたのです」

「悪いけど――」

「切らないで下さい」と男はいった。「聞くだけ聞いて下さい。浮気をしたいというような事ではないんです」

「そりゃそうでしょうけど――」

「お気持ちは分かります。常識はずれです。病的な感じをお持ちになったかもしれない。でも、そんなにおかしなことなんでしょうか？　奥さんは切ろう、となさった。何故でしょう。人妻が、知らない男と長々としゃべってるなんて、はしたないからです。でも、どういう害がありますか？　むしろ、結婚した女性は、夫以外の異性としゃべらなすぎます。これはこの前もいいました。男だって、そうなんです。水商売の女性としゃべることはあります。しかし、よその奥さんと二人だけでしゃべるなんてことは実にない。奥さんを、お見かけして、どんな声の方だろう、と思った。お話したい、と思った。しかし、どうしたらいいでしょう？　いきなり声をかければ頭がどうかしていると思われるでしょう。誰かに紹介してもらってしゃべるなんて事も、実現性にとぼしい。電話だ、と思いました。

ところが、いざかけてみようとすると、見ず知らずの人に雑談をしようともちかけるのが、いかに大変か、ということに気がつきました。大体、非常識です。名乗ってそんなことをする勇気がない。そうしたとしても、奥さんの方で切ってしまうでしょう。なんて閉ざされているのだろうと思いました。セックスをしようというのではなく、ただ雑談をしようとするだけのことでも、いい年をした男と女が、これほど不自由だというのはおかしくないでしょうか。もっと気軽でいいのではないでしょうか。もしもし」

「聞いてます」と則子はいった。

男の話は続いた。則子は終りまで聞く気になっていた。切ってみてもなにがはじまるわけでもなかった。

「信じていただけないと思いますが、私はいやになるほど常識的な人間なのです。子供の頃から、非常識なことはしたことがないといっていいくらいなのです。しかし一方でいつも、そんな人生は情けなくないか、という気持ちがありました。途方もないいたずらをしてみたり、狂気の世界に首をつっこんで、夜昼も分からないほどなにかに溺れてみたいなどと思うところがありました。でも自分は決して本当にはそんなことをしないだろう、ということも知っていました。ところが、気がつくと、ほんの一、二度お見かけした奥さんに電話をかけようとしているのです。自分の中にこんな非常識な情熱があったのか、とこの年になって自分を改めて見直す気持ちになりました。勝手ですが、こういう情熱を分別で押しつぶしてしまいたくない、と思いました。かけてみよう。かけるんだ。このくらいの非常識も出来ないようでは男じゃないぞ、と自分を励ましたりしました。でも、結果が目にうかんでしまうんです。

『電話で雑談はいかがですか』とか『黙って三分だけ私のいうことを聞いて下さい』とか、いろいろいい方を考えましたが、相手にされないのが分かってしまうんです。どんなかけ方をしたって、私の意図をきり出せば、呆《あき》れて切られてしまう。そう思いました。

で、とうとうひとりでひらき直ったというんでしょうか。どうせ相手にされないなら、思い切って一度っきりの非常識きわまる電話をかけてみよう、と思うようになりました。温和《おとな》しく電話をしても切られるなら、バカなことをいいまくって切られる方が、まだしも自分のささやかな情熱に義理が立つ。そんな気がしました。はじめの電話は、私のせいいっぱいの非常識だったんです」

男は声を落とした。

「後悔しました。一度かけると、あとをひきました。はじめにぶちこわしのようなことをいわなければよかった。でなければ何遍もかけられた。そんな気がしました。信用を回復するのはむずかしい。一度は諦めました。でも、結局またおかけしたのは、これで終りというのがやはり残念だったからです。どこの誰かを知られていないということが、強味のような気がしました。カナリアですか?」

「え?」

「いいえ、鳥の声が聞こえたもので」

「あ、ええ」

「よく聞こえます」

「そう」

「我ながら妙な電話です」

ええ、というのもおかしかった。どういう態度をとっていいか分からなくなった。

「もう切ります」と則子はいった。

男は、ちょっとこたえなかった。それから「そうですか」といった。

謙作とはまったくたちがうタイプである。正反対といってもいい。自分を長々と説明し、女に哀願することも知っている。その弱さが新鮮でないこともなかった。

いいわ、逢おうなんていい出したら断ってやればいい。

その夜、則子は謙作になにもいわなかった。

むろん律子や繁にもいわない。どうせいつも人の話を聞こうとしないのだ。言うだけばかをみるわ、とそんな弁解を則子はひとりでした。


則子は、よく思った。ダイレクト・メールだって、来ないよりは来た方がいい。そんなことをよく思った。

「あなたを選んで特別にこのお便りをします」という印刷されたペン字を読み、自分のナンバーが69285であることを知り、一週間以内に地球儀を申し込めば、「冒険に、キャンプにバッチリ」のペンライトが貰えるなどという見当違いの手紙であっても、来ないよりは来た方がよかった。

則子は必ず封を切り、目を通した。

配達は大抵十一時前後である。オートバイの音が短く停まっては次第に近づいて来るのを聞くと、なにをしていても神経がその音に向いた。

郵便受けに、郵便が落ちる音が聞こえる。時には、さしこまれただけで、落ちないこともある。家族四人の名前を書いたスチールの既製品である。

オートバイは、また短く停まりながら遠くなって行く。

ゆっくり台所へ行った。勝手口のドアについた小さなのぞき穴から表を見る。向かいのブロック塀と柿の木が見える。

人通りのないことをたしかめて、出て行く。すぐさま郵便をとりに行くことが、はずかしかった。孤独を人に見せるような気がした。

素早く郵便受けをあける。すると大抵はダイレクト・メールなのだ。

といって誰かからの便りを待っているというわけではない。そういう人はいなかった。則子宛の手紙など、一年を通しても、十数通あればいい方なのだ。それも女学校の頃の友達からの葉書。「夫の転勤で高知市へまいりました」というような絵葉書。

電話についても同じことがいえた。

めったにかからない。かける相手がないわけではないが、これも学校の頃の友人、短い会社勤めの頃の同僚、前にいた下北沢のアパートの隣人、新聞社主催の女性文化講座で知り合った吉祥寺の夫人といったメンバーで、そうたびたびかける相手ではなかった。時折、無性に人と話したくなり、しかし相手が思いあたらず、感情をもて余して、短く泣き声のような声をたてたりした。

「テレビなんかよく御覧になるんですか？」と男がいった。

「あまり見ません」

「そうですか」

嘘であった。ただ、テレビなんかもう見ない、と思うことはよくあった。三時間も四時間もつけていた時は、心からそう思った。でも、また見ていた。

「私は科学というものには、ほんとに弱くて、理科系統の成績はいつもよくありませんでした」

男は、そんな話もした。

「ただ、科学の本というようなものを、時々本屋で見て、買ってしまうんですね。題のせいなんです。題を見るとどんな面白いことが書いてあるだろう、と思ってしまう。『こころの話』なんていうのがあります。宗教の本なら当たり前だけど、科学の本だといい表題ですよね。『水の伝記』『暗室の中の世界』『砂漠の歳月』『攻撃』いろいろ買って、本棚に置いて、読まないんです。読まないで、内容をあれこれ想像するんです」

ひとりでいるよりはよかった。

# 真昼のさざめき

繁が母のことを聞いたのは、塾の前のハンバーガースタンドでだった。夜である。

沖田信彦《おきたのぶひこ》がいつものようにやたらにしゃべっていた。

「王がよ、王貞治《さだはる》だぞ、王が巨人軍へ入った頃は、トレーニングなんて、大抵夜おそくまでやらされたんだとよ。バッティングコーチのなんとかいうのがすごくてよ。月が出ると『月にあてろッ』って怒鳴るんだとよ。みんな、お前仕様がねえから、月に向かって打つだろ。月はどんどん動くわけよ。そうすっとみんなの身体がねじれちゃうわけよ。こりゃ困るんじゃないですかって、王が言ったんだとよ。やっぱり王さんだ、さすがっていうんだけどよ。そんなもんお前、俺だっていっちゃうよ、なあ、お前」

「ちょっとそこにいられるとさ、あとのお客さんの邪魔なのよね、向こう行ってくれない」

先週あたりからいる十七、八の女だった。やたらに、カウンターを拭きまくった。

「コマーシャルとちがうよな」

信彦は斜めに女を見て、言う通りに向こうへ行く。このハンバーガーチェーンのＣＭがテレビであって、その中のウエイトレスは、全然こんなブスじゃないし、ニコニコしてやさしいのだった。

「あんたも行ってよ」と繁に女がいう。

「邪魔になったら行くよ」

事実ちょっと脇だし、そんなに邪魔な訳がないのだ。

「あっち行ったのあんたの連れでしょ。連れが行ったら行けばいいじゃない」

「田島、さからうなって」と信彦がいう。

仕様がないから繁も移動した。キーキーキャンキャンいう女は大嫌いだった。

「あいつ、哀愁だと」

「哀愁?」

「テレビでやったろうが、昔のやつよ」

「ヴィヴィアン・リーのかよ」

「あれに出て来たろうが。ちっちゃなマスコットでよ。女が車にひかれると、道にふっとんでる人形」

「ビリケンかよ?」

「ビリケンっていうのかよ、目のでかい変なの。あの女、あれ。仇名《あだな》」

「誰がつけた?」

「おれ」

ヒッヒッヒッと信彦は笑い、繁も笑った。

「あ、お前のお袋やばいぞ」

急に話がとんだ。

「お袋？」

「渋谷《しぶや》のよ、裏の方の喫茶店で、いい男とすごいんだと」

「すごいって？」

「すごいのは嘘。山本のお袋が見たんだと」

「なにを？」

「デートをよ」

「お袋の？」

「いい男と、喫茶店出て来たんだと」

「またまた」

「ほんとだって」

「渋谷なんか行くかよ」

「どうして？」

「新宿の方が近いもの」

「山本のお袋がうちへ来てしゃべったんだって。おれンとこのなんか、本当かしらなんて興奮しちゃってよ。お前にいっちゃ駄目だと。ショック受けるからだと。ヒヒヒヒ。ショック受けた？　お前」

「バカ」

家に帰ると、いつものように母はひとりでいた。いつものようにお菜《かず》をあっためてくれて、いつものように「手を洗ってらっしゃい」とか「汚いカバンをテーブルの上に置かないで」とか「毎日同じことをいわせないで」とかいって、とても浮気などしている雰囲気ではなかった。大体「いい男」が何処にいるんだ、と思った。「いい男」が四十近いこの母親とどうこうなるわけがないじゃないか、と思った。もっとも他人の目はちがうのかもしれない。他人は寝起きの顔なんか知らないし、どっちらけで疲れている顔も知らないし、そういう目で見れば、母はまだかなりの線を行っているのかもしれなかった。繁だって、まだ、時々だが、母を綺麗だと思う時があるのだ。

「黙ってるのね」と母がいった。

「あ、そうかな」

「なんかあった？」

「お母さんは?」

「お母さん?」

「なんかあった?」

「どうして?」

「テレビつけてないじゃない」

いう寸前に気がついた。いつも帰ってくるとテレビがついているのだ。

「そうそういつも見てないわ」

「王がさ。王っているでしょ、巨人軍の」

繁は信彦のバカ話を思い出して、しゃべりはじめた。

母を浮気なんてことで疑うのが、ものすごくいやになった。

「仮に、もし、百にひとつ、万が一、そういうことがあったとしても」知らないでいたかった。

母は「月が動くので、選手の身体がよじれた」という所で、ちょっと不自然なくらい笑った。

「笑いすぎだよ」とまた疑いが頭をもたげたが、無理に無視した。

「姉さん、帰ってるんでしょ?」

「いるわ」

「持ってるかなあ、姉さん」

「なにを？」

「うん？　ちょっと」

そんなことをいって二階へ上った。ところが、姉の部屋はいつも鍵がかかっているのだ。

「感じ悪いなあ。あけろよ」

「なに？」という声がする。

「いいから、あけろよ」

「なによ？」

「鍵かけてなにしてるんだよ？」

ドアがあいた。

「気軽にあけるからよ」

「いつあけたよ？」

「いまだって、そうじゃない」

「たまだろ、そんなこと」

入ると、姉の匂いがこもっていた。身内のそういうのは、いやだった。

「なぜ窓あけるのよ？」

「入れかえた方がいいよ」

「そんなこといいに来たの？」

「そんなこといいに来るわけないだろ」

しゃべるのが嫌になった。姉を持っていない人が多分想像するような「やさしさ」とか「甘い感じ」とかそんなものは一切関係なかった。

「繁ちゃん」

母の声がした。

「なに？」

階段へ顔を出すと、母が上って来た。レコードを一枚持っていた。

「昼間かけようと思ったけど分からないのよ。下手にいじってこわしても悪いと思って」

「なに聞くの？」

「モーツァルト」

「お母さんが？」

「うん」

母はちょっと照れたような顔をした。二人で繁の部屋へ入った。

「買ったの？」

「いいレコードだって、雑誌で読んだのよ」

「珍しぃい」

アンプのスイッチを入れると、手順をおぼえようとするように母はのぞいた。留守にあまりかけて貰いたくないという気持ちと、母がレコードに興味を持った嬉しさと、どうしてだろうという疑問が短く交錯《こうさく》した。

「このスピーカー、クラシック向きじゃないんだよ」

「そんな区別があるの?」

「音が柔らかくないんだよね」

律子がバタンとドアを閉めた。

「静かに閉めろよ!」

その方へ怒鳴ってから、母に針のあつかいの大切さを説明した。繁のステレオは、コンポはコンポだが、あまり高いものではない。ただ、カートリッジとスピーカーにはせい一杯の金をかけてある。それだって金のある奴にはかなわなかったが、さしあたり繁が自慢出来るものは、それくらいしかなかった。

レコードは、ピアノだった。ザルツブルクでのライブで、聴衆の咳《せき》が合い間に小さく聞こえたりした。その咳が反響する感じがなかなかよかった。会場の広さが目に浮かんで、録音は悪くなかった。曲そのものは、繁には全然興味がない。モーツァルトなんて関係なかった。

しかし、母も関係なかったのだ。

ちらと母を見ると目を閉じていた。繁はなんとなくどきりとした。

もともと田島家は音楽には縁がないのだ。父親は、演歌や軍歌さえ好きかどうか分からない。姉の律子は、なんでも一応知ってるようなことをいってるが、本当に好きなのはポール・モーリア程度だし、母だって女学校の頃買ったレコードが数枚、引っ越しの時に出て来て、それは走れトロイカとかユーモレスクなんかだった。

突然モーツァルトのケッヘル×××番というのは、勘ぐれば、「いい男」の影響と疑えなくもない、と思った。

でも浮気だったら、こんなにぬけぬけ子供の前で、男の影響をひけらかすだろうか。母は、そんな事はしない人だ、と思った。

「いい音ねえ」

一曲終ると、溜め息のように母はいった。

嬉しかった。家の者が、繁のコンポをほめたのははじめてだった。

「お母さんが、モーツァルトを聞こうとは思わなかったなあ」

「ほんと。クラシックなんて、本当には楽しくないような気がしてたわ」

「どういうわけ?」

「どういうんだろう?」

母は、ちょっと伏し目になってくすくす笑った。繁はまたどきりとした。なにかを思い出したような笑い方なのだ。

なにかある。浮気じゃないにしても、なにかあったのだ。お父さん以外の人間の影響を受けているんだ。

なんだか母親の顔を見られなかった。

一晩たつと、昨夜はありもしない事でドキドキしていたなあ、と繁は思った。

考えてみれば母がモーツァルトを聞いたっておかしいことはなにもなかった。暇なのだ。いろんなことを面白がったって自然だし、二、三年前の女性文化講座では古代史とろうけつ染を習っていたのだ。だからといって、誰も「いい男」の影響だなんて考えなかった。

「つまんない事いいふらすなって、いっとけよ」

学校で信彦にそういった。

「誰だった?」

「え?」

「一緒にいた男だよ」

「親戚だよ、親戚」

咄嗟《とっさ》にそういった。

「ほんとかよ?」

「よくいうな、そういうこと」

信彦をつきとばして、終りにした。

しかし、本当に男と一緒に渋谷の裏通りの喫茶店に母がいたとすれば、それは思いがけないことだし、その男がどういう男かということは、依然として気になることだった。

やはり、それとなく聞いてみようか、とも思う。

「お母さん、最近渋谷へ行った?」

これでは露骨すぎるだろうか。

「お母さん、喫茶店なんて入ることある?」

糸口としては、この位の方がいいかもしれない。で、入ったといわれたらどうしよう? 誰と? と聞いたとする。「なぜ、そんなこと聞くの?」というだろう。

「聞いちゃいけない?」

「いけなかないけど――」

「じゃ、誰と?」

「言いたくないわ」

ああ、そんなことを母がいったら、どうしよう。それは決定的だ。「いい男」と喫茶店にいて、いたことをかくしているのだ。かくすということは、なにかがあるということだ。勿論、一般論としては一夫一婦制を厳守すべきだという気はないし、男女の関係は自由であるべきだと思うけれど、母だけは、勝手かもしれないが、一夫一婦制を守っていてくれる方が、どうしても、なんだかいいような気がしてしまうのだ。

「田島」

「え？」

答えると、教室中が笑った。呼んだのは堀先生で、英語の時間だった。「はい」ではなく、上の空で「え？」といったのをみんなが笑っているのに気づいて「すいません」というと、堀先生は「いまは何月だ」と黒板の方へ戻りながらいった。十一月だった。

「十一月です」

というと、

「そうだ、十一月だ」と振りかえった。

いいたいことは分かっていた。大学入試まであと二、三か月しかないのに真剣さが足りないとかそういうことをいいたいのだ。いわれる前に「分かってます」といった。

「どう分かってる？」

「いい大学へ入らないと、嫁さんの来手もありません」

教室中が、またわっと笑った。あとで説明するが、これは皮肉なのだ。

「そこまで分かっていてぼんやりするな」

と先生はいった。繁は、どうしてそんな皮肉をいってしまうのだろうと、自分がいやになった。

教室の連中は勿論、家の者も、繁が大学へ入ることにものすごく熱心だなどと聞いたら、嘘をつけと笑うに相違ない。ところが、本当は、神に祈るほど繁は、いい大学へ入りたかった。でも、そのわりに成績が上がらないし、中以下のくせに真剣な顔ばかり出来ないし、先生から注意されると、つい皮肉をとばしてみんなを笑わせてしまった。大学なんて、どっかにひっかかればいいという顔をしてしまうのだ。

本当にあと二か月とちょっとだった。堀先生の注意を茶化していいわけがなかった。

第一、堀先生はいい人だった。

彼は「大学のよしあしで人生が決まる」などと、しつこくみんなをおどかすような事をしなかったし「入試に目の色をかえるな」などと理想に走ってしまうこともなかった。バランスよく、生徒の身になっているという感じがあった。仇名は「名誉イエロー」である。

神奈川県の根府川《ねぶかわ》の漁港の出身で、大柄で色が黒く、十数年東京にいても、ちっとも落ちなかった。

南ア共和国で日本人は白人ではないのに名誉白人とかいって白人あつかいを受けているという。それがヒントで、どう見ても黒いけど黄色人種としてあつかうという冗談が「名誉イエロー」であった。

黒くても顔立ちがよければ、この頃はかえってもてたりするのだけれど、彼は顔立ちがそれほどではなく、丁度三十で、まだ独身だった。前に数学の片町という頑固な老先生が「いい大学へ入れば、もて方がちがう。いい嫁さんも来る」と生徒をあおったことがあり、みんなは、すぐ「名誉イエロー」を思い出して「ほんじゃあ、堀先生はどうなってんですか?」と野次ったりしたのだった。

「名誉イエロー」は東京外語の英語という、びっくりするようなところを出ているのだ。「いい大学を出ても、もてない奴はもてないよな」と、出来ない連中は、わが身を慰める時、いつも「名誉イエロー」を思い出すのだった。

「ふっとんで電車に乗ったら、すぐそこンとこに猪又《いのまた》と気取りデブが乗ってたんだよ」

信彦がしゃべっていた。また夜のハンバーガースタンドである。

「俺になんか全然気がつかねえの。でかい声でべちゃべちゃしゃべり出してよ」猪又も気取りデブも学年のトップクラスの男たちだった。「だけどお前、話はジャリっぽくて、同じバッジをつけてるのが、はずかしくなるくらいでよ」

「ちょっと」とまたあのウエイトレスが二人に声をかけた。

「行きゃあいいんだろ」と信彦が、売り場のカウンターからはなれて隅《すみ》へ行く。繁も続いた。

「女と長続きするのは、キッカケか紹介かナンパか、どれだろうなんていってんだよ。ナンパは向こうもいい加減だから、やっぱりキッカケかなあ、なんてよ。なんにも出来ねえくせに、もっともらしくよう」

駄目なのが秀才の悪口をいっているみたいで（事実そうだ）繁は急に信彦がいやになった。堀先生を茶化した自分は、昼間からいやになっていたので、つくづく現状がいやになった。なんとかしなくちゃ、と思った。母のことなんかも、忘れなくちゃいけない。

「田島さんでしょう、あんた」

すぐ傍で、女の声がした。

振り向くと、あのウエイトレスだった。

愛想の悪い女が、ものすごくやさしい顔で繁に微笑しているのだ。

「そうだけど――」

なにが起こったのか、よく分からなかった。

「きのう、田島って、この人が呼んだような気がして」と信彦をちょっと見た。

「それで、なによ？」

信彦も「哀愁」のビリケン人形の満面の微笑にはとまどっていた。

「つき合ってくれないか、と思って」

「え？」

「こいつと？」

信彦がちょっと笑ったが、哀愁は繁だけを見ていた。

「どう？」

色っぽかった。ブスでも、やっぱり若さと愛嬌《あいきょう》だった。

「まいったな」

繁はちょっと笑い「どうしてよ？」と照れて、ハンバーガーをかじった。

「理由きく奴あるかよ」と信彦がその繁の頭を叩き「俺じゃいけない？　どう？　俺」と売り込んだが、「ダメ」と軽く言われ、チラッと本気で傷ついたのが分かった。

「悪いけどさ」と繁は慌てていった。「俺いま受験なんだよね。つき合ったりする暇ないんだよ。頭悪いしさ、余裕ないんだ」

しかしその晩、信彦は、なんとなくよそよそしくなった。気にしていない顔でしゃべり出しても、いつものようにスラスラいかないようだった。不自然な関係のまま二人は別れた。

「しかし、こういう事もあるんだなあ」

一人になって歩き出すと、さすがに悪い気はしなかった。あんなのを恋人にする気はなかったが、好きだといわれるのはよかった。急に自信がみなぎって来て、勉強もどんどんやれるような気がして、やっぱり人間もてなきゃ駄目だなあ、と思った。

もともと自分では、かなりいい顔をしていると思っていたのだ。しかし、ちっとももてないので、客観的にはことによると二枚目じゃないのかもしれない、と思いかけていたところだった。

誰よりもこういうことは、姉の律子に聞かせてやりたい。日頃ひとのことをバカにしている姉に「ざまを見ろ」といってやりたかった。しかし、いえば「どんな子よ?」とか「どんな男だって、惚れてくれる女の一人ぐらいはいるもんよ」とか、しらけることをいうだろうと分かっていた。

「ただいま」

迷って、誰にもいわないことにした。母にいえば「受験中になにいってるの」というだろうし、父は論外だ。大体、夜中しかいないのだ。

まったく、なんて家だ。喜びを伝える相手が一人もいないのだ。

「つき合ってくれないか、と思って」

思い出すと、彼女はそんなにブスではなかった。しかし、タイミングが悪いよなあ。受験がなかったら、ちょっと位遊んでやってもよかったんだ。もてあそんでもよかったんだ、ヒヒヒ、などと思って食事中に鼻唄が出た。「御飯中よ」と母がにらんだ。「この母が浮気すると思う?」と心の中で笑った。

「お母さん、この頃喫茶店なんて入る?」

何気なくそう聞いていた。

# 昨日の夕暮

「喫茶店?」

則子は、思わず動きを止めた。

繁は慌てたように「ただの質問だよ、ただの」と打ち消すように箸を振った。

「ただのって?」

「だから、別に、特に、意味はないってことだよ。喫茶店じゃなくても、スリックでもいいんだ」

「スナックなんて入ったこともないわ」

「そうだろ。お母さんぐらいの年の人ってあんまり入ってないよね。そうじゃないかと思ってさ。それだけ」と繁は無理矢理のように笑って「あのさ、女の子と知り合うのにはさ、キッカケと紹介とナンパとあるんだよね。意味分かる？」と話題をかえた。

まさか、と思う。繁が知っている筈はない。北川と逢ったのは真昼である。繁は、学校に行っている。

しかし、質問の仕方がおかしかった。「ただの質問」というのも妙ないい方である。裏のある質問だったといっているようなものだ。

誰かが見たのだろうか。自分と北川がいるところを、誰が見たのだろう？

「喫茶店なんか入ったことないわ」

「え？」

話の腰を折られて、繁は則子を見た。

「入ったことないわ、喫茶店」

「それはもういいっていったじゃないか」

二人で、とりつくろうように笑った。

考えてみれば、秘密にしなければならないことはなにもなかった。則子は北川と逢ったが、喫茶店で話をしただけである。繁に知られて困るようなことはなにもない。

ただ家の者に、逢ったことをいうためには、電話のことから話さなければならない。ひと月ほどに、十二回も電話で話したことをいわなければならない。それも一向にかまわないことだが、何故いままで黙っていたか、というところにこだわりがある。

はじめは話そうとした。しかし、律子に話してニベもないいい方をされた。それで、あとは黙っていた。

そのうち、電話を待つようになった。すると、夫以外の男と、電話にせよ会話を楽しむということにうしろめたさが生まれた。

うしろめたいなんておかしいと思いながら、家族には話さずにいよう、という気持ちになった。話してもやましくない。しかし知られなければ知られない方がいい。

電話の男は、北川といった。

「北の川です。名前はトオル。一徹の徹です」

十一回目の電話で、はじめて名前をいった。則子が聞いたわけではない。自分からいい出したのである。

「名前など申し上げない方がいいと思っていました。匿名《とくめい》という感じの方が、しゃべりやすいですし、そういう距離を置いてのおつき合いの方がいいのだと思っていました」

「そう思うわ」

則子は、さえぎるようないい方をした。次に男がなにをいうか分かる気がした。

男は短く間を置き「そうですね」といった。「名前は忘れて下さい」簡単にひき下がった。

あとは絵の話をした。音楽におどろくほどくわしく、絵の話になると、絵にもくわしかった。

職業がなにかは聞いていなかった。

「見えない人間がいると思う時があります」

「透明人間?」

「そうじゃありません」

「心霊とかいうことかしら?」

「まあ聞いて下さい」

「はい」

二人はちょっと笑い、男は続ける。

「たとえばコーラスグループで、ヒット曲が出て、急に有名になったグループがあるとします。ヒットしているから、しょっちゅうテレビにも出ている。ところが中の一人が単独で現れると見覚えがない。言われて、ああそういえば、あの中にいたかなあ、と思う。グループの二人ぐらいの顔はすぐ浮かぶけど、その男の顔はさっぱり浮かばない」

「影が薄いっていうのかしら?」

「そうかもしれません」

「顔が平凡なのかもしれないわ」

「私がそうなんです」

「テレビに出てらっしゃるの？」

男は苦笑して、

「そうじゃありません」

則子も笑って、

「じゃ、平凡なところが？」

「影が薄いんです」

「声は、よく聞こえるわ」

二人で、ちょっと笑う。

「かなりぶしつけに見つめていても、奥さんは私に気がつきませんでした」

「ホームのこと？」

「昨日、電気屋にいらっしゃった」

「あら」

「出て来て、本屋をのぞくようになさって、でも入らずにお宅の方へ歩いていかれた」

「どこにいらっしゃったの？」

「電気屋の前では、二米《メートル》もはなれていませんでした」

「嘘」

「本当です」

「視線は感じるものよ。まして、二米だったら」

「視線まで地味なんでしょう」

「地味じゃなくて特殊能力だわ」

「よほど声をかけようか、と思いました」

「かけて下さればよかったわ」

「いいんですか？」

「黙って見られているよりいいわ」

「電話だけのことになさりたいんじゃないかと思って」

「それはそうですけど――」

「目の前に奥さんがいらっしゃるのに、声をかけないのは、とても不自然でした。電話では、こうやって長々とお話してるんですから」

「お逢いするのは怖いような気もするけど」

「怖いのは、ぼくの方です。姿を現したら、なあんだなんて思われそうです」

「偶然にまかせましょう。今度逢ったら、声をかけて下さい」

「偶然は仕組むことも出来ます」

「そんなことはしない偶然です」

「明後日の金曜日、午後、たとえば二時頃、渋谷でお目にかかりませんか？」

「そんな風に逢うのは――」

「偶然じゃなくちゃいけませんか？」

偶然ならよくて、約束して逢うのはいけない、というのも気弱な理屈であった。

「たしかに、こうやって、長々お話してるんだから――」

「逢う方が自然です」と男はいった。

十二回目のその電話で、結局逢う約束をした。月曜日の二時、渋谷でということになった。

電話を切ると、男の口のうまさにのせられたような気がした。すぐ後悔した。こんな風にすいすいすると物事を決めたことがなかった。デパートで服を買うのでも、下見をして、二度目に買うということをよくした。改めて行くと売れてしまっていた事もあったが、それでも慎重なのが悪いとは思わない。

まして、夫以外の男と、はじめて外で逢うという約束である。

何故簡単に約束したか、自分でもよく分からなかった。

男は、思いがけない話題を持ち出し、いつの間にか則子を見かけたという話にした。声をかけなかった不自然さをさり気なく強調し、こうして電話で話している以上、逢わずにいるのは、時代おくれの用心深さではないか、というように、則子をやわらかく追いつめた。自分が目立たない地味な男であるといい、「無害」を印象づけてもいた。

あらかじめ則子は賛美されている。

「知的」「女性に使っておかしくなければ、ふところの深い感じ」「若い女にはないやさしさ、あたたかさ」

あとで考えると、臆面《おくめん》もないというような賞め言葉を「他人の現実に対する想像力の豊かさ」というような堅い言葉を適当にまぜることで、快く則子の耳に届けていた。

いずれも非常識な男を、ヒステリックに拒絶したりしない種類の長所である。

事実、則子にそれに近い長所がないとはいえない。少なくともヒステリックではない。で、つい則子も、それらの賛美を裏切るまい、と思ってしまう。

男と話していると、他の相手とはちがう早いテンポで話していることに気づいた。「知的で」頭の回転の早い女というように振る舞っていた。気の利いたいい方を考えて、平凡な返事をしないようにする。男は、その気の利いた返事に敏感に反応し、笑ったり感心したりしてみせる。「逢いましょう」といわれて、急に心を閉ざしてしまうような、心の狭い、臆病で保守的で古くさい女ではない、というようなところへ次第にのしあげられて行き、渋谷で逢いましょう、といわれると、改めてよく考えてとはいいにくくなっているのである。喫茶店で逢ってしゃべるだけのことに、くよくよ迷ったりする女ではない、というように振る舞いたくなってしまう。

で、気がつくと、約束をしていたのである。すべては男の仕組んだ罠であり、それに則子は捉えられたのだ、という気がした。

一方では、それはすべて考えすぎというようにも思えた。外国の男ならともかく、日本の男で、そんなにたくらんだ会話が出来る男がいるとは思えない。いたとしても、その種の男なら、四十近い子持ちの女を、わざわざ狙うような事はしないだろう。

男は、素朴に則子を賞めたのであり、逢いたいから逢いたいといったのであり、多少知的で、世間知らずで、臆病で、馬鹿正直な人なのかもしれない。そう思えば、すべてがそれにあてはまるような気もした。

そうだとしても、と則子は思った。ぶしつけな最初の電話からひと月ちょっとで、言うなりに渋谷まで出掛けて行くのは、安っぽすぎないだろうか。断ろう。今度は、ともかく、都合が悪いとでもなんとでもいって、断った方がいい。一度は断った方がいい、と思った。

しかし、気がつくと、こちらから男に連絡する方法がなかった。

「すっぽかせばいい」

都合が悪くなった。でも、連絡がとれなかった。そういえばいい。

「そんな簡単には逢えないわ」

甘くみられては困るわ、と思った。

夜になる。また別の考えが湧《わ》く。

そんな技巧をこらすのはおかしくはないだろうか、と思う。喫茶店で雑談しようといっているる相手に、まるで男と女のかけひきめいたことをするのは、子供染みてはいないだろうか。さり気なく出掛けていけばいいではないか。それが三十八の女のゆとりというものではないか。

夜中に、目がさめた。

男と逢うことを考えていた。

謙作の寝息が聞こえる。

一日、男のことを考えていた、と思う。それを謙作にすまない、という気持ちはなかった。

謙作は一日中留守である。仕事が第一である。則子に対していつも逃げ腰である。浮気ならとにかく、喫茶店で男性と話をするぐらいは権利だという気がする。

でも、謙作は怒るだろう。

十年ほど前のことを思い出して、則子はおかしくなった。

本郷《ほんごう》に住むアメリカ人のバイヤーのホームパーティーに招かれたのである。夫婦で外国人の家を訪ねるということが初めてであった。

数日前から子供には留守番をする時の注意をいい含め、わざわざそのためにデパートで「気軽な」ワンピースを選び、「ホームパーティーに招ばれたら」という婦人雑誌の記事を読み、謙作は英会話ポケットブックという本を則子のために買って帰った。

相手の夫婦は日本語が出来るが、客の中には話せない外国人も同席するはずである。そういう客に対して、ただ困ったように微笑しているだけではいけない。こっちから片言でもいいから話しかけるくらいの社交性を商社員の妻は持たなければいけない。夫のかげにかくれるようにして、ろくに口をきかないというようなことだけはしてくれるな、といった。

「これから、こういう事は、いくらでもあるからな」

しかしその後、そんなホームパーティーに招かれたのは二度しかない。ともあれ、その最初のパーティーで則子はもてたのである。

四部屋ほどを開放して、はじめから終りまでどこにいてもよく居間の隅のテーブルで主人がローストビーフを切ってとり分けた他は、勝手に「バイキング風に」食事もするのであった。その主人ともよく話した。他に数人の男たち。中でも、日本語のうまいオーストラリア人とは長々と話した。美男であった。則子を壁に押しつけるようにして間近でしゃべった。多少の酔いもあって、則子もそれを避けなかった。

帰り道で「まあ、よくやったよ」と口ではいいながら謙作は不機嫌であった。電車では黙り込みふくれていた。数日たって寝床の中で「一人の男と長くいるのは不作法なんだぞ」と急にいった。まだこだわっていたのかと呆れた。押さえているが、意外に嫉妬深いのである。

いまも謙作は則子に背を向けている。則子がなにをしようと平気だという顔をしている。しかし、それは三十八の女房が浮気などしないと安心しているからである。雑談相手がいると知ったら、お茶をのんだというだけでも不機嫌になるだろう。

薬になるかもしれない。

軽く考えようとしながら、男と逢うという事は、結局大きく則子の心を占めていた。

待ち合わせの喫茶店は「フィリッポ」といった。男が決めた店である。南口を出て、南平台《なんぺいだい》の方向であった。二時の約束である。

一時前に渋谷へ着いた。まだ気持ちが決まらない。わざと早めに家を出た。買い物の予定がある。その買い物のなり行きにまかせようというような気持ちである。買い物が長びけば、買い物を続ければいい。二時前に終ったら行けばいい。

繁の部屋のカーテンを替えようと思っている。律子の部屋もだが、いちどきに買う予算がない。謙作の背広をつくる予定がある。襟幅の広い背広は二着しかなく、両方ともくたびれて来ている。なにかの時にと、いつもより金をかけたグレーの背広は、流行の変化で、あまり袖を通さぬうちに、襟が細すぎることになった。

謙作のワイシャツと七分袖の下着。繁のセーター。

本当は自分のコートも欲しい。四年前に買ったきりである。ジーンズのスラックスも欲しいと思いながら買わない。カーディガンだって、もう二年買っていない。自分のものは本当に買っていないと思う。

きりつめて暮らし、たいした楽しみもなく、これで、男性と雑談してもいけないというんじゃ、まるで奴隷じゃないの。

誰もいけないとはいっていないのに、そんな風に思った。

男は北川徹といった。しかし、北川という名前で男を考えたことがなかった。名前で考えると、にわかになまなましく、「あのひと」「あの声の人」というように考えると、架空の色あいがあり、その方がよかった。電話帳を見れば男の住所が分かるかもしれないと思った時も、同姓同名が多いだろうと、すぐそんな思いを追いはらった。男が身近になることを避ける気持ちがあった。

それにしても、迷いすぎる。われながら、いじらしいようだ。渋谷まで来て、二時が迫っていて、まだ買い物リストを見てためらっている。先夜、十年前のホームパーティーを思い出したのも、十年前にしか夫以外の男性とのわずかな思い出さえもないということである。あとは、夫と子供たちとの日々である。日常生活の中で、誰にも逢わずに三年、五年、十年と、若さをすり減らし三十八になった。だから、街を歩くと一人である。

子供が小さい時は、一人で自由に街を歩けたらどんなにいい気持ちだろう、とよく思った。眠ってしまった繁を抱き「もっと屋上の遊園地にいたかった」とふくれている律子をひっぱって帰った頃は、一人でデパートを心ゆくまで歩いてみたい、とよく思った。

それが出来る頃になると、一人が身に沁みた。街へ出ても、行く場所は限られている。デパート、本屋、衣料店、めったに行かないがフルーツパーラーと映画館。どこへ行っても一人であった。男が声をかけてくる年ではない。仮に声をかけられても相手にする則子ではない。

男のいった目印の通りに、坂道をあがって行く。なかなか遠い。誰もが知っているような店もふさわしくないだろうが、これほど裏通りを選ばなくてもいいのに、とも思う。歩いて行く間に、いくらでも喫茶店はあった。

男の好色な企みの犠牲になるのではないか、などと思う。

「フィリッポ」

木彫りの看板があった。南欧調の緑と赤のペンキを使った、風変わりな外観である。ドアを押した。

客は一人であった。

則子を見ると立ち上がり、真顔で、ちょっと詫びるような目をして頭を下げた。

「いらっしゃいませ」と老年の男がカウンターの中で立ち上がった。

「すみません。こんな所まで」

北川はまだ真顔のままである。

「いいえ」

則子は微笑する。男が固くなっているので、余裕がうまれた。

「どうぞ。あ、ここでよろしいですか?」

「ええ」

向き合って腰をおろした。

「いらっしゃいませ」

水がおかれた。

「コーヒーを下さい」

「かしこまりました」

主人らしい老人は、おやと思うほど、落ち着いた節度のある声を出した。会釈して、カウンターへ戻って行く。

二間半ほどの間口で、奥行きの長い店である。カウンターとテーブルの席が五つほど。窓際のテーブルに、やわらかく冬の陽《ひ》がこぼれている。

「いいお店ね」

「静かな場所がいいと思いました。ただ、駅からあるし、坂道だし、悪いところを選んだと悔んでいました」

「そんなことないわ」

自分より少し若い、と思う。三十五、六。長身でやせていた。声からの連想を裏切らない都会風な、気弱で知的な印象である。「とかく現実はそんなもの」と則子が悪い見当をつけていた容姿より、はるかにいい男であった。

「不思議だわ」

「は?」

「上背おありになるし、あなたが近くにいて、気がつかなかったなんて」

「だから、見えないい人間なんです」

二人で、はじめて目を合わせて微笑した。

「ピザがおいしいんです。喫茶店というより、スナックというべきなのかな」

「ちょっとレストランのような感じ」

「ええ」

「常連なんですか」

「二度来ただけです」

「そう」

「いきつけの店というのがないんです。喫茶店でもバーでも、顔をおぼえられて、なにやかや、なにさんいらっしゃい、などといわれると、途端に行く気がしなくなるんです。ほっと出来ないという気になってしまう」

「そんな人少ないんじゃないかしら?」

「少ないでしょう。二十代の頃はそれでもいきつけのバーの二、三軒ぐらいなければ、一人前じゃないような気がして、無理に、一、二軒そんな店をつくりましたが、行っても楽しくないんです」

「女の人を狙わないからかしら?」

北川はちょっと笑った。

「そうかもしれません。きっと生命力が弱いんでしょう」

「そうかしら？」

北川はすぐ則子の軽い皮肉に気づいて、苦笑した。目を伏せた。

「自分でも不思議ですね。どうして、奥さんには、こんなにしつこいのか、しつこく出来るのか、不思議なんです」

これは雑談ではなかった。

「お仕事いいんですか？　こんな時間」

話題をそらした。

「いいんです」

「気になったわ」

「そう思っていました」

北川は目を伏せたまま苦笑した。「これも見えない人間の特権でしてね」

「ぬけ出しても分からない？」

「分からなくはないけど」ちょっと笑って「目立たないんですね」

淡々としていた。ひと事のようにいった。

「それならいいんですけど」

則子は、この話題も打ち切りだと思う。「仕事をぬけ出しても目立たない」ということは、男にとっては辛いことだろう。これ以上聞いてはいけない、と思った。

「レコード会社なんです」

北川はそんな忖度《そんたく》に気づかぬように続けた。有名なレコード会社の名をいった。「製作一課といいましてね。クラシックのレコードをつくっているんです。つくっているといっても、大半は外国の系列会社から送られて来るテープをレコードにするだけです。ジャケットをつくったり、先生方に解説をお願いしたり」

「音楽におくわしいわけだわ」

「好きなんです。仕事熱心では全くない。浮き上がっています。課長代理ですが、あまり用がない」

「それで課長代理にどうしてなれますか?」

「どうしてでしょう?」

本当にどうしてだか分からないというように首を少し傾けて笑った。老人がコーヒーをはこんで来た。

「薄いコーヒーを、ぼくに、もう一杯」

北川がそういった。

「かしこまりました」

老人は折り目正しい会釈をして戻って行く。その折り目正しさにたしなめられているような気が則子はした。

「御主人に内緒で、なにをしていらっしゃる」

老人の背中がそういっているような気がした。

「レコードを持って来ました」

北川がいった。

「えっ？」

「この間お話したでしょう。モーツァルトです」

「ザルツブルクの」

「ギレリス」

紙袋からレコードを出した。

「さし上げます」

「困るわ。何処かで、私は買います」

「そのつもりで買ったんですから」

「いただくのは困るわ」

「恩に着せたりはしません」

「それはそうでしょうけど――」

則子は苦笑してしまう。北川も微笑する。ジャケットのデザインの中で、中年の小肥りの白人がピアノに向かっている。

なにもかも夫とちがう、と思う。謙作がレコードをくれることなど、恋人の頃でも考えられなかった。謙作は北川のように自分を語らない。まして仕事について、浮き上がっている、用がないなど衒《てら》いにしても口にするとは思えない。北川は別の世界であった。

「ありがとう」と則子は微笑した。「いただきます」

「どうぞ」

北川も微笑した。

急に則子の胸に甘美なものが溢れた。

夢みたことがあった。

昼下がりの郊外のがらんとしたコーヒー店で、こっそり恋人と逢うのだ。ガラス越しの陽ざしが淡く店をあかるくしている。

よく拭きこまれた木製のテーブル。大きめの古いコーヒーカップ。白いペンキが、ところどころはげている窓枠。その向こうの冬木立。

他に人はいない。店員もいない。

「真面目にいってるんだ」と恋人がいう。

「分かってるわ」と則子が目を上げる。

「二人で行くんだ」

「ええ、二人で、二人だけで――」

もずの鋭い鳴き声が、澄んだ空気を走る。

現実には、そんなことはなかった。

謙作はつとめはじめた則子の机へいきなり近づいて来た。「五時半に××ビルの地下へ来てくれないか」とレストランの名前をいい「は?」と訳が分からない則子に「五時半。時間厳守」と忽ち経理課を出て行った。顔に見覚えがない。

「いまの方、何課の方でしょうか?」

「さあ」

勤めて二年になる女子社員も知らない。ともあれ上役にはちがいない。近くで時間をすごし正確に五時半に行くと「ここ、ここ」とテーブルを立って、人なつこい笑顔で謙作は手をあげた。

同じビルだが、他の会社だと聞いて則子は呆れた。食事をおごりたくなったのだという。その前に喫茶店で待ち合わせるのは無駄である。喫茶店は食後に行けばいい。五時半の喫茶店は混雑しているが、五時半のレストランはすいている。食事に一時間を見て、六時半の喫茶店は、すでにピークをすぎているだろう。ところで君は、あんな会社に長くつとめてはいけない、といった。

「どうしてですか？」

将来性がない。

「あなたの会社ならいいんですか？」

結婚すべきだな、といった。

「まだ十八です」というと、その位で結婚するのが女は一番だ、と乱暴なことをいった。あとで思えば謙作は、照れ、気おくれ、羞恥心を、乱暴な口調で克服しようとしていたのだった。よく則子は席を立たなかったものだ、と思う。一緒に食事をしたのであった。世間知らずもある。しかし、謙作の無礼が、ただの無神経なあつかましさではないことを、おそらく感じていたのである。謙作の可愛さを初対面で感じたのだろう。結婚に後悔はない。しかし、婚約してからも、なんと現実というものは散文的なものだろう、と思った。郊外も冬木立ももずもなかった。その頃から謙作は忙しく、無論デートはしたが、娘が夢見るような甘さは、殆んどなかった。「うまいものを食おう」とか「横浜のセンターピアに行った事がない。見ておくべきだと思うから行こう」というような、いつも実利的な要素があった。

北川と向き合っていると、相手によっては自分の人生は随分ちがったものになっただろうと思う。

「で、言葉がやっぱり感覚を弱くしている。だから、言葉をなるべく頭の中からなくす訓練をしているのです。波の音がする。でも、あ、波の音だな、と思わない。なるべく音だけを聞く。言葉を頭から追い出すんです。目をつぶって音だけを聞く。すると、聞こえるのは波の音というような単純なものではない。風の音やら、遠い叫び声や、砂の飛ぶ音や、犬の吠える声や、わけのわからない音やらが、むくむくよみがえってくるんです」

自分はまだ若く、たとえば二十一、二で、学生で、これから音楽会へ行くのだ。そんな空想をさせてしまうところが北川にはあった。

## 知らない空

繁は塾へ行く前にサッポロラーメンを食べるようになった。

ハンバーガースタンドは、信彦がよせよせというのだ。それは信彦の嫉妬だと思うけど、そんな事はいえなかった。

「あんな女にとりつかれたら身の破滅だぞ」と信彦はいった。

勿論、繁だって、あんな変な顔をした女を恋人にする気はなかったし、とりつかれたら困ると思うけど「つき合いたい」と向こうからいって来た唯一の女性ではあるし、あんまりさっぱり身をかくしてしまうのは心残りでもあった。

「ちょっと込んでるなあ」

とサッポロラーメンをのぞいて「仕様がないから、今日は向こうへ行くか」と繁がいうと、

「向こうって何処だよ」と分かっていて信彦はきくのだ。

「ハンバーガーよ」

「行きたいのかよ」

「行きたいわけないだろう」

「行けよ、お前だけ行けよ。行ってとりつかれて来いよ」

「やめたよ」とラーメン屋の中へ入っても、

「行けばいいじゃないか。喜ぶぞ、彼女。あーら、田島さん、ダブルバーガーに、スペシャルバーガーおごっちゃうわ。ソープみたいじゃないか。ヒヒ」

「やめろよ」

「甘い顔見せるとああいうのはしつこいんだから、学校終って出てくっとよ、門の所なんかにいてよ、あーら、田島さーん」

「やめろっていってるだろ」

こっちあきましたよ、と店の人がいうので、その方へ行こうとすると、

「おれ、味噌、こいつ、ハンバーガー」などというのだ。もう口もきかなかった。

「怒るなよ」

気にして二、三度信彦は顔をのぞいた。

「なに黙ってるのよ?」

それでも繁は横を向いていた。二人で黙って味噌ラーメンを食べた。

繁ももてなかったが、信彦はもっともてなかった。これは繁の自惚《うぬぼ》れでなく、公平に見てそうだった。繁はなんといっても百七十五センチもあるし、横顔なんかもいいし、信彦は百六十五センチで、顔が平らで、趣味が信じられないくらい悪かった。安物をすぐ買った。いくらいってても変なマフラーを首に巻いたりして、どうしてこんな奴と仲がいいのかと思うが、本来は、いい奴だからなのだった。意地の悪いところはないし、成績はいい勝負だし、ロックが嫌いなところも合っていた。コルトレーンの位置についても、正確にとらえていた。しかし、そんな美点は、女にはまったく分かりゃしないから、もてなかった。もてない同士で気が合っているというところがあった。

そんな時、繁がもてたのだ。

相手がどんなにブスにせよ、もてたことは事実だった。信彦が多少おかしくなっても仕様がなかった。「寛大になろう」と繁は思う。ちょっと信彦を見た。

「ナット・ヘントフ読んだかよ」

「読んだ読んだ、半分読んだ」

信彦は、とびつくように愛想よくこたえた。いい奴なのだ。悪いと思っていたのだ。

二人は、すぐ和気あいあいとなった。

すると「今晩は」と後ろで声がした。首筋に息がかかった。「哀愁」の声であった。

「あれ、なによ?」

と信彦が明るくいう。

「うん」哀愁はちょっと微笑して「食べに来たのよ」という。

「ここあくよ」

繁はそういって、残っているラーメンに向かった。

「急がないで」と哀愁。

するとすぐ信彦が立ち上がった。

「おれ終り。ここどうぞ」

「まだあるじゃないか」

五分の一ぐらいの麺が残っているのだ。

「いいんだ。今日腹いっぱいなんだ」どんどん信彦は出口の方へ行く。

「待てよ」と繁もすぐ立った。

前金だから信彦は止まらずに出て行く。

「じゃ、また」

繁も慌てて店をとび出した。

「ちゃんと食ってくればいいじゃないか」

信彦はそういいながら、早足で塾の方へ行く。

「なに慌ててんだよ」

追いついて繁がいうと、

「すぐ出てくることないじゃないか」

と更に足を早くするのだ。

「おかしいじゃないか」

「なにが?」

「なんでお前がガタガタするんだ?」

「いつガタガタしたよ」

「やたら急いで、俺置いてくことないじゃないか」

「気を利かしてるんじゃないか」

「気をって?」

「本当はお前、あのブスとつき合いたいんだろうが。そのくらい分かってんだ」

「ちょっと待てよ。ちょっと止まれよッ!」

「痛えなッ!」

「つき合いたいわけないじゃないかッ!」

「そうかい、そうかい」

行きかかる信彦の腕を繁は強く引いた。

「つき合いたいのはお前だろうが」

「なに!」

「ブスとかなんとかいって、俺にはよせよせっていって、本当は、お前がつき合いたいんだろうがッ!」

信彦が右ストレートをつき出した。そんなものは当たらなかった。繁はカバンを信彦にぶつけて素早くつっこんだ。ところが、自分のカバンにつまずいたのだ。つんのめるところを信彦が、脇腹を蹴った。これは本当に痛くて、息が止まった。

あとは、もう心から頭へ来て、足を払って倒そうとすると、信彦は、しゃがむようにして、繁の頭をガンガンぶつのだ。

「よしなさいよッ！」

「よせ、お前たち」

声がして、無理矢理ひっぱられた。ひきずられるようにして立った。頭がカーッとして、周《まわ》りがよく見えなかった。信彦がやっぱりひっぱられるのが見えた。塾の同じクラスの女の顔なんかが見える。

「この節めずらしいじゃないの」

「いい年しちまってよう」

「そんなことというなって」

気がつくと繁は、どんどん歩いていた。興奮していた。「格好悪りィなァ」と吐き捨てるようにいったりして、自分でも止められない感じで、どんどん足が歩いた。

「こっち駅じゃないけど」

哀愁の声だった。おどろいて横を見ると、哀愁が、繁と同じスピードでどんどん歩いているのだ。

「すいてるわ」

哀愁が先に店の中をのぞいて、二人でスナックへ入った。

「いらっしゃいませ」

中年の女の人がいった。客は、マンガを読んでいる若い男が、カウンターにいるだけだった。

哀愁は迷わずに隅のテーブルへ行き、振りかえって、

「掛けなさいよ」

と先に繁をかけさせ、向き合って掛けるのかと思ったら横の椅子へ腰を掛けた。

「仕様がないわねえ」

子供でも見るように繁を見てクスクス笑う。それから急に「おしぼり、いただけますか」と
カウンターの方へ意外にまともな声でいった。

「掌《て》まっ黒でしょ？」

言う通りだった。

「すりむかなかった？　どっか」

「ううん」

「あんたたち、かなり失礼よねえ」

「なにが？」

「食べかけで出て行くことないじゃないの」

「席をゆずったんじゃないか」

「逃げるみたいだったじゃないの」

「そうかなあ」

「残ったもんの身になってよ」

「どんなかな?」

「男に逃げられたみたいじゃないの」

「考えすぎだよ」

「ラーメン食べる心境じゃなくなっちゃったわよ。あ、すいません。ほら、拭きなさいよ、手を。それから私、ナポリタン出来ます? じゃ、私、ナポリタン」

「ぼくコーヒー」

「じゃコーヒーふたつにナポリタンひとつ。この人は、いまラーメン食べたばかりだから、フフ。あ、それとも食べる? なんか」

「いいよ」

「いいですって。フフ。あら、まっ黒。おしぼりひどい。水道行って洗ってくればよかったわねえ」

「沖田どうしたかな」

「あ、あの人、沖田っていうの？」

「うん」

「あんな喧嘩しといて、心配することないわよ」

「おれ、六時半から塾なんだよ」

「なにいってるのよ、二人でいるのに」

「高三でさあ、もうじき受験なんだよね」

「ついて来てやったのに、よくいうわねえ」

「頼んだかなあ」

「あんたカーッとなって、何処歩いているか分からないようになったのよ」

「うん」

「車にひかれたら塾どころじゃないでしょう？」

「そりゃそうだけど――」

「ちょっと」

「なに？」

「自分を二枚目だと思ってるんじゃないでしょうね？」

「思ってないよ」

「嘘」

「思ってないさ」

「こないだ私がつき合ってっていったから、いい気になってるんでしょ?」

「そんなことないよ」

「あんたがいい男だからいったんじゃないんだから」

「じゃ、なによ?」

「訳があるのよ」

「訳?」

哀愁は勿体をつけるようにフフフと笑った。

「どんな訳さ?」

「いわないでおく」

「どうして?」

「あんたに興味があったのよ。ずっと前あんたを見たことあるの」

「どこで?」

「いわないでおく」

「その時口きいた?」

「お店で田島ってあの子が呼んだでしょ。あ、と思って見たら、ほんとにあんただから、へえ、と思って、また興味が湧き出したってわけ」

「気になるなあ」

「とにかくあんたが二枚目だから声をかけたなんて思わないでもらいたいわけ」

十七ぐらいに見えたけど、十九かも知れないという気がした。すごく大人《おとな》びたところがあって、うかうかすると主導権をとられそうだった。

「あんた、もてる?」

「え?」

「あんまりもてないんでしょ?」

「もてるさ」

「アハハハ」

見抜いたような笑いかたをするのだ。言い忘れたけど、その夜の彼女はハンバーガーの制服ではなかった。黄色のジャンパーに茶色のセーターとブルーのジーンズで、顔のわりにはさまになっていた。横に掛けていて、笑ったりすると寄りかかってくるので体温を感じた。あぶない、と思った。女の体温には敏感に反応するのだ。まきこまれて、こんなのと恋人になったら第一格好悪いし、あとあとの人生にだってひびくかもしれないし、なるべく固い表情で、コーヒーをのんだ。

　すると向こうはさっと察して、その上を行くというのか、急につめたい顔になってナポリタンを食べるのだ。

「落ち着いた？　あんた」

「え？」

「気持ち落ち着いた？」

「うん」

「じゃ、待ってなくていいわよ。コーヒー代おいて、先に出てったら」

「うん」

　二百円おいて、立った。彼女は知らん顔でナポリタンを食べている。なんかピシャッとしたことをいってやろうと思ったが思いつかなかった。

「どうも」

「はい」

　はい、だと。例えば病院で、患者がお礼をいって立つと「はい」などと医者は見向きもしないでカルテを書いていたりするけれど、まるでそういう風に、見向きもしないでナポリタンを食べているのだ。

外へ出ると塾へ行く気がしなくなった。

七時少しすぎだった。いま家へ帰ると、塾へ行かなかった理由をいわなくてはならない。しかし、他に行くところもなかった。

姉の律子は、翻訳研究会の雑誌を出すとかいって、この頃は九時すぎじゃないと帰らない。おそらく母ひとりで、夕飯を食べている。テレビを見ている。「それとも、ぼくの部屋でレコード聞いてるかな?」

急に母が孤独に思え、早く帰って二人でなごやかにしゃべりたくなった。

駅まで走り、電車が待ち遠しく、電車をおりると家の近くまで中距離ぐらいのスピードで走った。

それから靴音を押さえた。鍵を持っている。

何故靴音をおさえたのか説明するのはむずかしい。そっと入って、ワッとおどかそうとしたのではない。そんなに子供ではない。

しかし、そんなことをよくやった小学校時代を思い出したのは事実だ。こうやって走って帰って来て、家の近くになると急にそっと歩いたなあ、と思った。そして、その通り速度を落とした。

昔はドキドキしていた。気づかれずに、母の背後までたどりつけるかどうかに夢中だった。

「ワッ」

「キャーッ」

母も派手におどろいてくれた。知っていておどろいたなと思った時もあったが、それでも母が、陽気に派手におどろくと、嬉しくて一緒に大笑いをしてしまった。

鍵をそっとあける。

やってみると、こんなことをしたのは、本当に昔だなあと思う。

母をひとりにしておいたなあ。母の孤独に関心がなかったなあ、と思う。

母の声が聞こえた。笑っている。

誰か来ているのか。ほっとした。その方がよかった。

ドキリとした。「そうなの。そうなのよ」と母がいう、その声の甘さにドキリとした。

「おっしゃってたから行ってみたの。銀座の。ええ、大きい方じゃなく、そう、小さい方。裏通りの京橋に近い画廊。え？　そう。××画廊。びっくりしたわ」

電話であった。居間の電話に、母は台所との境の柱にもたれるようにして出ていた。

ちらと見て、すぐ首をひっこめたが、母の姿はすぐやきついた。うつ向き加減で、身体は、こっちを向いていた。しかし、繁に気がつきようもないほど受話器に心を集めているという気がした。

「小さい部屋に、六、七点でしょう。そう。貧弱な気がしたの。ところがひとつひとつ、すごい作者じゃない。名前を見たことある人ばかりでしょう。福田平八郎とか。ええ、はじめは若い女の子がいらっしゃいませっていっただけ。そのうちいつの間にか御主人が後ろに立ってらして。え？　そう。この朝靄《あさもや》は他の人には描けませんていうの。そうなの。そう小柄の。ううん、和服じゃなかったけど。え？　うん。やだ」

母は、また甘く笑った。とにかくその笑い方は聞いたこともないものだった。簡単にいえば「母の声」ではなくて、こんないい方は嫌だが「女の声」なのだ。たとえば、タレントのディスクジョッキーなんかが甘ったれた声で笑ったりするけれど、それに近い、若い、甘えた、鼻にかかった笑い声なのだ。母には似合わなかった。母がそんな声で笑うのは、ちょっとしたショックだった。誰と話してるんだ？

「え？　ううん、名前でじゃないの。本当に心から面白かった。ほんと、日本画が、こんなに面白いとは思わなかったわ」

しゃべっていることは、むしろ堅いといってもいいのだ。声が問題だった。年増が十代ごっこをしているみたいなのだ。

「素敵だった。ほんとよ。ほ、ん、と」

また母は笑った。はじけるように笑った。繁は、そっと玄関へ戻った。まだ母は笑っていた。

笑いすぎだよ。長すぎるよ。「そうなの。そうなのよ」そんなことをいって母は、また笑った。

ドアをあけ、バタンと強く閉めた。

「ただいま」

一瞬、家の中がしんとした。


「それでどうだっていうのよ?」

姉の律子はすぐそういういい方をする。

部屋に入って来た外敵から部屋中のものを守ろうとするように繁に向き合うのだ。

「相手が誰かってことだよ」

繁がじゅうたんに腰をおろすと、

「落ち着かないでよ。やることあるんだから」

と机に向かった。

「少しは家族と口をきけよ」

「きいてるじゃない」

「こっち向けよ」

「やることあるっていってるでしょ」

「平気なのかよ？　お母さんが、どっかの男とつき合ってもなんにも感じないのかよ？」

「つき合うぐらい自由でしょう」

「普通じゃないっていってるだろ」

「根拠がないじゃないの、笑い方がおかしいなんて」

「いい方もさ」

「下へ行って電話の相手は誰かって聞いてらっしゃいよ。女学校の同級生ぐらいがおちよ」

「ぜったい相手は男だよ」

「お母さん浮気する勇気なんかないわよ」

「浮気は勇気でするものかね？」

「そうよ。そんなことも知らないの？」

「あの声聞かなかったからそんな事いってるんだ」

「出て行って」

「想像してみろよ。お母さんが、フ、フ、フフやだ、なんて」

「下手な声色《こわいろ》」

「女相手に、こんな声出すかよ？」

「邪魔なんだけど」

「少しは心配しろよ」

「関心ないの」

「そりゃないだろ」

「いいじゃないの、お母さんだって女よ。ろくろく家にいない旦那持てば、浮気ぐらいするわよ」

「平気なのかよ？」

「お母さん！」

「なんだよ？」

「繁うるさいの！　ひとが勉強してるとこ入って来て、お母さんが浮――イタイッ！」

「姉さんには失望したよ」

姉が何故平気でいられるのか、よく分からなかった。多分そんなことはないとたかをくくっているのだろう。無理もなかった。繁だって、あの声を聞くまでは「母の浮気」に現実感はなかった。しかし、その声は、母ではなく、ひとりの、つまり「女」の声であった。

どうしたらいいのか。自分がすべきことはなんなのか。

十一時をすぎても日本史がちっとも進まなかった。すすまないまま予定通り英語にとりかかったが、英語も同じページばかりをいじっていた。

何故母が浮気をしてはいけないのか。

それは父に対する裏切りだからだ。

しかし、十年も二十年も人間はひとりの人間に誠実でいられるものだろうか。いられる、といまの繁は思うが、現実は分からない。そんな誠実を信じているのは、子供っぽいことのようにも思える。

「でもいやなんだ」

そう、いやなんだ。子供として、母親が、つまり、他の男に、その「抱かれる」というような事がいやなんだ。いやという感情はどうしようもない。いやなんだから仕様がない。「ほっとくわけにはいかないんだ」しかし、それは子供のエゴイズムではないのか？

きりがなかった。一時をすぎて、繁はようやく決心をした。


「ここかよ？」

「他にあるかよ？」

信彦と一緒に渋谷の裏通りの坂を繁があがったのは、それから三日後であった。

塾がない日で、学校が終ると走って電車に乗った。それでも、渋谷へつくと夜になっていた。

信彦が山本の母親に「田島のお母さんと男が出て来た」のは、どんな喫茶店だったかと聞いてくれたのだった。

「あのばばあ、警戒してなかなか教えねえんだよ」

「それで？」

「嘘なんだろう！　って俺は怒鳴ったさ」

「やるじゃない」

「田島と俺は親友だ。その親友のお母さんが浮気をしているなんて嘘を流されて、友人として黙ってはいられないぞって」

「ほんとかよ？」

「どこにあるどんな店かを言えないなら、でっちあげと判断する。本当はあんたが浮気をしてたんだろう！」

「いったの？」

「半分ぐらいは、いったさ」

その結果、赤と緑のペンキの店だと聞いたのだった。特殊な配合だからすぐ分かると思った。事実すぐ分かったが、喫茶店というよりレストランのような感じなのだ。

「コーヒー２５０円」という大きな木の札がかかっているので、喫茶店と思ったのかもしれない。

「いらっしゃいませ」

込んでいた。三十ぐらいの女の人が「カウンターへどうぞ」とコーヒーをはこびながらいった。カウンターしかあいてないのだ。

カウンターの中は、年寄りの男の人が一人いてコーヒーをいれていた。一人が腰を掛けると、はじめて顔をあげ「いらっしゃいませ」とばかに落ち着いた声でいって頭を下げた。執事かなにかにお辞儀をされたようで、ちょっと二人ともくわれた。

しかし、静かなのは、その人だけだった。カウンターの席も二人が掛けると一つか二つしか空いていなくて、店の中は、話声や食器の音やらで、低く流れているカンツォーネもよく聞こえなかった。

ここへ来たのが、なんだか無意味な気がした。この込んだ店に母が来ていたからといって、それがどうだというんだという気がした。

「ピッツアおごるかよ？」と信彦がいった。

「いいよ」

「じゃ、コーヒーとミックスピッツア二つ」

「コーヒーツー、ミックスツー」とウエイトレスは大声でカウンターの中へいった。

「かしこまりました」

意地でもはってるみたいに老人は落ち着いていた。

「よう」と繁は水をのんでいる信彦にいった。「食ったら帰ろう」

「どういうことよ?」

「聞いたって無駄だよ。おぼえてるわけないよ」

「はっきりさせなきゃ気になって大学落ちるっていったのは誰だよ?」

「もうよくなったんだ」

「気の弱いことというなって」

誰しも他人の事なら大胆になれるものだ。

「すいません」

信彦はカウンターの中の老人に声をかけた。

「はい」

「この写真の人、知りませんか?」

老人はゆっくり二人に近づき、信彦のさし出す写真をとった。

「さがしてるんですよ」

と信彦がいった。

カウンターの他の客が見ている。

「知ってるわけないけど」

繁はとりかえしたくなった。母の写真をみんなに見られたくなかった。

「この店で見たっていう人がいるんですよ。その人、こいつのね」

「親戚の人なんです」慌てて繁はいった。

「蒸発してさがしてるんです」

老人は黙って写真をかえした。

「知ってますか?」信彦がきくと「いや」と口の中でいって、オーブンをあけた。

「でもなんか考えてますね。思い出しそうですか?」

「いいよ、もう」

「お前のことじゃないか」

「無理だよ。一度来たぐらいの人間を憶えてるわけないよ」

「コーヒーでしたね?」と老人がきいた。

「そう。ミックスピッツアと」と信彦がこたえると、空のコーヒーカップを二人の前にはこんだ。

「どうですか? やっぱりおぼえてないですか?」信彦は、楽しんでいるようにしつこかった。

「蒸発したの？」

おだやかだが、いきなり老人は繁を見ていった。

「ええ、まあ」

繁は、ちょっとあかくなった。

「可哀相なんです、こいつ。好きな、おばさんだったもんで、さがしてるんです」

信彦が悪のりして補足した。

老人は考えていた。黙ったままコーヒーをカップに注いでいく。たしかになにかを考えていた。知っているんだ。母をおぼえている。でなければ、こんなに黙っている筈がない。

「思い出しましたか？　もしかすると、男性と一緒に来たかもしれないんです」

信彦が、ちょっとじれて、そういった。

老人は手を止めた。

「どうですか？」

思わず繁もきいた。

「見覚え、ありませんね」

そういって老人は、はなれて行く。

「嘘だな」と信彦が小さくいった。「知ってるんだ。おぼえてるんだ」

「いいよ、もう」

「でも、何故かくすんだ？」

「よそうよ。もういいんだ」

「おかしいじゃないか。どうしてかくすんだ」

「そういう仁義かもしれないよ」

「ジンギって？」

「食って帰ろう。悪かったよ、つき合わせて」

「そんないい方はないだろ」

「どういえばいいんだよ？」

ゴタゴタ小さくいい争って、あとは黙ってコーヒーをのみ、出て来たピッツアを食べた。老人は聞かれたことなど忘れたように「お待たせしました」とか「ありがとうございました」とか、他の客と変わらぬいい方で二人に対した。

外へ出た。

坂をおりかかる信彦に繁は後ろからいった。

「悪いけどよ」

「うん？」

「先に帰ってくれないか？」

「いいよ」

しかし、七時半すぎまで信彦は、傍の喫茶店でつき合ってくれた。

「俺がお前だって、もう一度行くさ」そう信彦はいった。

たしかに老人の態度は意味あり気だった。はじめはもっと簡単な確認のつもりだったのだ。母に疑いを抱き、とりあえず出来ることはこの確認しかなかった。こんないい方は嫌だが、「男」といたという唯一の情報である。とにかくそれを確かめてみようと思った。母に直接聞く勇気はない。なにかをしなくてはいられない気持ちなので、店まで来たのだった。たいしてあてにしていなかった。店へ入って、更に、確かめようがないな、と思った。

ところが、あの老人の態度だ。ただ見覚えがある、というだけではないものがあった。

「押せばきっとしゃべるな。なんかあるな」

と信彦もいった。店がすくのを待った。二人で日本史をやった。問題を出し合い、どっちもどっちだった。

「二人で落ちるかなあ」

「ほんと」

そういって笑い合った。信彦はいい友達だった。喧嘩したばかりなのに、そんなことはすぐ忘れて、渋谷まで来て、「先に帰れ」といっても怒らないのだ。

「俺がいない方がいいんだな？」

別れぎわにそういったが、ちっとも押しつけがましくなかった。

「どんなこと聞くか分からないからな」

「そうだな。じゃあな」

それだけで、坂を一人でおりて行った。結果を知らせろなどとは一言もいわなかった。おしゃべりのくせに、そういう所では節度があり、時々だが男らしいのだ。「短足だなあ」と後ろ姿を見ながら改めて思った。

それからまた「フィリッポ」のドアを押した。

「いらっしゃいませ」

今度は老人がすぐそういった。ウエイトレスはいなくなっていた。客も、がたりと少なくなっている。二人連れがテーブルの席に二組いるだけだった。音楽が綺麗に流れていた。

「コーヒー下さい」

カウンターへ行って、そういった。

「かしこまりました」

夕方来た人が、またどうして？　というような反応は全然なかった。気がつかないのかと思

い、

「さっきは、忙しい時にすいませんでした」

といううと、

「いいえ」と落ち着いてこたえた。分かっているのだ。

「しつこいようですけど——本当は、この写真の人、見たことあるんじゃないんですか?」

「あなたと同じようにね」

「はい」

老人の声が小さいので、繁はちょっとのり出した。

「写真を見せに来た人に、うちのお得意さんですよ、と教えたことがあった」

「そうですか」

「そのせいで若夫婦の仲が裂かれてね。旧家の跡継ぎの旦那の方が、無理に新潟へ帰らされ、女の人をひとりにしちまった」

「そんなことにはなりません」

「どうして、さがしてるのかな?」

「だから、これは——」

「蒸発は嘘でしょう?」

「いえ――」

「本当の事をいわなきゃ、こっちも返事は出来ませんね」

「ということは、見覚えがあるということですね?」

老人は、はなれて行く。繁はそれを追ってカウンターを動いた。

「どんな人と一緒でしたか?　ぼくは、あの、ちょっとしたショックなんだけど、さっきみたいに大勢のお客さんが毎日来るお店でですね、一度来た母を」

いってしまってハッとした。老人に変化はなかった。聞き漏らしたんだ。

「一度来た人をですね、写真で見て、思いあたるっていうのは、特殊能力というか――それとも、そういうものなんですか?　お客さんの顔って覚えているものなんですか?　それとも、特別印象に残る人だったとか、そういうことですか?」

「お母さんか――」

「あ、ええ」

老人は聞き漏らしていなかった。ゆっくり数枚の小皿を後ろの棚へ置きに行く。

「ここへ来ましたか?」

老人は、振りかえって、繁を見た。繁は目を伏せた。

「母は、ここへどんな人と来たんでしょうか?」

「コーヒーでしたね？」

「コーヒーは、どうでもいいんです」

「いれましょう。私も欲しい」

目をあげると、老人は、数台並んでいるパーコレーターのひとつをひきよせていた。白髪のせいで老人という印象がすぐ来たが、よく見るとがっしりとして弱々しいところはなかった。繁がなにをいおうと表情を変えず、口調も丁寧で、人生のいろんな場数を踏んで来たんだろうなあ、という感じだった。

急に繁は、ひざまずきたいような衝動におそわれた。こういう人に、自分の不安をぶちまけて「どうしたら、よろしいんでしょう？」と嘆いてみたいような気がした。

「お母さんは、お見えになりましたよ」

繁は老人を見た。老人は、コーヒーカップをカウンターへ置いた。

「そうですか」

「お相手は、たしかに男の方で、特別かわったところもありませんでした。静かにお話をなさっていた」

「それで？」

「お帰りになった」

「いつ頃ですか?」

「ひと月あまり前でしたね」

「さっきぼくと一緒にきた奴の髪型をおぼえていますか?」

「さっきの?」

「髪型です」

「あなたと同じではなかったかな?」

「ちがいますね」信彦はアイビーだ。

「写真を見せるお客なんて少ないでしょう? しかも、ほんの二時間ほど前です。それでも、よくおぼえていないのに、ひと月以上前の、特別かわったところもない客の顔を、どうしておぼえているんですか?」

老人は、はじめてかすかに困った顔になった。

「なにかあったんですね?」

「いや」

「その時、なにがあったんです?」

「なにもない」

「じゃ、どうしておぼえているんです?」

老人はパーコレーターを見ている。

「なにがあったんです？」

「なにもない。ほんとうだ。ただ――」

「ただなんです」

「一度ではないんだ。それから何度もお見えになっている」

## 冬のヨット

日曜日にめずらしく謙作が家にいた。十二月の下旬である。

「土手へ出ないか」

昼すぎまで寝ていて起きるとそういった。則子はちょっと億劫《おっくう》な気がする。

「寒いでしょう」

「寒いもんか。いい天気だ。みんな歩いている」

風があった。

「歩いてるもんですか」

「ほらみろ、いま犬と人が通った」

「御飯は?」

「あとだ。繁! 律子! 散歩するぞ」

「気まぐれェ!」

すぐ繁の声が明るく二階からかえって来た。

「フィルムあったかな」

「いやよ、写真は」

「なにがいやだ?」

「寝不足だし、こんな格好だし」

「かまうもんか」

繁がマフラーを持ってかけおりて来る。

「フィルム入ってるよ。二十枚撮り、二、三枚しか撮ってないよ」

「律子!」と謙作が呼ぶ。

「姉さん、散歩!」と繁も大声を出す。

「行かない」と律子の声。

「なにいってる。たまじゃないか、おりて来いよ」と謙作。

「おりて来い!」

繁がばかにはしゃいでいる。律子の部屋のドアがあいた。

「やることあるのよ。留守番してる」

バタンとドアが閉まった。

「律子！」謙作の機嫌が悪くなる。

「いいよ、姉さんなんか行かない方がいいよ。歩いてたって、関係ないみたいにそっぽ向くじゃないか。あんなの行かない方がいいよ」

繁は急いでとりなすようにいい「お母さん、早く来て。気が変わっちゃうよ」と呼びに来る。

「急にいうんだもの」

と半コートを着た上にマフラーを巻く。

「お化粧なんてしないでよ。充分綺麗だから」

そういって繁はすぐ玄関へひき返した。

「お父さん、上になんか着たのかしら？」

「大丈夫。若さ」

大声で繁がこたえた。

久し振りの堤防であった。目の前にあるのに、出ることは少ない。

風がつめたかった。それでも日曜日である。河原にあるブランコやおすべりを中心に、子供達の色とりどりの服がとび回っていた。

謙作は土手の上で体操をしている。

「お父さん、ジャンパー」

近寄りながら則子がいうと、

「いらないぞ」

と両手をひろげ足を曲げながら叫んだ。

「無理しちゃって」

繁がカメラをいじりながら笑う。

「ジャンパー着て体操が出来るか」

「お母さん、ヨット」

繁がやや上流を指さした。

「ほんと。寒いのに」

対岸寄りの上流に、小さなヨットが、小さな三角の白い帆をたよりなくゆらめかせていた。

「綺麗ね。だけど、よろよろしてるわ」

「うん」

繁は、そのヨットにカメラを向けた。

「無駄だぞ」と謙作が体操をしながらいう。

「広角であんなロングのヨットを撮ったって、絵にもなにもなるもんか」

「じゃ、お父さんとお母さんだ」

急に繁は、謙作と則子にレンズを向けた。

「いや」と則子がいった。いい方が鋭くなった。

「どうして？」

繁はおどろいたようにレンズから顔をあげた。

「なにがいやだ。二人の写真なんて、この頃撮らないじゃないか」

謙作が近づいて来る。

「そうだよ。土手へ出て来たの一年ぶりぐらいじゃないか」

繁がまたレンズをのぞく。いきなり謙作の腕が則子の背中に回り、肩を抱いた。

「だって、髪もこんなだし」

「つまらない事気にするな」

「綺麗だよ、お母さん」

則子は、自分が身をすくめているのに気づいた。

「笑って、お母さん」

「なんだ、笑ってないのか？」

謙作が則子の顔をのぞきこむ。むっと口臭がした。

「くさいわ、お父さんの口」

笑顔をつくっていった。

「二日酔いだ」

「もう少し川の方を向いて！」と繁がいう。

「固くなってるよ、お母さん」

「そんなことないわ」

「スナップだ、スナップ。時間をかけていい写真が撮れるか」

シャッターの音がした。

「よし」

急に謙作が則子からはなれた。振り向くと土手の斜面を川とは反対側へ身体を曲げてかけ降りて行く。

「どうした？　お父さん」

「お父さん」

則子が先にあとを追った。

土手の下で謙作は吐いていた。

「大丈夫?」

馳け寄って背中を撫でると「のみすぎだ」と荒い息をついた。

「大抵、午前中で、なおるのに、今日は、駄目だ」

「それなら寝てればいいのに」

「文句をいうじゃないか」

「言わないわ」

「言うさ。日曜に、たまにいると思えば一日寝てるとかなんとか」

「揉《も》めるなよ、家へ行こう」

繁が謙作の背中を押すようにして明るくいった。「庭の戸あくかな?」

「あかないわ」

「庭から出ればよかったね」

あくまで機嫌よく繁は、謙作をやさしく押して家に向かった。

庭が土手に面している。玄関は裏手の道にある。土手に出るには庭からが便利だが、庭の木戸は物騒なので大抵閉めたままである。一度家に戻り、その庭から新聞紙とほうきを持って、吐いたものの掃除に出た。

枯れ草に嘔吐物《おうとぶつ》がついて、とりにくい。枯れ草ごと新聞紙でむしるようにした。

十一月半ばまで持ちこたえた土手の緑も、いまは枯れ草ばかりであった。ストーブを出す頃、この季節にまだ土手は緑なのねと近よってみると緑の中に枯れ草がおどろくほどあった。そして或る日気がつくとすべてが枯れ草なのである。

「お父さんも無理してるよね」

繁が背後に来ていた。「やっぱりいつもお母さんをほっといて、うしろめたいんだよ」

そんな繁は普通ではなかった。あきらかに両親の間を気にしていた。どこまで繁は気がついているのだろう?

子供は親たちの危機に対して本能的な触覚を持っているのかもしれない。

それともなにかを知っているのだろうか。

フィリッポで、もう八回も北川と逢っていた。最後は四日前である。銀座の日本画の画廊を歩いて来たという話を電話でし、その翌日逢った。

七度目に逢った時、北川は日本画の話をした。画廊をよく歩くというのである。買うことは出来ない。見るだけである。

「幾度か行っていると、中には声をかけてくれる主人がいるんです。買えないけれど、好きだというと、では見て下さいと、奥からしまってあるのを持ち出して来たりする。下手な外国の絵を見てるより余程面白い。そういう主人は、自分のコレクションが自慢だし、講釈の相手をさがしている。お茶を出してくれて、絵の見方から画家たちのエピソードまで聞かせてくれます。そのうち段々欲しくなる。小さなものでもいいから自分のものにしたいと思うようになる。しかし、いいものを見てしまっているので、なかなかこれはと思うものがない。ようやく一枚買いました。版画です。しかし、いいものです。儲けなしの十万円といわれたのを、三か月の分割にしてもらって買いました。見ていただきたいな。見ていただきたいけど、うちの居間にかけてあります。ちょっとお見せ出来ない」

妻子がいるのであった。娘がひとり、小学校三年生だという。

翌日、すぐ則子は銀座へ出掛け、北川から教えられたいくつかの画廊を歩いた。そして、その次の日には北川の会社へ電話をする。自分の方からするようになっていた。かけると、「こちらからかけます」と北川がいう。暫くするとかかってくる。あいている打ち合わせ室の電話だとか、録音室の電話だとかいった。呆れるほど自由であった。いい社員とは言えない。よく馘《くび》にならないものだと思う。

しかし話題の豊かさは話すたびに魅力を増した。則子にとって、北川が会社員として駄目かどうかはどうでもいいことである。謙作とでは持つことの出来ない会話の楽しさを北川と味わえばいいのだ。会話だけのことである。やましいことはない。仮に毎日逢ったとしても、謙作に文句をいわれるようなことはなにひとつない。

そう思おうとした。しかし時折、自分の声がはっとするほどなまめいていることに気づいた。北川と話しはじめると、無意識に口調がかわった。華やいで笑い、媚びや甘えを含んで、われながら「あさましい」声を出した、と思うことがあった。

北川はそうした則子の変化に気づかぬような顔をした。しかし、気づかぬ筈はない。急に則子は抑制し、冷めた声になって電話を切ったり、「帰ります」といったりした。

北川はさからわなかった。

温和しい人だと思った。こういう人となら、会話を楽しみながら、このままの関係でいつまでも続くような気がした。北川を通して、短い間に新しいいくつもの世界を教えられたと思う。女性文化講座で教えられた仁清《にんせい》の色絵が、北川を通すと「教養」としてではなく喜びとして見られることに小さくおどろいたりした。

「私設の女性文化講座だわ」と思った。思おうとした。

しかし四日前、北川はとうとう別の言葉を口にした。フィリッポを出て、坂をおりながらである。

斜光線が二人の影を長くしていた。

「少し前を歩いて下さい。並んで下さってもいい。顔を見ないで下さい。提案です。すぐ返事をしないでいただきたい」

なにをいい出したのかよく分からなかった。ただ言うなりに北川の方を見ないで歩いた。

「今日は聞くだけにして下さい。もうひとつ我儘《わがまま》をいわせてもらえば、御返事がノーでも、いまのようなおつき合いは続けていたいのです」

車が四、五台続けて上って来る。坂下に信号がある。駐車している車があるので、やりすごすまでは、並んで歩けない。

とうとう来た、と思う。当たり前だと思った。こんなつき合いに応じていれば、それ以上の要求を男がしない筈がない。そんなことは分かっていたのに、北川の無害な印象が、彼だけは例外かもしれないという気にさせていた。

「なにかしら?」

場違いな高い声が出た。

また車が一台来る。それをやりすごす間に坂の下までおりていた。いつもそこで別れるのである。

信号で立ち止まりながら振りかえると、すぐ背後に北川がいた。目を合わさずに、また前を見た。

「浮気の提案です。お互いの家庭は決してこわさない。絶対に秘密にする。深入りはしない。

一方がやめたいといった時は、ただちにやめる。そういう浮気の提案です」

信号がかわった。

「歩いて下さい。私はここで車を拾います」

振りかえらずに歩いた。

それから電話をしていない。かかっても来なかった。

そしていま、謙作の汚物を始末している。

「夕飯四人でどっか食べに行く予算なんかないね？」

繁がいった。

「今日？」

「お父さんだって、夕方にはなおってるでしょ。姉さんはぼくがウンていわせて、四人で久し振りにどっかで食べるなんていいなって思ったんだ」

「いいけど、ボーナス安かったから、無駄だっていうわ、お父さん」

家へ戻って行くと繁は、素早く庭の木戸をあけて、則子に道をあけた。

「話してみるわ」

「うん」

更に繁は則子のあとを追って「無駄じゃないよね。一番大切なことかもしれないじゃないか」といった。

繁はなにかを訴えようとしている。

やはり北川とのことで、なにかに気づいたのではないか。なにに気づき、どう解釈したのだろう。でも、少なくともいまはなにも起こってはいないのだ。少なくとも、いまは——。

自分でもよく分からない。北川の「提案」は断ろうと思っている。本当にそう思っている。しかし、押し強く北川がせまれば同意してしまうのではないかという気もする。

さっき謙作に肩を抱かれて身がすくんだ。それは決して夫への嫌悪感ではない。奇妙なことだが、あの瞬間、北川にすまない、という気がしたのである。おかしなことだ。自分は、思っているより、はるかに大きく北川の提案を受け入れる気になっているのかもしれない。

北川から電話がない。無論、今日の日曜に電話はかからない。しかし、その前に三日あった。明日だろう。明日はおそらく「提案」の返事を求める電話があるだろう。

一家で夕飯を外で、という繁の思いつきは簡単に謙作にこわされた。

「たまにうちにいるのに外食させる気か?」

「それもそうだね」

繁は明るくひき下がった。

「じゃ鍋かなにかにしようかしら」

「いいね」

繁はちょっとあとずさりで居間を出て、二階へあがって行く。

心配しないでいいの。なにも起こりゃしないわ、と則子は思う。自分は浮気の出来るタイプではない。大体、北川と逢っているということが不思議なくらいなのだ。

ほんとに、どうして北川と逢うようになったのだろう。本来の自分なら、とても逢うはずがなかった。「エロ電話」に類することをしかけて来た相手である。

そんな男と電話で何度も話し、とうとう逢っているのだ。自分から出掛けて逢っているのだ。そんなことを自分がするとは思わなかった。

則子は用心深い女である。新しい世界に入って行くことに臆病である。それが新聞社主催の女性文化講座への申し込みであっても、一日や二日では決まらなかった。本を読めばすむことではないか、と思ったり、毎週着て行くものがない、と思ったり、どんな人々が来るのだろう、と悪く悪く想像したり、謙作はいいといったが、内心は「勉強」とはとらず「遊び」と思っているだろう、とか随分時間をかけた。行けば、二、三のつき合いも出来、講義は退屈したが、一人で家にいるよりはよかった。その時知り合った一人とは、いまだにたまにだが電話で話をする仲である。ほんの少し世界がひろがった。それにしても、ほんの少しである。ひろげた世界の小ささに比べ、時間をかけている。

その自分が、北川とは、ふた月足らずで、浮気の「提案」をされるところまで行っている。若い頃には、そういうことがあった。若さにつき上げられて、本来の自分ならしそうもないことをしたことがある。

若さが常識や手順を無視させた。高校の文化祭を見に来た男子校の生徒と、次の休日に鎌倉《かまくら》まで行き、浜辺で寒いのに夕闇までいて、帰りぎわに、軽いキスをしたことがある。幼いキスであった。男も上気して、声がうわずり、道へ出るのに砂につまずいて膝をついたりした。このあとすぐ彼は「有名なナンパ」だという噂を聞き、二度と逢わなかった。それにしても、よく自分が鎌倉まで行ったものだと思う。若さだったと思う。

その若さが、いまはない。その則子が、非常識な電話をかけて来た北川を許し、逢いに出掛けている。

それは北川の魅力だろうか。それもあるかもしれない。しかし、大きくは孤独のせいなのだ。孤独が、かつての若さと同じように則子をつき上げ、非常識をかまわず北川に近づけているのだ。

「ほっとくからだわ」

ソファに寝そべり、目を閉じている謙作を則子は長い間見ていた。「ほっとくから悪いんだわ」

謙作は目をあけない。眠っている筈はない。則子が傍の椅子にいることに気づいていない筈もない。しかし、謙作は目をあけない。たまに家にいると思えば、二日酔いで口もきかないのだ。まだ目をあけない。まだこっちを見ない。いつまで知らん顔をしている気だろう。則子はそう心の中でくりかえしながら、謙作が目をあけぬことを願っている自分にも気づいていた。

「なにをしている？」

いきなり謙作がいった。

「え？」

目を閉じたままである。ソファに寝ていて口だけが動いた。

「どうした？」

それから目をあけて則子を見た。

「どう？」

「大丈夫だ」

「無理なのよ。無茶してると、いつか入院だから」

「そうだな」

素直だった。天井を見ている。疲れた顔である。

「のまなきゃ本当に仕事にならないの？」

「うむ」

「のめない人はどうするの？　のませて自分はのまなければいいんだわ」

「うむ」

反論するかと思ったがしない。それから呟くようにいった。

「のまなきゃいい。しかし、のんじまう」

「どうして？」

「うむ」

カナリアが鳴いている。言い合いはしたくなかった。こんな昼下がりは久し振りである。

「川田のかみさん、面会出来るようになったそうだ」

「そう」

謙作の旧友の細君である。一度則子は見舞いに行き、面会謝絶で品物だけ置いて帰って来ている。

「今日あたり行くといいんだが――」

「いいわよ。明日にでも私が行く」

「俺が一度も行かないのもまずい」

「義理より自分の身体だわ」

「義理ばかりじゃない」

「とにかく今日はいや。こんな日ぐらいのんびりしてなきゃ駄目よ。ひどい顔よ」

「うむ」

夫を愛しているかどうかよく分からない。しかし、疲れた顔を見ていると、いたわりの気持ちが湧いてくる。

よく働いて来た。働いてばかりいる。ゴルフも麻雀もやるが、謙作のそれには娯楽の匂いが殆んどなかった。日曜日の早朝にゴルフ場へ出掛けて行く姿は、身体に鞭《むち》をうっているように見えた。

趣味がない。ごろ寝が好きである。しかし、たまにごろ寝の出来る日が来ると「家族になにもしていない」と思う。思うらしい。「家中で何処かへ行くか」などという。

「蒲団敷きましょうか」

「いい」

犬の声、子供の叫ぶ声が川の方から聞こえる。一日好きなようにしたらいいのに、と思う。

こういう気持ちを愛というなら愛している。

「旅行でもしたいな」

珍しいことをいう。

「何処へ?」

「何処でもいい。パキスタンなら多少の知り合いもある。並みでは行けない所へも連れて行ける」

「誰を?」

「お前をさ」

「一人で行きたいのかと思った」

「なにをいうか」

二人で笑った。他愛ないな、と思う。女房なんて本当に他愛ない。さっきまであれほど頭を占めていた北川が、急速に薄れて行く。

こんな時がたまにあればいいのだ。

笑いながら涙ぐんで、則子は庭へ顔をそむけた。

## 体験

月曜日になると、謙作はまた則子に背を向ける。いや、日曜の夜すでに夫は仕事の方を向いていた。あしたはまた大変だ、という身構えが日曜の夜には戻っている。一緒に旅行したい、という言葉に涙ぐんだ則子が、取り残されている。いつものことだ。さんざん懲りているのに、「涙なんか」と自分が哀れになる。

北川から電話があったのは、そんな月曜の朝であった。名古屋にいるという。

「どうしてもかけられませんでした」

北川の声は、いつもより高く、いつもよりせわしかった。「オーストリアのヴァイオリニストが来ているのです」

北川のつとめるレコード会社の契約演奏家が来日すると、クラシック部門としては、ほうっておくわけにはいかない。特に今度は、日本のスタジオでレコーディングをする企画があるので、「呼び屋」にまかせるわけにはいかない。

「そういう時には動くというのが、私に貼られたレッテルでしてね」トラブルを処理するのが、特技ということになっている。前に、あるヨーロッパの交響楽団の、受け入れ側への不満をひとりで北川が解決したことがあった。イタリアのソプラノ歌手の時もそうだった。

「めぐり合わせで、誰にでも出来たことなんです」

しかし、その後は、なんとなく北川が来日演奏家係ということになった。一度、会社の中で、無能というレッテルを貼られると、実際はどうであっても、中々そのイメージを拭い去れない。

北川は、それとは反対に「特技」のために、随分得をしている。だから「やる時には、やらなければならないんです。あと四日で帰ります。そうしたら逢って下さい。逢ってもらえますね？」

念を押されて、則子は返事に迷った。しかし、北川は返事を待たず、

「これから大阪へ行きます。天才がエレヴェーターから降りて来ました。ホテルのロビーなんです。またかけます」

「ええ」

忽ち切れて、プウーという機械音になった。とり残されたような気がした。

北川も男だった、というような思いである。ホテルのロビーを大股に横切り、エレヴェーターから降りて来た演奏家に、なにやら全身で愛想よく挨拶をしている姿が浮かんだ。仕事に熱中している。その時には則子どころではない。夫の謙作と同じである。

やりかけの掃除にかかる気がせず、洗濯も夕飯の買い物もしたくなくなってしまう。男は広い世界を歩き回り、自分は十年一日のようなくりかえしの中で、年をとって行く。

しかし、北川が安手なテクニックで電話をよこさずにいたというよりはよかった。「浮気の提案」をし、則子が拒否し、迷い、思い直し、また動揺し、漸く落ち着いて、北川からの音沙汰がないことが気になり出した頃を見はからって、低い甘い声でかけて来た、というのだった

らやりきれないだろう。せわしく、やや高い声でかけて来た、というのはよかった。いや、北川のことだ。選びに選んで、いまの時間にかけて来たのかもしれない。

「逢ってもらえますね？」

北川は仕事の打ち合わせのような、ニュアンスのない高い声できいた。しかし、その意味は、浮気を承知してくれますね？　ということではないか。そんな質問を電話でするには、一番いい時を選んだのかもしれない。せわしく聞く必要から、ホテルのロビーを選び、ヴァイオリニストを登場させたのかもしれない。

とにかく、あと四日待つという電話である。その間に、心を決めて下さい、というのが要点であった。

「演奏者と一緒に歩いていると、時折妙な気分に襲われます」

逢うと北川はそんな話をした。喫茶店をかえていた。やはり坂道の小さな店であった。

「会場の次の公演が演歌の歌手で、そのポスターや立て看板があったりします。聴衆は、開演前にお寿司を食べていたりする。外へ出ると、冬の、まぎれもない日本の地方都市で、演奏家の生まれたオーストリア、曲の生まれたヨーロッパとは似ても似つかない。そこに、たとえばフランクのヴァイオリン・ソナタが流れます。それに文句があるんじゃないんです。ただ、随分ちがう音を聞いているのだろうと思うんです。作曲家や演奏家が聞いている音とは随分ちがう音を、ぼくたちは聞いているのだろう、と思う。ある国の散文が他国で詩に変化するといったのはボーヴォワールですけど、日本人には何気ない日常的な仕草や言葉が外国人にとっては、エキゾチックであったり、詩として受けとられることがあるように、音楽だって、それをつくった人達とは、随分ちがった受けとり方を、ぼくたちはしているのだろうな、と思う。それがいけないといってるんじゃありません。いけないといってみても仕方がない」

則子はコーヒーをスカートに少しこぼした。

「大丈夫ですか？」

「大丈夫」おしぼりで軽く叩くように拭く。

「で、ある曲がですね。ヨーロッパの人には、ぼくたちが聞くのと、どのくらいちがって聞こえているのかという事が、ものすごく知りたくなる」

「そうでしょうね」

「え？」

「いえ、すごく聞きたくなるんでしょう？」

「ええ、つまり知りたくなる」

「ちがうんでしょうね」

「ちがうと思いますね。ベートーヴェンを聞くと、ぼくなんか名曲喫茶の薄暗い壁やテーブルを思い出すけれど、向こうの人は、そんなんじゃないでしょうし、絃の音ひとつ、太鼓の音ひとつだって、ものすごく感じ方がちがうだろうと思って——」

北川の爪は、綺麗に切られていた。ワイシャツは二日目ではないかという気がする。もっとも北川のシャツはいつも糊《のり》が薄い。もう少し糊をきかせた方が、皺になりにくいし汚れにくいし——。

「この頃のクラシックファンというのは、グループサウンズのファン並みでしてね。サインだ握手だ、と結構ガードマンを必要とするんです」

ネクタイは、めずらしく襟元まで締められている。ゆるい締め方が、いい着こなしだったのだが、今日きちんとしているのは、いやではなかった。

「おまけにその天才は手がかかりましてね。ホテルのバーで、静かにブランデーぐらいと予想していたのですが、そうじゃない。キャバレーなどへ行きたがるんです。夫人同伴じゃないんで、羽根をのばしたくって仕様がない」

「あら」

則子は腕時計を見た。「停まってるわ」

北川のおしゃべりを落ち着いて聞いていられなかった。

「二時四十八分だけど」

「分解掃除したばかりなのに」

「全然動かない？」

「ええ、全然」

北川がいきなり則子の左手をとった。

「ああ、停まってるな」

「ええ」

「秒針、ゆすっても動かない」

「ええ」

北川の手の方が熱かった。

「掃除をしたばかりで停まるなんてひどいな」

「ええ」

それから北川は手をはなした。

短く沈黙が流れた。

はなれて男の太い声が笑った。

「だからあいつらカラチの空港で、夜明けまでボケーッとしてたわけよ」

「出ましょうか？」

そういって北川が則子を見た。強い視線を感じた。目をあげられず、則子は小さく「ええ」といった。

外へ出ると、何処かで則子を見ている視線に身をさらしているような気がした。

「寒いなあ」

おくれて出て来て、北川は大げさに身をすくめ「えーと」と坂の上を短くさがすように眺めた。則子も続いた。いつもはおりる坂をのぼって行く。

「どうしてあんなに暖房をきかすんだろうね？」と則子をちらと振りかえりながら歩きはじめた。則子も続いた。いつもはおりる坂をのぼって行く。

「この間、面白いことを聞いたなあ。お宅の少し上流でヨットを見なかったかなあ？」

口調がぞんざいになっていた。男女が関係を持って、言葉づかいが変わるのは分かる。その前に変わるのは意外だし嫌な気がした。

「ヨット？」

「川崎側でヨットを出した男がいるんですよ」気持ちをほぐそうとしているのかもしれない。

「いかがですか？」「はい」という言葉づかいでホテルへ入るのは、なんだか滑稽じゃないかというような感覚が男にはあるのかもしれない。

「停年の日に、奥さんも子供も、御苦労さまでもなんでもなかったっていうんですね」

ホテルが見えた。その種のホテルである。

「次の就職のあてがないので、奥さんはその日も人に頼みに出掛けて留守だったらしい。息子は残業で帰らない。一人で夕飯を食べたっていうんだけど」

通過した。

「どこまで本当か分からない。とにかく翌日の日曜、そう日曜っていったな。息子の小さなヨットを出して、車の上にでも積んだのかなあ、多摩川へ来て帆をあげた。しかし、水が少ないから勿論流れに乗る訳にいかない。しかし、おりない」

またホテルの看板が見えて来た。北川は気がつかないように話をやめない。

「息子が気がついて追いかけて来て、お父さんおりろ、といってもおりない。奥さんが来て呼んでもおりない。岸から多少はなれているからヨットへ行くには水へ入らなければならない。ボートを借りて傍へ行くと、ものもいわずに水をかける。追いかえす。だんだん人が集まって来る。寒い。それでも男は、見向きもせずに乗っている」

通過した。

「海へ行こうと思っている。しかし、海どころか、流れのあるところまでさえ、ヨットは出られない」

目的の家があるのだろうか？　二人で長く歩くのはいやだった。人目にさらしているという気がしてしまう。

「家には車がある。小さいながら息子はヨットも持っている。生活水準は悪いほうではない」

ヨット。どうして、ここにヨットが出てくるのだろう？　勿論あのヨットである。家族で土手へ出た時見えた遠いヨットだ。家族や夫に関わる話は聞きたくなかった。

カラチ。そう、さっきは喫茶店でカラチの話が聞こえて来た。かつて謙作が単身赴任した街の名である。どうして、こんな時にヨットやカラチが自分をとりまくのだろう？

夫への後ろめたさは、ないつもりだった。一度や二度の浮気ぐらい当たり前なほど、ほうっておかれたのだ。月に一、二度という時が少なくない。それでも、少しつながっていればいい。疲れて帰って来る謙作は、最小限の会話さえ面倒がるのだ。愛されているかどうか分からない。愛しているかどうか分からない。

愛していない、というのでもない。改めて聞かれれば、愛していると答えるだろう。いなくなったら淋しいだろう。他の男と、新しい生活を送る方がいいかと聞かれれば、現状の方がいいと答える。三十八になって、新しい男と生活を持つのは不安である。十年たたぬうちに自分の容色はおとろえてしまう。長続きはしないだろう。

しかし謙作に強い愛を感じるということもない。

別れる気はないが、現状は不満である。不満な現状のまま年をとって行くのがたまらない。

浮気をしたくても相手にされない年に間もなくなって行く。

それでいいのか、と思う。雑誌で主婦の浮気が多いことを読む。自分は、時代おくれなのではないか、と思う。年をとって、どうして一度ぐらい浮気をしておかなかったのか、と悔やむのではないかと考える。

そして、北川という「機会」がおとずれたのである。絶対に秘密を守る。お互いに家庭をこわす気はない。一方がやめたくなったらすぐやめる。

そんな条件を出されて、なおためらうほど、夫が強いブレーキにはならない。応じるべきだ、と思ってしまう。

欲望をおさえきれずに浮気をするというより、自分の世界の狭さ、体験の浅さ、老後の後悔を克服するために応じたというところがある。

いや、勿論それだけではない。淋しかった。長い間、孤独だった。飢えがあった。

そして北川は夫にないものを持っている。容姿も悪くない。

「勝手なぼくの解釈だけど、長いこと趣味もなく、家族のために働いて来た自分に腹が立ったんじゃないかな。自分だって、ヨットで遊んでやる。海へ行ってやる。太平洋だって渡ってやる。やみくもに、そう思ったんじゃないかな。だけど、ヨットは動かない。浅瀬で底をついて、ゆらゆら揺れている」

急に則子は、よそう、と思う。このまま歩き続けて、別れて帰ろう、と思った。その方がいい。見当がついている。この気弱でおしゃべりな北川とホテルへ行ってみても、それがめざましい体験になる訳がない。

やめた方がいい。夫との二十年の人生を汚さない方がいい。いろいろなことがあった。吉祥寺の駅前で、眠ってしまった繁をおぶい、買いもの袋を提《さ》げ、だっこしてくれとぐずる律子をひきずるようにしてバス停へ行こうとした時、肩を叩かれた。謙作であった。

「どうしたの？　こんな時間に」

その時の謙作の目を忘れていない。駅前の雑踏を忘れた目であった。いますぐ則子を抱きしめたい、という激しさと優しさが溢れていた。

「どうしたの？」

もう一度聞くと「よこせ」と荷物を則子からとり、時ならぬ父親の出現で泣きやんでいる律子を抱き上げ、

「ママを困らせちゃ駄目だ」

といった。バスを待つ列に並んだ。

「なにがあったの？」

おさえ切れずに、則子は謙作の背に小さく聞いた。謙作は、なかばふりかえり、

「カラチへ行くことになった。急にだ。パスポートがとれたら、すぐ行く。二年間だ」

そんな思い出を汚してはいけない、と思った。

「どうかな？　此処《ここ》」

と北川が立ち止まった。

「え？」

「よければ入るけど」

「いいわ」

咄嗟にそういった。北川が狭い門を入った。入るとすぐ右手に折れて、もう道からは見えない。

自動ドアがあいて、小さなロビーへ入る。五十代の蝶《ちょう》タイの男が、カウンターの中で立ち止まり、

「いらっしゃいませ」

といった。

「部屋ある？」

「ございます」値段に三段階ほどの区別があり、前金だといった。一番高い料金を北川はいい、金を払っている。

則子は、目を伏せてロビーの隅の植物を見ていた。こんな風だとは思わなかった。テレビからの知識では、この種のホテルは、客にこんな思いはさせない筈であった。

客は、誰にも顔を合わすことなく部屋に導かれ、金を払うのも小さな窓口で、スピーカーの声が「ありがとうございます」などという筈であった。

「三階だって」

背後に北川が近づいてそういった。「この奥にエレヴェーター」といいながら則子の肩を抱くような仕草をした。しかし、肩に手は触れない。則子は、その手からのがれるように、廊下の奥へ歩いた。

狭い、小さなエレヴェーターである。二組がかち合ったら、どんな風だろう、と思う。薄い汚れが壁面にある。目をそらした。上って行く。北川のつく息が聞こえる。

止まる。胸がちぢむ。誰かに逢いたくないと思う。ドアがあく。

誰もいなかった。北川が、小さく数字を口にしながら、妙にゆっくりひとつひとつのドアのナンバーをたしかめて行く。いや、実際は、ゆっくりな訳ではないのだろうが、そう思えた。早く部屋へ入りたかった。

部屋のドアをあけた。

ピンクの夜具が、いきなり目に入った。ドアを北川が閉め、鍵をかける。壁もピンクである。

カーテンも、薄いピンクであった。

ロビーから廊下までは、むしろ地味すぎるしつらえで、部屋に入ると一変するという工夫である。別の世界であった。

「おどろいたな」

北川が小さく笑った。二人で並んで、ピンクだらけの部屋の入り口で立っている。

「コート、脱がない？」

と北川が則子を見た。

「ええ」

北川が背後に回った。則子はボタンをはずして行く。

北川は背後で動かない。待っている。則子は首筋に視線を感じる。抱かれるか、と思う。しかし、北川は動かない。脱いだ。それを受けとる北川の手と則子の腕が短く触れる。

北川は、なにもいわない。コートを持って脇のピンクのひらき戸へ行く。

お茶を持って誰かが来るのだろうか。

「お茶を――」

「え？」

「持って来るのかしら？」

いいながら、すぐ傍のテーブルに魔法瓶があるのに気づいた。湯呑みと日本茶のティーバッグが二人分盆に載っていた。

「奥さん」

振り向くと、両手をひろげるようにして近づく北川が目に映った。「うっ」強く抱かれて則子は声が出た。

「来ないと思うな」

あえぐように北川はいった。

## 風の裏側

二月に入ると、受験勉強がすべてに優先した。優先すべきであった。しかし、こういう時に限って、無視出来ない邪魔が入るのだ。

「よくそうだ」と繁は思った。

小学校の修学旅行に行きそこねたのは、母方の祖母の危篤のせいだったし、中学三年の時、はじめてYMCAのスキーに行く事になった時もそうだ。はじめてなんだから下手なのはやむを得ないとしても、上達が遅いのは、女の子も一緒だから恥だと思い、信彦にコツを聞き、腰をひねり、スケートをやっとく方がいいといわれて、無理して代々木《よよぎ》のスケート場へ七回も行って、七回目に捻挫した。まあこれは人のせいとはいえないけれど、とにかくマイルス・デイビスのコンサートへ行こうと思うと母が四〇度も熱を出したり、カートリッジの驚異的バーゲンが今日までと聞いた日の朝、待ってたように姉の律子が盲腸になり、タクシー呼んだり電話かけたり、手術室の前で母と坐ったりして一日つぶれてしまったり、生来なにかと邪魔が入る星回りであることは事実なのだが、高校三年の二月に、母を尾行する運命だとは思わなかった。

予期した通り、下北沢で母がおりると、余程ここで尾行はやめようか、と思った。このまま新宿へ行き、安売りのカセットテープでも買って帰ろうかと八〇パーセント決心しながら、ドアが閉まりそうになった時、パッとホームへとび降りていた。

母は、もういなかった。しかし何処にいるかは分かっていた。階段をあがって、井の頭線《いのかしらせん》の渋谷行きのホームに立っているのだ。渋谷へ男に逢いに行くのだ。それは、はじめから分かっている。

和泉多摩川《いずみたまがわ》の駅で、上りのホームに母がいるのを、下り電車から見た。その時もう、ああ例の男に逢いに行くのだ、と思った。

二月の学校は、もう出欠をやかましく言わない。学校へ無理して来なくてもいいという教師もいた。やる奴は何処にいてもやるのだ、といった。それでも、繁は毎日出かけていたが、今日は信彦が休んでいた。午前中だけ出て、弁当を食べると帰りたくなった。帰って家でやった方が、はるかに能率が上がるような気がして来た。このあたりからもう、神様かなにかが自分を導いていたのかもしれない。

昼休みの校庭を出た。

そして、わが家のある駅に電車が着くと、上りのホームに母がいたのである。

はじめはドキンとして、ただ母に見られないようにした。母も見られたくないだろう、と思った。

改札を出ると、踏切が閉まった。上りが来るのだ。警笛が鳴っている。

その時急に、男を見たいと思った。どんな奴か見てやろう、と思った。「話をするだけ」にせよ、昼間こっそり母親と逢っている男を、家族が誰も知らない、というのはよくない。父のためにも、どんな奴か知っておくべきだと——そこまでその時思ったかどうかは忘れたが、とにかくすべり込む電車を追いかけて改札を抜け、母の視線をさけて最後部へとび乗った。

成城学園前の駅で、多分急行に乗るだろうと、ゆっくりホームへおりて横日を使うと、予想通り、母は先に下北沢と新宿だけに停まる急行を待ってホームにいた。

少し距離をつめた。急行は満員だった。ゆられながら、何故こういうことを今日までやらなかったのだろう、と不思議な気がした。

母がどこかの男と逢っていることを知り、問いつめたのは一月半ばである。

「どうしていけないの?」と母はいいかえした。「お母さんだって、誰かとしゃべるぐらいの自由はあっていいでしょう? ただ、しゃべるだけよ。やましいことはないわ。そういうつき合いも、お母さんはしちゃいけないかしら?」

「いけなかないよ」

「その人は昔の知り合いよ。いい人なの。話題が豊富で、お母さん昔いろいろ教えられたわ。久し振りで偶然逢って、それから時々逢ってもらってるの。勉強になるんだもの」

その時母は、父にも姉にも、余計な思いをさせたくないから黙っていろ、といった。たしかに、それは現実的な判断である。

話をするだけにせよ、自分の留守に、妻が他の男と逢っているのを喜ぶ夫はいない。姉は意地が悪いから、なにをいうか分からない。繁さえ黙っていれば、母のささやかな権利はまもられる。

そう思って今日まで黙って来たが、心の中ではずっと気にくわなかった。

大体、ただ絵だの音楽だのの話をするだけなら、あの色っぽい声の電話は、どういうわけだ。話をしながら精神的浮気をしていたんじゃないのか? もっともその位は自由だ、と理性は思う——が、感情は思わない。

ほっとくのは、よくない。ほっといて平気だという方が不健康だ。大体、母の気に入った男が、どんな男か、息子が好奇心を抱かないというのがおかしいのだ。家族の一員として顔だけでも見たいと思うのが自然ではないか？　受験のせいで、そういうところが自然にいかなくなっていたのだ。

つきとめよう。どんな男か見てやろう。場合によっては、偶然のような顔をして「あれ、お母さん」と姿を見せたっていい。父や姉にはかくしておくとしても、自分だけは首をつっこんでおく方がいい。そうすれば、仮に男がムラムラとした時でも、母は繁を思い出すだろうし、男も、あんな息子がいたんだった、と思ってしらけたりするだろう。

しかし、母を尾行するということは、思ったよりずっと嫌なことだった。それで、下北沢で、余程やめようか、と思ったのだ。

井の頭線のホームで、母は、階段のすぐ脇にいた。おりながら、見当たらないな、と思い、警戒しながら降りて少し歩き、何気ない顔でゆっくり振りかえると、階段のすぐ脇で母は寒そうに立っていた。

すぐ目をそらした。しかし姿は焼きついている。横顔をコートの立てた襟にうめて、線路の方を見ていた。襟をあんなに立てた母を見るのは、はじめてだった。ちょっと他所《よそ》の女という気がした。

案外買い物かもしれないなあ、と無理矢理思ってみる。でも、それなら何故乗りかえて、わざわざ渋谷へ行くのか？

井の頭線は、満員だった。これで渋谷のホームに着いたら、相当な人の流れになるだろう。見失うかもしれない。見失えば、見失ってもいいと思った。

「ちょっとあんたハアハアハアハア、人の顔へ息をかけないでよ」

五十か六十かよく分からないがそのくらいのおばさんが、繁を見てにくらしそうにいった。繁の口が丁度おばさんの額のあたりにあって、繁は気がつかなかったが、口で息をしていたのだ。

繁は口を結んで上を向いた。普段なら、周りの目が気になったり赤くなったり、いろいろ大変だったろうが、今日は気にならなかった。フィルターの向こうで、ばばあがわめいているという感じで神経は母の方を向いていた。

渋谷は案《あん》の定《じょう》、すごい人だった。

一輛先《いちりょうさき》でおりた筈の母は、はじめから見えなかった。わり込むようにして改札へ急いだ。

「なに、この人は」と誰かが非難の声をあげる。

かまわず改札を出た。

母は「フィリッポ」へ行くという頭があった。

その方向へ出る階段をおりようとして、国鉄に向かう通路に後ろ姿をちらと見た。慌ててブレーキをかけ、すぐあとを追った。

よく気がついた、と思う。一瞬で見失うところだった。これだって神様かなんかの誘導かもしれないと思えば思えるのだ。

母は、早い足取りで国鉄の改札がある二階の広場を横切って行く。東横線への階段をあがる。こんなふうに言っても、渋谷を知らない人にはイメージが湧かないだろう。とにかく私鉄二本、地下鉄、国鉄が集中しているターミナル駅の午後の雑踏を西の端から東の端へ、階段をあがったりおりたりして、見向きもしないで横切って行くのだ。

母は逃げて行く。ぼくから、家族から逃げて行く。尾行していると、そんな気になった。逃げて行く母を追いかけながら、どうしても追いつかない夢を見ているようだった。

そんな目で見るせいか、母の後ろ姿は、いつもより美しかった。家の外で母を見ると、大抵家にいる時の方がいいと思った。スーパーの人込みの中の母は、周囲の若い人妻なんかより老けて見えるしああお母さんも四十近いんだな、と家では気がつかなかった実相を見たような気になったりするのだが、今日の母は雑踏の中でも美しかった。

コートからのびている足は、適当に細くしなやかだったし、歩幅の広い歩き方も、あれと思うほど洗練されているのだ。こんな事を子供がいうのは気がひけるが、歩くたびにコートの中のお尻の輪郭が短く露わになっては消えて、他人だったらセクシイにさえ思うのではないか、と観察してしまうのだ。

東横線の改札前の広場をぬけ、東急文化会館へ二階同士でつながっている連絡通路を歩いて行く。「ちょっと、いいですか?」とカルダン既製服といった感じの男が立ちはだかる。

「急いでんだよ」

ふり切って、急ぐ。いや、急ぎすぎてもいけない。ちょっと調節して、母との距離を適当に保つ。文化会館へは入らずに、横切って地下鉄のガード脇の道を行く。左へ曲がる。宮益坂《みやますざか》という坂へ出る道だ。ああ、宮益坂の喫茶店にしたのか、と思う。息子がさぐりを入れに行ったあとで「フィリッポ」へ行く気はしないかもしれない。宮益坂にも、いいコーヒー屋が二軒ほどあるのだ。

曲がると、母は横断歩道で信号を待っていた。急いで身をちぢめ、母に背を向けて、なにをしていいか分からず、ちょっと靴の先のほこりを掌《て》ではらったりした。

さっきのカルダン既製服みたいな青年のことだけど、あそこあたりで、よく人を呼びとめているのだった。会員になると、年間十回ぐらいの試写会招待があったり、高原のホテルが半額になったり、特典がいっぱいあるというのだった。信彦は、人が好いから何千円だか払って会員になり、二度映画の招待券が来ただけだ、と怒っていた。
振りかえって母を見る。はっきりは見られない。視線の端で見るのだ。勿論、まだ立ってい
る。ここは、なかなか青にならない。坂と聞いて、どんな坂を想像なさるだろうか？　知って
る人は問題ないけれど、青山《あおやま》から渋谷へ至るというか、その逆というか、とにかく車がとめど
なく上下する大きな道路なのだ。
青になった。母が小走りに一番先を横切って行く。すぐ後を追う。あの歩き方では、後ろな
どを振り向くとは思えない。
表通りを少しのぼって、すぐ左へ曲がる。
裏通りの喫茶店とは念がいっている、と続いてその角を曲がって、ドキンとした。
母は、その建物の小さな表の石段をあがり、ドアを押して中へ消えた。

建物は「アルハンブラ」といった。

連れ込みである。誰が見たってそうだった。スペイン風かなにか知らないが、ケバケバしく
て、こんな所へ家族連れや商用で泊まる奴がいるとは思えない。

そのドアを押して、母が消えたのだ。

ぼんやりしていた。つっ立って、そのドアを見ていた。

それから急に焦った。

なにをしてるんだ。どうして怒鳴らなかったんだ。「お母さん！」そういえばよかったんだ。

今更、止めたっておそいさ。今日がはじめてなわけがない。

でも立ってることはない。かかしみたいに立ってることはない。

気がつくと石段の下に来ていた。ドアを見上げると、ものすごく入りにくい気がした。入ってどうしていいかは分からない。しかし、入らなければ男じゃない。こんな事態を、手をこまねいて受け入れるだけでは、人間の値打ちはない。やたらにそんなことを思って自分を励まし、半分目をつぶったような気で石段をのぼった。

するとドアがあいた。ギクッとしたが、自動ドアだったのだ。いま母はドアを押して入ったように見えた。しかし、これは、どう見ても左右にひらく自動ドアだ。混乱しているな、逆上しているぞ、と冷静になろうとして大きく息をついて中へ入った。

「いらっしゃいませ」

スピーカーの男の声が聞こえた。

「左手にございます客室案内図を御覧下さい。ランプのついている部屋は」

突然そこで声が途切れた。入って来たのが誰かに気がついたのだろう。

足がふるえている。冷静なつもりだが、足がガクガクするのだ。

内部も恥知らずの悪趣味だった。

つき当たりに、西洋の屋敷にあるような階段があって、大きく曲がりながら二階へ消えている。その壁面は、ヌードが跳《は》ねているステンドグラスだった。温泉場の大風呂みたいじゃないか。

「なに?」

横手で声がして、見ると事務所らしい細いドアから、若い男が顔だけ出している。

「ええ、ちょっと」

「ちょっと、なに?」

男が出て来た。若いといっても二十五、六の感じで、一応紺の背広に紺のネクタイでホテル風だった。

「いま、此処へ女の人が入った筈だけど」

「女の人?」

態度はホテル風ではなかった。はじめから繁を非難し、追い出そうという姿勢だった。

「呼んでくれませんか?」

「なに、あんた?」

「用があるんです」

「女の人って誰さ?」

「だから、いま、一、二分ぐらい前に――」

「誰も来なかったね」

「入ったのを見たんです」

「出てってくれよ。子供が来るとこじゃないんだ」

「どこの部屋ですか? いま入った人ですよ」

自分の声が哀願するような感じになるのがいやだった。もっと乱暴になろうと思うのだが、

「急用なんですよ。すぐ呼んでもらわないと困るんです」と敬語になってしまうのだった。

腕を摑まれて、ドアの方へひきずられた。

「後悔しても知りませんよ。あんた、一生後悔するから!」

自分でもわからないことをいって抵抗した。男は、ものを言わなかった。強い力で、腕をひいた。なにかを摑んだ。激しくそれが倒れた。鉢植えのゴムの木だった。

いつの間にか相手は三人になっていた。

二人が繁の両手をひっぱり、一人が背中を押した。気がつくと方向が逆だった。事務所のドアの方へひきずられている。表へ追い出すのはやめたのだ。殴られる。地下室でリンチだ。そんなことが頭を走った。倒したゴムの木を、上っぱりを着たおばさんが起こしている。強い力

で、事務所へひきずり込まれた。

ものすごいパンチだった。殴られながら、あッと思った。綺麗！　変だが、そう思った。綺麗なパンチを顎《あご》にくらって、もろに床にひっくりかえって――気を失った。

しかしそれは数秒らしくて、二人の男が、繁をささえ、床に倒れることをふせいだらしいのだ。椅子に掛けさせられた。抵抗する力はなかった。

「落ち着くんだ。暴れなきゃ、なんにもしない」

禿《は》げた小肥りの中年の顔が、アップで目の前へ迫った。うなずいていた。

「こんな事はしたくないんだ。うちは堅気の商売だ。乱暴はしたことがない。あんたが、興奮してるから、頭をひやすためにやったんだ」

太くて深い声だった。目を閉じた。弁解をしている、と思った。これ以上はやられないだろう。

「行っていい」

声がそういうと背後の二人の男が部屋を出て行く。

「大丈夫だ。強くは殴らなかった」

無意識に繁は、殴られた顎をさすっていた。目をあくと、男は脇の椅子をひき寄せて掛けようとしていた。そして気がつくと、ここはさっき入った事務所ではなく、その奥かなにかの二段ベッドがある小部屋なのだった。気を失っていたのは数秒ではなかったのだ。

「どうだい、落ち着いたかい？」

うなずいた。

「いいかい」男は膝をくっつけるように前に坐り、説得するような声を出した。「あんたは急用だといった」いったかどうか憶えがなかった。

「うちも客商売だ。お客さんに急用なら呼ばなくちゃならない。しかし、あんたも分かるだろう。子供じゃあない。一人前の面をしている」

人間はおかしなものだ、こういう時でも、ほめられれば悪い気はしない。

「ここは普通のホテルじゃあない。やたらにお客さんの邪魔をする訳にはいかないんだ。どういう用だい？　あんたと、その女の人はどういう関係だい？」

急いで聞くという感じはなかったが、時間を無駄にしない口調だった。関係は親子だなんて言えなかった。どういう用かもいえやしない。用なんかないんだ。とにかく、このホテルから母をひきはがしたいだけだ。

「言えないのかい？」

うなずくと「それじゃあ、呼ぶ訳にはいかないな」といった。

また、うなずくと、「生き死にの用じゃないんだな」ときく。たしかに、そうではない。うなずく。

「じゃあ、帰りな。刃物は持ってないようだが、待ち伏せなんて、やめときなよ」

なんだか急に泣きたくなった。話の分かりそうなこの男に、全部打ちあけて、泣きたくなった。前にもそういうときがあった。自分には、そういう性質があるらしいのだ。

「立ちな」

男はそういって、先に立ち上がった。

「裏から帰りな」

あったかい声だった。さからえずに立ち上がると、男は奥へのドアをあけた。機械かなにかが鳴る音がした。

ボイラー室だった。背中でドアを押さえている男の前を通って、コンクリートの階段を四、五段おりた。

「そのドアだ」

いわれなくても、そのドアしかなかった。網入りのくもりガラスから外の光が漏れていた。あけようとすると、重いドアだった。身体で押して少しあけると、冷たい風が狙ったようにふき込んで来る。ちょっとふりかえると、男は階段の上で繁を見ていた。すぐ目をそらし、ドアを更に押しあけて、外へ出た。ブロックの高い塀がせまっている。路地である。後ろでドアが、ゆっくり閉まった。

力が抜けた。のろのろ路地を行き、一段低い道へおりると、急に腹が空いた。こんな時に腹が空くなんて「冗談じゃねえよ」と小さく口に出していい、左手が不自由なのに気づいてその方を見ると、左手は固く学校のカバンを持っているのだ。

「どいてくれる?」

眉毛のない女がいった。

「え?」

「買うんだけど」

振り向くと、コーラの自動販売機に寄りかかっていたのだった。

女は、金を入れて、ボタンを押す。髪にカールの道具をやたらにつけていて、それをスカーフでかくしていた。ガタンとコーラの罐が落ちると、それをとってまた金を入れ、ボタンを押す。毛皮の半コートでジーパンにサンダルという格好だった。ガタンとまたコーラが落ちる。

「どうも」

それをとって、女は繁など見向きもしないで小走りに帰って行く。二本か。二人でのむんだな、とそんなことを思った。自分だけ一人で、他の奴は、みんな二人のような気がした。母も二人でいるんだ。

それ以上想像するのは嫌だった。表通りの方へ歩きはじめた。視線を感じて見上げると、ホテルの窓から、はじめに出て来た若い男が監視していた。

バッキャロ、と心の中でいいながら、宮益坂へ出た。車が、あとからあとから走って行く。それについていてなにか感傷的なことを考えそうになったが、まだやることがあるのだった。

車を見ながら、緊張を呼びさまし、自己憐憫《れんびん》を追い払った。

まだ帰る訳にはいかない。母が出て来るのを待つのだ。どんな男かつきとめなければならない。つきとめて、はり倒してやる。切り刻んでやる。地面に顔を押しつけて、靴の底をなめさせてやる。

坂を渋谷駅の方へおりた。もう見ていないと思ったが、一応諦めて帰ったという姿を見せておこうという訳だ。

かなりおりて来て、横へ折れた。ひと回りして、裏手の方からホテルを見張ろうというつもりだ。それにしても、あの中年男は、母になにかを言わないだろうか？　変なのが来たから用心してくれ、脇の従業員通用口から出てくれ、そんな事をいわないだろうか？　言ったら母は察するだろう。変なのが、息子の繁だと分かるだろう。

どうするだろう？　ショックに相違ない。男に、とてももう家へは帰れない、という。一緒に逃げてくれ、という。男はエゴイストだから、いやだ、という。母は、帰るに帰れず、行く所もなく、ふらふらと小田急にとびこむ。まさか。まさか、とは思うが、これは簡単に母の前に姿を現す訳にはいかないぞ、と思った。さっきは、阻止されて幸せだったのかもしれないのだ。

角からホテルがのぞける位置まで戻った。

立ち止まり、ウロウロし、なんとなく空を見たり、靴の先を見たりした。

しかし、そんなことで間が持つのは五分ぐらいだった。

前から刑事の張り込みは大変だろう、と思っていたが、やってみると大変以上だった。待っているだけでも大変なのに、待っていないふりをするというのは、時と場所によっては相当な技術なのだ。とりわけ、この寒い二月の裏通りで、用もないのに何処のどいつが粋狂や趣味で、いつまでも立っているだろうか?

誰が見たって、繁は誰かを待っていると思うだろう。もっとも、それだっていいのだ。ホテルから出て来る人間を待っていると思われなければいい。それだって通行人には思われてもいいのだ。問題はホテルの連中に気づかれないこと。母に、気づかれないこと。

「だから楽といえば、楽なのだ」足踏みをしながら強引にそう思おうとしたが、寒くて、情けなくて、絶望感や涙がこみ上げて来て、楽とはいえなかった。

それが不名誉なことかどうか知らないが、繁はまだ女性を知らなかった。だから、口惜しいが、どの位の時間で、待っている相手（母という言葉は使いたくない！）が出て来るのか、見当がつかないのだ。

勿論、三時間、四時間ということはないと思う。その位は分かる。もう三十分はたっている。殴られて気を失っていたのが五分間としても三十五分か四十分はたっている。気分としては一時間半ぐらい待っている感じだが、せいぜい四十五分だろう。

「風の通り道」というのだろうか。たいして風のない日なのに、この道ばかりはスースー絶え間なく風が吹いている。

それがまた神様の企みだとしたら、恨んでいいのか感謝すべきか分からないが、とにかくこうして待っていることは、繋の頭をひやしていた。頭どころか、身体の隅々までを冷やしていた。

次第に過激な思いが萎えて来る。寒くて更に過激になってもいい筈だが、鼻水のせいか自分がみすぼらしく思えてくる。これで男に暴力をふるって、逆に負けたりなんかすれば、ものすごくみじめだろう。

大人にならなければいけない。慎重に考えなければいけない。自分の一生のうちでも、指折りの大事な時かもしれない。こういう時、大人なら、どうするだろう？

たとえば芦田伸介《あしだしんすけ》とか二谷英明《にたにひであき》がこの状況におかれた役をやったら、どんな風に振る舞うだろう？　もっとも、あの年では、母親は七十位だろうから、あまり浮気はしないだろう。じゃあ、妻ということにしてもいい。妻の浮気を知って、こういう所に立っていたら、どんな風だろう。

彼等のことだから格好をつけて煙草をすったりするかもしれない。しかし、いくら格好をつけたって、女房が他の男の所へ行ってしまっては、さまになるかどうか分からない。

そうだ、あの人も（つまり母も）自分で、すすんで、男のところへ行ったのだ。男が無理矢理さらったわけではない。脇目もふらず母は自由意志であのホテルへ急いだのだ。

それを怒って、男にあたるのは、少し筋違いであった。

じゃあ、あの人を怒れ、というのか？　何故お父さん以外の人のところへ行くんだ、と怒れというのか？　「話をするだけ」なんて嘘じゃないか、と怒れというのか？

セックスに関して、母とそんな言い合いは、出来そうもない気がした。じゃあ、どうしたら

――ホテルから二人出て来た。

男女だ。しかし、別の男女だった。若い、温和しそうな二人だった。小走りに宮益坂の方へ消えて行く。

ホテルは、あまり出入りがない。

週刊誌は、昼間からすごいというけれど、ここではその一組が出て来ただけで小一時間がた

っていた。入る客はなかった。

それから、あの人は（つまり母は）一人で出て来た。

いきなりドアがあき、見慣れたコートが現れ、階段を馳けおりて道へ出ても歩調は変わらず、早い足で大通りの方へ歩いて行く。

一瞬、追いかけていいかどうか迷った。迷ってよかった。すぐ男が現れた。長身だった。父も小柄ではないが、更に高く瘦せていた。顔はよく見えない。やはり急ぎ足で宮益坂に向かう。

ホテルの事務所の窓は、閉まったままだ。誰ももう見ていない。いや、見ていてもかまわなかった。他に、どうしようがあるんだ。

顔を伏せて、あとを追った。大通りへ出る寸前でストップして、隅へ寄り、二人の消えた渋谷方向をのぞく。

信号に二人がいた。並んでいた。

これ以上近づくのは危険なような気がしたが、男の顔が見たかった。ゆっくり姿をさらし（なにをしてるんだ？　という顔で通る男と目が合ったりした）、ゆっくり二人の背後に近づいて行く。

二人は、ただ並んでいた。話もしないし、顔を見たりもせず、出て来た場所を知らなければ、偶然信号で並んだといってもおかしくなかった。

男の顔は依然として見えない。ラグランのダークグレーのオーバーをさらりと着て、都会のサラリーマンという後ろ姿だった。

すると信号が変わった。

急に母が男を見た。

その瞬間はストップモーションで、やきついている。母の目が輝いていた。そんな風に輝いた母の目を見たことがなかった。口もとに、わずかな微笑。

男が母を見る。わずかな微笑。

それだけだった。

母は横断歩道を小走りに渡り、駅の方へ行く。男は立ったままだ。繁も動けなかった。母は振りかえらない。さっき来た道を、見る見る遠くなって角を曲がった。

男が、車道におりた。おや、と思う。ガードレールに沿って、少し坂をおりる。タクシーを拾うのだ。これで行かれてしまっては、なんにもならなかった。何処の誰かぐらいはつきとめたかった。

タクシーが停まった。慌てて後続のタクシーをさがした。そんな時に限って、見当たらないのだ。男は、タクシーに乗る。仕様がなかった。咄嗟の判断だった。

「なんだい？」

男は、かなり驚いて繁を見た。かまわず、男を押すようにして腰をかけ、

「急いでるんです。行って下さい」と運転手にいった。

「無茶だな。私が、先につかまえたんだ」

「何処へ行くんですか？」

「赤坂だけど」

「ぼくも赤坂です。行って下さい！」

運転手に大声でいった。

運転手が振りかえった。帽子を律義にかぶった真面目そうな三十代だった。

「降りなさいよ。あんたが、いけないよ」

落ち着いて、さとすようにいうのだ。

「でも急いでるんです。いいじゃないですかッ！」

「あとから、いくらだって来るよ」

「急いでるんだよ！」

「ぼくが降りよう」と男がいった。「運転手さん、はこんでやってよ」

目の前をおりて行く男を見ながら、あんたが降りるならぼくも降りるとはいえなかった。赤

坂まで六百二十円もとられた。

## 反響

繁は夜の電車を見るのが好きだった。

とりわけ、多摩川の鉄橋を渡って行く灯《あか》りの列を見ると、いつも多少とも抒情的になるのだった。音のせいかもしれない。鉄橋通過音にかなう電車の音があるだろうか？

しかし、二月の夜は、土手に立って鉄橋を見ている季節ではなかった。川からの風は、身体の芯《しん》が震えるほど冷たい。誰もいなかった。一か所にいることは耐えがたく、土手の上を歩いたり、土手の下へおりたりした。

土手の枯れ草の斜面に、犬の糞《ふん》がやたらにあった。何度も踏んでそのたびに枯れ草に靴をこすりつけた。

姉が家に帰るのを待っていた。母ひとりの家に帰るのが嫌だった。時折、土手を家の前まで歩き、中をうかがった。居間の灯りがついていて、台所で母の姿が見えかくれしていた。他の部屋は消えている。二階は、真っ暗だ。当たり前だが、繁の部屋も暗い。なんだか、長い旅から帰って、久し振りで家を見ているような気がした。改めて、家を見た。

立派な家とはいえない。しかし、一応、庭もある。二階建てだ。三十代で、父はこの家を建てたのだ。いや、建売を買ったのだが、それだって自分に出来るかどうか分からない。

父は、この家が東京都内にあること、見晴らしのいいこと（二階からの話だ。階下は土手しか見えない）、子供に一部屋ずつあること、新宿へ急行なら三十分かからないことなどを誇りにしていた。

中学の頃は、そんなことを自慢する父が見苦しいような気がしたが、高三ともなると、一人の男としては水準以上じゃないか、と思う。三流大学にも入れるかどうか分からない自分に、そこまで出来るかと思い、父は父なりに、家族への義務を果たしていると思うのだ。

しかし、女房に浮気をされてはなんにもならない。もし父が今日の事実を知ったら、どうだろう。家を自慢しなくなるだろう。家を買ったことも、半分ぐらいつまらない努力をしたと思うだろう。母のためや繁や姉の律子のために働く気分が、減退するだろう。

姉はなかなか帰らなかった。

あんなエゴイストはめずらしい。自分のことしか考えていないのだ。英語がうまくなって、フルブライトかなにかで留学して、同時通訳が出来るようになれば、どれだけ金が入るとか、正調キングス・イングリッシュをしゃべるイギリス人と知り合ったとか、いまどき英語がしゃべれるぐらいで幸せになんかなれっこないのに、人の言う事なんかバカにして、すいすいぬけ目なく生きてるつもりなのだ。結局勉強が出来る奴というのは苦労をしてないから現実が見えないのだ。

姉のおどろく顔だけは見たかった。父には言えないが、姉には今日いうつもりだった。

母の浮気を目撃したと聞いたら、どんな顔をするだろう。相手の男の人相までいえるのだから、「また繁の妄想」などと逃げることは出来ない。冷静ぶるだろうが、ショックだろう。元来はひ弱だから、錯乱《さくらん》するかもしれない。ヒステリイのようになって母を非難しようと、階段をかけおりようとするかもしれない。

それをグイと止めるのだ。そんな事をしたら家庭はめちゃめちゃだ、冷静に切り抜けるんだ、と説教をしてやる。

それにしても寒かった。一体、いつになったら帰ってくるのか?

勿論、土手で待っている必要はなかった。何処かのスナックで待っていて、九時すぎにでも家へ帰れば、姉も帰っているだろう。

しかし、何故だか繁は自分をいためつけたかったのだ。思いきり冷たい風にあたって、肺炎かなにかになればいい、と心の底の方で思っていたのだった。

二階の姉の部屋の灯りがついたのは、八時二十分であった。

姉が階下にいるうちに帰ろうと思っていたのに、気がついたら二階の灯りがついていたのでは、なんのために待っていたのか分からなかった。

きっと姉は「ただいま」といったかと思うと二階へあがって行ったのだ。母とは数秒さえ話そうとしなかったのだ。

父は夜中だし、結局帰って来て相手をするのは自分だけじゃないか。これでは母が外へ相手を求めても仕方がない。浮気は嫌だが、話相手なら無理はない。

玄関の前まで来た。チャイムを押すのを迷った。押せば母が開けに来る。どんな顔をしたらいいのだ？　勿論普通の顔をしてればいいのだが、出来るかどうか分からなかった。

「どなた？」

急に中で母の声が聞こえた。

「ぼく」声が震える。

「なにをしてるの？」

「あけて」怒ったような声になった。

「誰か門を入って来たようだと思ったけど、それきりだから」

ドアがあいた。「どうしたの？」

「どうもしないよ」

顔をそむけて靴を脱ぎ、なにかいおうと思ったが、息がつまったようになって、音をたてて階段をあがり、自分の部屋へとびこんでバタンとドアを閉めた。

随分予定の行動と違った。これではこの先どうするんだ？　と自分が嫌になった。母にも父にも普通にしていようと思ったのだ。そうじゃないと、父と母の関係も、母と自分の関係も今後一生悪くなるような気がした。姉にだけは、もう少し家の者にも関心を持て、という意味で伝えようと思った。そしてひそかに、あの男と逢い、脅かすなりなんなりして、手を引かせるしかないと思ったのだ。

そこまでやるには、かなり精神力がいるだろう。しかも出来るだけ早くやらなければならない。ひきのばせばのばすほど、母はあの男と何回も関係してしまうだろう。

まったく、選びに選んで、二月の、三つの大学へ願書を出し、その試験も目前という時に、こんな試練を背負いこむなんて、ひどい運命だった。

しかも自分はなにをしているのだ。母をろくに見ることも出来ず、口もきけず、自分の部屋へ逃げこんだのだ。

こんなことで、どうする！　課題をあたえよう。下へ行って、平静な顔をして、母と十五分しゃべってくること。

そこまで考えて、ようやく部屋の灯りをつけた。まだカバンを左手に持っていた。今日は長い間このカバンを固く抱いていたことであった。ちょっといたわるように机に置いた。

階段を降りようとすると、足がすくむような気がした。それでも降りた。

「あーあ」と呑気《のんき》な声を出して居間へ入ると、

「今日は塾なかったんでしょう?」と台所で母がいった。

「うん」

「御飯うちだと思って待ってたのよ」

「なんだかくたびれちゃった」

ソファへころがりながら母の方を見ると、母は台所ではなくて、その手前の食事テーブルの上にアイロン台を置いて、アイロンをかけているのだった。

「いままで学校?」

「信彦とちょっとね」

「嘘。沖田君、さっき電話があって、今日はお母さんと試験場を見に行って来たっていってたから」

こっちが非難されようとは思わなかった。

「あなたも行かなくていいの? 大学へ行く道三つとも分かってるの?」

「分かってるさ。東京で生まれて東京で育ったんだからね」

わめいて階段をあがった。

姉の部屋のドアを叩いた。また鍵をかけているのだ。

「あけろよ」

「いや」

「あけろったらッ！」

「いまはいや！」

「いやでもあけろったらッ」

ちょっと泣き声になりそうだった。ドンドン叩いた。

「繁ちゃん」

母の声が階段で聞こえた。

「お母さんは下にいてよッ！」

「なにを急に怒ってるの？」

あがって来た。

「姉さん、いつだって鍵をかけてるんだもん！」

「こわれちゃうわよ」

「あけろよッ！　あけろよ、姉さん！」

今度はドアを蹴とばした。それでもあけないなんて、異常人物だった。

「律子ちゃん。ちょっとあけなさい」

母もそういった。

「いやっていってるじゃない！」

「繁ちゃんも、なんの用なの？」

母は、繁の顔を見た。横顔を見せたまま、

「用があるから、あけろっていってんだよッ」と姉の方に怒鳴った。

「うるさいッ！」

姉はドアの向こうでヒステリイだ。

「律子ちゃん、あけなさい。繁ちゃん、受験が近くてイライラしてるんじゃないの。ドアぐらいあけなさい」

強い足音がして、ドアがあいた。

姉は、もう後ろを向いて机に坐ろうとしていた。

「鍵をかけるのはいいとしても、ノックをしたら、すぐあけなきゃ駄目よ」

母は姉に文句をいい、「なんなの？　姉さんに」と繁には少しやさしくいった。

「なにって――」

母がいては、しゃべるわけにはいかない。

「ほら御覧なさい」つけあがって姉が後ろ姿のままわめいた。「ろくに用もないのに、人の部屋のぞきたがるんだから」

「のぞくとはなんだ！　いつ姉さんの部屋のぞいたよォ！」

「やめて。やめなさいッ！　大きいなりして」

母が叫ぶ。姉もわめく。繁も「消しゴム借りようと思ったんだァ！」などと出まかせをいっている。修羅場《しゆらば》だった。

結局、繁が悪者になった。自分の机の上にちゃんと大きな消しゴムがあるのに、大騒ぎをするなんて「正気の沙汰とは思えない」と母まで怒っておりて行った。「受験が近いからって、甘ったれないでよッ！」と姉も勝ち誇ってドアを閉めた。

二時間が経過した。部屋にいても、なにも手につかなかった。勉強は勿論、ＦＭも聞く気になれなかった。こんな時は、ヌード写真とかマンガなどを見ていると気分が転換するのだが、今日はヌードを見る気もしなかった。ゆっくり立った。計算用紙をひらくと、赤鉛筆で大きく書いた。

「静かに開けてくれよ。お母さんに内諸で重大な話があるんだ。繁」

そっと廊下に出て、姉の部屋のドアの下へ紙を差し込んだ。一度だけドンと拳固《げんこ》でドアを叩いて、自分の部屋へとびこんだ。

姉がなにかわめくかと思ったが、わめかなかった。しんとしていた。眠ったのかと思ったが、ドアの隙間から灯りが漏れている。

鈍感め。生意気め。呪いながら、ドアを少しあけて、姉のドアを見ていた。すると、静かに足音がした。気がついた。紙を拾う気配も分かった。読んでいる。読み終った。正確に、繁の計ったタイミングで、ドアが開いた。

ひどい顔だった。その時姉の異変に気づいてもよかったのだが、いつものふくれっ面だろうと思っていた。

繁が入って行くと、姉はベッドに腰を落とし、はねるようにすぐまた立って窓を乱暴に大きくあけた。

「寒いじゃないか」

繁は床にあぐらをかく。

「くさいっていうじゃないの」

「閉めろよ。くさくないよ」

閉めないで姉はベッドに戻った。

「ひねくれてるなあ」

馬鹿なことで揉めたくないので、繁が立って窓を閉めた。

「ちがってるわよ、あんた」

「なにが？」

「内緒の緒は言べんじゃなくて糸へんよ。受験を前にしてなにしてるのよ」

そういって、ベッドに背泳ぎでもするように激しく横になるのだ。心掛ければ多少は美人なのに、心が表面に現れて、色気もなにもなかった。

「これからいうことはな、姉さんとぼくだけの秘密だ。絶対にお父さんやお母さんには、言わないでもらいたいんだ」

「なに気取ってるのよ？」

「起きろよ。大事な話なんだから、ちゃんと聞けよ」

「聞こえてるわよ」

言うべきじゃない、という気持ちと、言ってショックをあたえたいという気持ちが交錯した。

「すぐ言わないなら、出て行ってくれない」

いらいらした声だった。そんなに弟が傍にいるのが嫌なのだろうか？　と改めて姉を見た。

鼻の穴しか見えなかった。

「今日ね、渋谷へ行くお母さんを尾行したんだ」

「バカバカしい」

「尾行してよかったんだ」

いらいらと姉は唸《うな》るような声をあげた。

「黙って聞けよ。受験が近いのも、自分がバカなのも、言われなくたって知ってるさ」

急に姉は枕を壁に投げつけた。

「ひどいじゃないか。そんなに、ぼくの話が聞けないのかよ？」

「悪いけど出てってよ。今日は人といたくないのよ」

「いつもじゃないか。いつだって、ろくに家族と口をきかないじゃないか」

「今日は特別だっていってるでしょ！」

「じゃあ十秒でしゃべってやらあ」繁は頭へ来て立ち上がった。大声は出せない。それだけは頭にあった。「お母さんはな、宮益坂の連れ込みで、男と逢ってたんだ」

それだけいって、廊下へ出て、バタンとドアを閉めた。ざまを見ろ、おどろいたか。

部屋に帰った。

本当は、姉の反応が見たかったが、素直におどろく姉じゃないから、生意気な顔をするにちがいない。生意気な顔は見たくなかった。

いまは姉も一人だ。格好つけないで、おどろいているだろう。呆然としているだろう。そういう目にあった方がいいのだ。そういう目にあわないと、あいつは人生をなめていてどうしようもないのだ。

耳をすますと、しんとしていた。気になって、そっと廊下へ出た。姉の部屋のドアに耳をつけた。

泣いていた。姉が泣いているのだ。枕か蒲団で声を押さえて、相当に泣いているのだ。これは、おどろきだった。泣くとは思わなかった。泣くほどナイーブだとは、姉を見損なってたと思った。

(あとで分かるのだが、これはまったく関係のない事で泣いていたのだ)

チャイムが聞こえた。

父だ。「はい」と母の声がする。

「俺だ」と父の声。

「お帰りなさい」

ドアがあく音。入って来る靴音。

「降って来た」と父。

「雪?」と母。

「ああ」

静かな夜であった。

翌朝、学校へ行く時間に姉は起きて来なかった。

受験する大学や試験場を見に行かなくていいのか、と母は気にしていた。心をかき乱しておいて、そんなことを気にしてくれたって、なんにもならなかった。

しかし、なるべく普通の応対をした。願書を出しに行った時大体見て来たし、試験場なんて普段の日に行ったたって授業をやっていて見られる訳がない。でも沖田君は行ったじゃない、というから、あいつの家は親子して変わっているんだ、といっておいた。

三月一日が卒業式である。しかしその前に試験をやる大学が沢山あるので、授業といっても泥縄《どろなわ》というか、自分が弱いと思う科目の教室へ、クラスと関係なく出掛けて行き、質問をしたりするのだった。英語に弱く、国語は普通、日本史は割合強いと思っていたが、急に年号も年代もバラバラ忘れてしまった感じで、みんなが夢中になっているのが苦労を知らない子供のように見えてならなかった。先生まで、受験だけがこの世の重大事みたいにいうので、急に立ち上がって「みんなは知らないだろうけど、ぼくは母親の浮気を目撃したんだぞ！」とわめいてみたくなったりした。

信彦は今日も来ていなかった。室伏《むろふし》という奴がいうには、東工大の家庭教師を頼んで家で最後の仕上げをしているということだった。

数学のない大学をえらんで、東工大の学生に仕上げをしてもらってれば世話はない、と室伏は笑った。繁は笑わなかった。そんな事はどうでもよかった。勝手にやってくれよという気分だった。「どうせ俺はおっこちるよ」

そう思うと肩の荷がおりたようだった。落ちても口実（誰にも言えない口実かもしれないが）が出来たし、そういう風にリラックスして受けると、案外合格するかもしれない、と思ったりした。

それでも終りまで学校にいた。

「一人か？」

帰りの電車でドアに寄りかかって外を見ていると、そう声をかけられた。堀先生だった。

「どうも」

「どっか、もうすんだか？」

「十七日が最初です」

「そうか」

「先生、こっちでしたっけ？」

誰かとしゃべる心境じゃなかったが、仕方がなかった。

「越したんだ」

「へえ」

「君の駅だ」

「へえ。まいったな」

「どうして、まいる?」

「別にそういうわけじゃないけど」

自分でもなにをいってるのかよく分からなかった。笑顔をつくって適当なことをいってるうちに駅へついた。

「君の家は、川の方だってな」

「よく知ってますね」

「引っ越す時、卒業した蜂谷《はちや》君たちが手伝ってくれてな」

「早稲田《わせだ》へ行った?」

「うん。君の家の近くだって?」

「三百米ぐらいかな」

「そうか」

踏切を渡ると、堀先生も踏切を渡った。

「こっちですか?」

「ああ」

すぐ卒業するからいいけど、先生が家の近くというのは、いい気持ちではなかった。

「あ」

「どうした?」

「いえ。ぼく、あの、ここで失礼します」

「何処へ行く?」

「ちょっと用があります」

「そうか」

寄り道しないで勉強しろとか、そういうことをいわないところはよかった。後ろ姿を見送って、傍のスナックのドアを押した。

ガラス越しに、姉が掛けているのが見えたのだ。

姉はひとりだった。

「いらっしゃい」

三十代後半のママがカウンターの中にいて、その前に中年だの、その寸前ぐらいの男たちが尻を並べて、テーブルの方は姉だけだった。

「よう」

前に立ってそういっても姉は本に目を落として知らん顔をしていた。

「コーヒー下さい」

注文して姉の横に腰をかけた。横じゃないと壁に寄りかかれないからだ。それでも姉は、まるで気がつかないように本を見ているのだ。

「こんなところでなんだよ？」

別に、というようにわずかに首が動いた。母のことがショックで学校へ行く気がせず、ここらでしょんぼりしていたのかもしれない。

「お母さんに、なにも言わないだろうな？」

言わないわ、というように肩と首がちょっと動く。

「ぼくが、男の家をつきとめて、逢うのをやめさせるよ。お父さんには絶対秘密。お母さんにも、ぼくらが知っていることは秘密。男が勝手にはなれて行ったという形で解決するのが一番いいと思うんだ」

「柔道やってたわね？」

はじめて姉が口をきいた。

「柔道？」

それで男をやっつけろというのか？

「少しは出来るの？」

まったく癇に障るいい方だった。

「中学の時やっただけじゃないか。出来るってほど出来るわけないよ」

「じゃあ棒かなんかない？」

「棒で殴るのかよ？」

「バット持ってるでしょ？」

「無茶いうなよ。バットで殴ったらどうなると思うんだ？」

「殺したっていいのよ」

「殺したぼくは、どうなるんだよ。つまんない事いうなよ」

急に姉は痙攣するように首を振って鼻をすすった。泣いてるのかと顔をのぞいたが、泣いてはいなかった。

「なにもバットで脅さなくたって大丈夫だよ。気の弱そうな野郎だったよ。強く出れば、ガタガタしてすぐ手を切るさ」

「そんな奴のことといってるんじゃないわよ」

「え？」

じゃあ誰のことをいってるんだ？　誰をバットで殺したいっていうんだ？

「まさか、お母さんのことを殴れっていうんじゃないだろうな」

「バカで話にならないわ」

急に泣き声になって、髪を振ってそっぽを向いた。カウンターの男たちが、振りかえって二人を見る。

「コーヒーまだですか?」

見るな、とはいえないから、間接的抗議をして、ママに大声を出した。

「ごめんなさーい」

色っぽい声でママがこたえた。男たちは、また背中になった。

「泣くなよ」

小さく姉にいうと、

「泣いてなんかいないわよ」

とぬけぬけといい返すのだ。

「ちゃんといえよ。誰を殴るんだよ?」

「あんたにやれる?」

「相手によるさ」

「チャールズ・スタイナー」

口惜しそうに姉は、低くゆっくりいった。

「誰？　それ」

「殺したい男よ」

「なにをしたんだ？」

唇をかんで姉はこたえなかった。

「姉さんに、なにをしたんだ」

「あんたより十センチは大きいわ。広尾《ひろお》のマンションにいるわ。やれる？　あんた」

声が震えていた。やれるもなにも訳が分からなかった。ただ、姉の頭の中には、母のことなど、これっぽっちもないことだけは分かった。

## 律子の遍歴

十七歳の夏、律子は休みを全部使って友達三人と二十二の養護施設を回った。老人ホーム、親のいない子供の施設、脳性マヒ肢体《したい》不自由施設と、回れるだけ回ったのだった。

唄や紙芝居をやりに行ったのではない。そういうことは得意ではないし、その夏の律子はどんな形であれ自己顕示をする気分ではなかった。謙虚になっていた。バストももっとぺちゃんこになればいいと思うくらい精神的になっていて、地味な仕事を求めた。草むしりとか窓拭きとか換気扇の掃除とか、そういうことを毎日やったのだ。

その結果、老人同士の恋があることを知ったし、施設の子供の親が全部死んでいるわけではないことも、寝たきりの大人におむつを寄付する人達が、いかに沢山ベビー用サイズのものを送ってくるか、ということも知った。

それは十六歳の時の反動なのだった。そして十六歳は十五歳の反動なのだ。十五歳には猛烈に勉強をした。いい高校へ入りたかったのだ。深夜放送だけが浮世との窓口だった。

「ナッちゃん、チャコちゃん、おばんでやんす。初めてお便りする女の子チャンでやんす」

いまでも投書を読むディスク・ジョッキーの声を聞くと、十五歳を思い出す。投書はすばらしく達者で、思わずふき出すようなものがいくらでもあったが、主調音は「孤独」だった。深夜のラジオを聞き、それに投書をする連中が、幸せいっぱい、ということは殆んどないのだ。それが受験を前にした中学生の気分に、よく合った。欲望をひたすら押さえ、高校へ入ったらなにをしてやろう、とそればかりを考えていた。

その頃の欲望は、たとえば映画だった。見たい映画を（テレビの洋画劇場を含めて）随分我慢した。洗顔クリームもそのひとつだった。いくら注意してもにきびが出て来て、洗顔クリームを泡立て洗顔ブラシで丹念に洗えばいいことは分かっていたが、とにかく高校へ入るまではそんなことに時間はかけられなかった。醜くてもいいわ、と思った。美しくなってみても、男生徒とつき合う時間があるわけではないし、とにかく高校へ入ったら変身すればいいことだった。高校へ入った私を見て、みんな驚くにちがいない。あの中学生が、突然こんなに美しくなるなんて――。そんなことをよく夢見た。

高校へ入ると相当いらいらした。

私立の女子高校のイメージに憧れていたのだが、女ばかりだというのは、かなり不自然なものだった。

その上「いい学校」だったのは昔の話で(創立者の理想や苦闘は、二千円で買わされた伝記を読んでも感動的だったが)、いまは万事が骨抜きになり「名門」の体裁を保とうとしているだけに思えた。入学式でのやたらに偽善的な校長の挨拶は、ふざけているのだろうか、と思うほどだった。

生徒はさすがにインチキではなく「オレなんかよう」というようなロをきくすごいのもいてほっとしたが、それはそれで抱いていたイメージをそこなうものだった。

学校は幼稚園、小学校、中学校もあって、下からエスカレーターであがって来た生徒たちがクラスの大半を占めている。その三分の二は、学力もかなり落ちた。八倍の競争率で三十名しかとらないという試験を突破して入った律子は、難なくクラスの上位だった。そんな中で、十六歳の一年は自分を解放しよう、と努力した。

中学生のうちは、高校生になればなんでも出来るという幻想の中にいたが、現実となればそう簡単にはいかなかった。

第一、洗顔クリームで顔を洗ってもにきびはとれなかった。映画も、見られるとなると、ろくな映画をやっていないのだ。着たいと思っていた服も、買って貰って着てみると意外なほど似合わなかった。

そんな時、丘敏子《おかとしこ》に声をかけられたのである。

「クラスがちがうのに、声をかけてもいいかしら?」

入学した年の五月である。

学校の礼拝堂で、女性の小説家の講演会があった。午後の授業がなく、昼休みが終ると全校生徒が各自自由に礼拝堂へ入ることになっていた。律子は、ぴたりと来る友達が出来なくて、一人で早目に入って真ん中あたりに腰をかけ本を読んでいた。次第に人が増え、騒音が増え、それでも律子は本から顔をあげなかった。両隣にも人が腰をおろした。左側は、三、四人連れでおしゃべりに夢中だった。右側はじっとしている。一人らしい。その程度の感じで、まだ本から目をあげずにいると、急に小声でその右側の生徒が声をかけたのだった。馬鹿気た質問だった。クラスがちがうと、どうして声をかけてはいけないのだろう? そんな事にこだわる人がいるなんて、信じられなかった。

「どうぞ」

そういって律子が目を上げると、敏子はおびえたような目をして「丘といいます」と小さく頭を下げた。見覚えがあった。やはり高校から入った生徒で、いまの気弱な表情が意外なほど、目鼻だちのはっきりした人だった。美人とはいえないが、平凡ではない。

「田島です」というと、

「知ってます。英語の発音が抜群だって聞いたわ」と微笑した。

「そんなことないけど」

「なに読んでらっしゃるの？」

「コレクター」

「蒐集家《しゅうしゅうか》？」

「ええ」

「なんの？」

「女性。蝶々みたいに、女性を集める男の小説」

「ポルノ？」

「そうじゃないわ」

「面白い？」

「まだ途中だけど、サリンジャーのライ麦畑を読むところがあって、面白かったわ」

「それなに？」

「サリンジャー？」

「ええ」

そこで場内が静かになって行くのに気づいた。教頭が壇の上にいて黙って生徒を見下ろしていた。そうやって静かになるのを待ってからしゃべり出すのがこの先生のやり方であった。

講演は要約すれば、自分がどうやって夫と知り合って結婚してうまくやっているかということで、その夫という人は、突然叫んだり、御飯をこぼしたり、パリ空港のロビーでおならをしたりする人なのだった。別に頭が悪いわけではなく、彼女はそれを愛すべき長所かなにかのように、笑って話すのだ。信仰のせいなのだろう。律子には、そんな男は耐えられなかった。お姑《しゅうとめ》さんも出て来たりするのだが、ローマ帝国のカヤパとかピラトのような人で、その姑に耐えている女性小説家は次第にキリストのような気がしてくる話振りであった。

「いたらない、いたらないといいながら自己満足に満ちてるじゃないの」

敏子と帰りながら律子はいいたい放題の悪口をいった。少しいいすぎだと思っても、止められなかった。敏子がいちいち律子のいうことに感心するので、ついつけ上がった。敬意のようなものさえ敏子の目に浮かぶのだ。

「今度の日曜日、家へ来て下さらない？」

「お宅へ？」

「誰もいないの。もっとお話を伺いたいわ」

日曜日まで三日があった。しかし、まだ学校に慣れず、他から敏子についての情報を聞くことが出来なかった。

予備知識のないまま、日曜日の午後、五反田《ごたんだ》駅に律子は出掛けた。敏子は駅前で待っているといった。

「今日はどうもありがとう」

どの位かかるかよく分からず十数分早く着いたのに、敏子はもう改札の前に立っていた。はき古したジーパンと茶色のセーターだった。

「来て下さらないかと思ってたわ」

「どうして？　約束したんだもの、来るわ」

相手が不必要に気弱なので、律子の口調はつい乱暴になった。

「こっちなの」

すまなそうにいって敏子は、駅前の歩道橋を指した。その方へ律子が歩く。敏子はあとに続いた。

「はじめてですもの。あなたが先に歩かなくちゃ分からないわ」

「ごめんなさい」

それで敏子が案内する形になったが、律子に真ん中を歩かせ、自分は端を歩くのだった。

「どういう人なのだろう?」

心の中で律子は呆れていた。「どんな家に育ったら、こんなオドオドした人になれるのだろう?」これから行く家に好奇心が湧いた。誰もいない、といったから両親には逢えないにしても、一体どんな家に住んでいるのだろう?

緑のない街であった。事務所と商店と飲み屋が雑然と続き、工場の長い塀になる。

私立の高校へ入るのだから、収入は水準以上の筈である。それとも、親が無理をして、敏子だけは「いい学校へ」ときりつめているのかもしれない。しかし、そんな貧しい家なら、知り合ったばかりの律子を招くだろうか? はじめに見せてしまおうというつもりかもしれない。

「英語の発音、どなたかに習っていらっしゃるの?」

「別に」

「じゃ、どうして抜群なのかしら?」

「FENのせいかしら。よく聞くの。分からないけど、毎日聞いていると、急に分かるようになるっていった人がいたの」

「分からないのに毎日聞くなんてえらいわ」

「長い時間じゃないのよ。でも、語学って毎日必ずやるっていうのが大事なんじゃないかしら？」

「そうなんでしょうね」

狭い川べりへ出た。汚れた運河の印象である。対岸も工場の塀が長い。

「変わった風景だわ」

「でしょう？　多摩川とじゃ段違いね」

「別の情緒があるわ」

つい生意気な口をきいてしまう。

川沿いの道に、黒い大型の外車が停まっている。人通りはなかった。

「ここを毎日通っていらっしゃるの？」

「いいえ――他の道」

「いいじゃない、この道だって。乾いてて嫌いじゃないわ」

「多摩川の土手を歩いて学校へ行くなんて素敵だわ」

「土手を歩くわけじゃないのよ。大体、目の前が土手だなんてひどいものなの、階下にいると土手と空しか見えないの」

「いいわ」

「土手を歩く人が見下ろすし」

「このあたりよりはいいわ」

「この道、日本くさくなくていいわよ」

「どこみたい？」

「さあ、たとえばパリの工場街」

「パリの工場街」

敏子は、ちょっと淋しそうに笑った。律子は、敏子がこの町に住んでいることに軽侮《けいぶ》の気持ちなど抱かなかった。敏子の方で劣等感を抱いた口振りになるので、つい慰めるようなことをいってしまうのだ。

敏子は川を見下ろして立っていた。口もとに曖昧な微笑を浮かべて――。

「行きましょうか？」

動かないので律子がうながした。

「あ」

われにかえったように敏子は顔を上げ「ごめんなさい」そういって上流へ歩きはじめた。

外車から運転手らしい男が現れ、ドアをあける。それでも律子は、敏子と車の関係に気がつかなかった。

振りかえって敏子がいった。

「乗って下さい。駅前に車を停められないので、ここで待っていて貰ったの」

「そう」

一瞬あっ気にとられた。運転手つきのこの車が、敏子の家のものなのだ。

平静を装ったが、乗る時に左のつまさきを車にぶつけた。痛かった。

「大きな車でしょう？　はずかしいの。日本の狭い道をこんな車で走るなんて、乗ってる人が下品に見えるでしょう？」

敏子は、相変わらず律子の顔色をうかがうような口調だったが、はじめて律子はその口調にわざとらしさを感じた。

車は、忽ち狭い道をぬけ出し、広い通りを暫く走って、高台へ入った。住宅地である。それも大型の外車が走るにふさわしい高級地であった。街角の塀に、北品川というプレートが見えた。警官が門前に立っている屋敷がある。

「私のクラスでも、あなたのこと評判なのよ。成績がよくて、英語の発音が綺麗で、格好よくて、黙って本を読んでいる」敏子はひとりでクスクス笑った。「気をつけてみていると、ほんとうにその通りだったわ」

温和しい気弱ないい方である。しかし、どこかに嘘があった。

「人見知りするのよ」

短く律子はこたえた。警戒心が頭をもたげている。

車が停まった。

単純なデザインの鉄製の門が道路に接していた。

その門におおいかぶさるように鉄筋の建物が建っている。門の向こうに、すぐ石段があり、あがったところに玄関が見えた。コンクリートの新しい建築である。

律子は門前の狭さと新しさに少しほっとした。車寄せのあるような屋敷然とした建物を予想していたのである。

「八時すぎまでいいわ」

運転手にそういい、敏子は門をあける。

「夕御飯、つき合って下さるでしょう?」

振りかえって、律子を入れながらそういった。「誰もいないんですもの」

「ええ――」

律子は曖昧にうなずいた。敏子の正体が分からない。

石段をあがると、敏子は短くドアを見つめ、それから思い切ったようにインターフォンを押した。自分の家なら、もっとさり気ないのではないか。第一、誰もいないといったのに——。

ドアがあいた。

「お帰りなさいませ」

呑気な女の声がした。

「ただいま」

誰もいない、といってもお手伝いはいるわけか、と思う。

「いらっしゃいませ」

固肥《かたぶと》りの五十代の女が、律子に丁寧に頭を下げた。

「紅茶かコーヒーか、ジュースか、なにがいいかしら?」

敏子がきいた。

「コーヒーをいただくわ」

律子はかまえていた。

「お願いね」

敏子はそう女にいい「二階なの。どうぞ」とまたあやまるような口調でいって、先に立った。

律子は気圧《けお》されまい、としていた。玄関の木製のドアの厚み、その閉まる音。スリッパ、じゆうたんの品質。階段の手すりのさり気なく高価な印象。二階の廊下の照明の単純な美しさ。そして敏子の部屋。

「どうぞ」

入った。なにか敏子に、たくらみがあるという気がしてならなかった。

「病室みたいな部屋でしょう?」

いいながら敏子は、律子の背後でドアを閉めた。

「素敵だわ」

「なんにもないの。母なんか、よくこんな所で寝られるっていうわ」

白い部屋であった。

「いろいろ置くのが嫌いなの。全部壁に消えるように作ってって頼んだの」

壁一面に、白いドアがつくりつけられている。細身の丈の高い十数枚のドアが、中に収納されているものの豊かさを感じさせた。

ライトグリーンのカバーがかかったベッド。同色のソファとクッション。机と椅子。唯一の装飾は、ベッドの側面の壁に(そこだけは扉がない)かけられているシュールレアリスム風の版画であった。

「白壁恐怖症の人なら気が狂うわね」

「素敵だわ」

もう一度そういって窓に寄った。異常な気がしないでもない。白くて、なにもない部屋。暮らしているという匂いがない。そういう匂いを消そうとする強い性向を感じた。

「広いのね」

「広くないわ」

「ううん、お庭」

窓の外に、芝生のひろがりがあった。門前の狭さで、庭の広さを思わなかった。このあたりで、これだけの庭を持つのは、余程の財産家なのだろう。

「FENをかけましょうか？」

「いいわよ」

お金持ちの娘が、過保護に育てられ、外へ出るとおどおどしてしまうという小説を読んだことがある。チューナーのダイヤルを回す音がした。しかし、敏子はその小説の臆病な少女ともちがうのだ。どこかに演技の気配がある。

急に部屋の中に、黒人コーラスらしい歌声が満ちた。

振りかえると、敏子は扉の一枚を閉めながら、

「掛けて下さい」

微笑して律子にソファをすすめた。

「ラジオ、いいわ」

「聞きたいの」

ドキリとした。率直ないい方だった。今までが臆病で遠慮がちだったので、それだけのことが、強く響いた。律子がソファにかける。敏子も、はなれて腰をおろした。

歌が終った。すぐムード音楽のようなものが続き、それをバックに男の気取った英語が流れる。

敏子の視線を感じて、律子はその方を見た。敏子が微笑し、

「こういうのを聞くの?」といった。

「ええ」

「分からなくても?」

「ええ」

敏子は、ちょっと目を伏せて笑った。笑い方に、律子を鼻で笑うようなものを感じた。再び音楽だけになる。気持ちが不安定で、律子は何気なく、ソファの脇を見た。ガラスとスチールで出来た低いサイドテーブルがある。その上に二冊の本が置かれていた。

自分で、顔が青ざめるのが分かった。サリンジャーの「ライ麦畑」とファウルズの「コレク

ター」のペーパーバックであった。敏子は英語が読めるのだ。咄嗟にそう感じた。英語の本が読め、いまのFENの英語も、勿論よく分かるのだ。それでいて知らないふりをした。発音をどうやって習うのか、とおどおど尋ね、サリンジャーを知らない振りをし、律子がいい気になってしゃべるのを、心の中で笑っていたのだ。

でも何故？　何故そんなことを私にする必要があるのだろう。

目をあげて、ぞっとした。敏子はからかうような微笑を浮かべて、律子を見ていた。

律子は、ひるむまいとした。

「英語が出来るのね？」

気持ちを押さえてゆっくりきいた。敏子は、噴き出すのをやっと押さえているという顔でうなずいた。

「サリンジャーも読んでいるのね？」

敏子は、細かく何度もうなずいた。

「どうして知らない振りをしたの？」

「面白いから」こらえきれぬように敏子は笑い出した。「下手に出ると、いい調子でしゃべるから」笑いが溢れ「おかしくって」と身を折って笑い続けた。遠慮や臆病など痕跡《こんせき》もなかった。

「面白くなんかないわ」

侮辱を押し返さなければならなかった。からかわれるのは我慢出来なかった。

「うまかったでしょう？　気の弱い子をやると、私、すごくうまいのよ」

いきなり立って、その敏子の頬を平手打ちした。気にしない、というように敏子は乱れた髪を手ではらい「男の子なんか、すぐひっかかるわ。英会話の基礎を教えてやるって、ひどいブロークンで二時間も、私に講義した奴もいたわ。おかげさまでって、私がペラペラはじめると、可哀相なくらいポカンとして、青くなって赤くなって」

「英語が自慢なのね？」

「フランス語の方が好きだけど」

「外国にいらしたの？」

「ニューヨークとパリ」

「それで言葉が出来るのは当たり前だわ」

「当たり前かしら？」

「出来ない私達を罠にかけて楽しむ権利はないわ」

「五反田がパリの何処に似ているっていったかしら？」

「帰るわ」

素早く敏子はドアの前に立ちはだかった。

「外国から帰って日本の学校へ入る者の気持ち分かる？　まるで異端者あつかいよ。小学校じゃ、テニオハから発音まで笑われたわ。逃げ出して中学二年で、ニューヨークから帰ってくると、のんびりしてるおくれてると、日本の教科書ふりかざして笑いものにされたわ」

「その仕返しを、私がされるの？」

「日本の秀才が嫌いなの」

「秀才じゃないわ」

「すぐ泣くくせに、すぐぺちゃんこになるくせに、テストの点数を鼻にかけて」

「お門違《かどちが》いだわ」

「そうね」そうね、と敏子は改めて律子を見つめ「あなたは強そうだわ」といった。

「発音、おかしくないわ」

「直したのよ。笑いものになるなんて趣味じゃないの」

「私もよ」

短く二人は目を見合った。面白いわ、歯ごたえがあるわ、と律子は思った。

「似てるのね、私たち」と敏子がいう。

律子がうなずく。

緊張がお互いの目の中でみるみる溶けた。笑いがこみ上げ、笑い出すと涙が出て来て、二人して涙を拭きながら長い間笑った。コーヒーを持って来たお手伝いがなにをいっても返事もしなかった。稀《まれ》なる友情の成立という気がした。第三者に返事などして、この瞬間をこわしたくないという思いだった。

それからのほぼ一年は嵐のようなものだった。

敏子は父親のコネクションで入学をしたのである。成績はよくなかった。しかし、馬鹿ではない。頭の回転は律子より早かった。成績などというものに反感を持っていた。学校では孤立し、唯一の友達である律子を、自分の世界へひきこもうとした。家へ帰ってからの世界である。はじめて煙草をすったのも敏子の部屋である。ソウルやロックの味も、いくつかのステップも、ビールの味も、デンマークのポルノフィルムも、マリファナを吸ったのも敏子の部屋であった。

二年生の春に、敏子はまたニューヨークへ戻ることになった。彼女はそれを、かなり感傷的になって律子に伝えた。

「言わなきゃならないことがあるの」

校庭の隅でそういった。律子も淋しかったが、心の隅で少しほっとした。

敏子との交際は、緊張を強いられるところがあった。会話でも議論でも、ひとひねりしたい方を求められたし、ユーモアも心がけたし、それというのも、アメリカの同世代は、そういう会話を日常としている（と敏子がいう）からなのだった。

応じなければいいようなものだが、ひねった会話には魅力があったし、普通の高校生とはちがうという優越感も悪くなかった。

「私たちのおしゃべりにくらべたら、クラスの連中の会話なんて、イモのじゃれ合いね」

その上、律子をつなぎとめる手段のように、次々と新しい刺激を敏子は用意した。ダイエットの方法、新しいファッションの情報。おかげで律子は肥らなかったし、いくらかは泥くささをまぬがれもした。部屋を暗くして、八ミリのポルノフィルムを六巻も見せられて、「学校でこんなものを見た人、他にいるかしら？」とさり気なく恩に着せられても、かすれた返事しか出来なかった思い出。

「シンナーなんて、淋しすぎるわ」そういって、鍵のかかる宝石箱から大事にとり出したのが、マリファナだった。

ひとりだったら、煙草をすうという、たったひとつのタブーだって犯したかどうか分からない。一年すぎるとやらなかったのは、セックスだけのような気分だった。

「アメリカなら、屈辱ね。この年で、経験してないなんて、かくすようなことだわ」敏子は、そういったが、実際には男性をひき入れるようなことはなかった。「日本の高校生って子供っぽくて相手にならない。大学生も同じ。どうしたらいいの？」

銀座のマキシムへ二人だけで行って、別れの宴をした。（律子は三千円だけ出した）帰り道、はじめて「人前で」煙草をすった。銀座通りを二人で煙草をすいながら新橋まで歩いた。羽田《はねだ》で見送ってしまうと、なんだか年をとったような気がした。反動が来た。

人類愛とか善意とか正義とか、そういうかげりのない言葉がなつかしくなった。二十二か所の施設を回って、地味な仕事に没頭したのは、その夏のことだ。

しかし、その熱もすぐさめた。「善意」の仲間の頭の悪さ、ひとりよがり、自意識のなさにうんざりした。大学受験の準備をしなければならなかった。

大事なことは、自分の欲望を正確にとらえること。自分が本当に欲しているものは、なんであるかを知ること。

結局、心に残るのは敏子の物質的な豊かさだった。正義も翌日には不正義。善意も一夜あければ犯罪。そんな風に価値観がめまぐるしく変わっても、一番価値の変化の少ないのは、物質的豊かさだという気がした。少なくとも、物質的に豊かなら、価値観の変化による打撃をやわらげることが出来る。

水準以上の豊かさを獲得すること。但し、金のある結婚相手を見つけるというようなことは問題にならなかった。経済的に独立すること。でなければ豊かとはいえない。簡単にいえば「手に職をつけること」。

さしあたって、英語をものにすること。英語を話す人間がいくら多いといっても、洋裁、美容師よりは少ない。迷わずに目前にある能力を身につけること。能力は、金銭に通ずる。少なくとも能力がないよりはいい筈であった。

大学へ入ると、英語を使う機会を積極的に求めた。孤独なアメリカ人、イギリス人はいくらでもいた。

チャールズ・スタイナー（あるいはチャーリー）は、そんな中のひとりだった。

はじめチャーリーは、ジャーナリストだと称した。しかし打ちとけるとすぐ、実は一度も原稿が売れたことはないのだ、と簡単に白状した。売れるまではなんでもしなければならない。それは時に屈辱的だが、誰にでもそういう時期はあるのだろう。虎ノ門の小さな事務所にやとわれている。経営者は中国人だといった。

長いまつ毛を伏せ、時折どもりながら、バーの片隅でそんなことを話すチャーリーは魅力があった。

他国から来て、事務所も秘書も持たない連中に、連絡場所と電話番号を賃貸しする商売なのである。チャーリーは他の二人のアメリカ人と共に、秘書代わりの電話番をしているのであった。

日本語がよく分からない。しかし、日本が気に入った。はなれたくない。あなたが英語を憶えたいのなら、私もあなたから日本語を教わろう。そういうつき合いはどうだろう、と知り合った日の別れぎわにいった。

新宿のビヤホールで、大学の翻訳研究会の仲間とのんだとき、隣のテーブルで、一人で淋しそうにのんでいたのがチャーリーであった。二年生の男の学生が、酔った勢いで「こっちに来ないか」と誘い、チャーリーは律子の横に腰をおろした。

二度目は二人だけで逢い、「あなたに嘘はつきたくない」といい、ジャーナリストというのは、実は志にすぎないのだ、という白状をしたのだった。

数回続けて逢った。日本語はあまり使わなかった。「どうも」という言葉以外、チャーリーは一向に日本語がうまくならない。

「私だけが得をしている」というと、そんなことはない、自分も会話を楽しんでいる、一日のうちで一番素晴らしい時間を過ごしている、とおだやかに微笑した。

部屋に誘われたのは、間もなくであった。律子はさからわなかった。抱かれても自然だという気がした。

はじめてと知って、チャーリーはやさしかった。日本の男なら、こうはいかないだろうという気がした。「重荷をおろしたわ。十九歳で、やっと」そんな手紙を、ニューヨークの敏子に書いた。

部屋の鍵のスペアをつくり、先に入ってチャーリーの帰りを待つようになった。律子のつくった夕食を二人で食べた。「幸せだ」とチャーリーもいい、律子もそう思った。英語は急速に上達した。高校の頃思ったように、自分の周りの同世代が子供に見えてならなかった。しかし、そんなことはおくびにも出さず、自分の体験を律子は、用心深くかくしていた。日本人の性意識が、まだ自分のような生き方を当たり前とは思わないことを知っている。中傷されて、つまらぬ思いをしたくなかった。

勿論、家族にもかくした。とりわけ母に対しては注意をした。女同士の勘をおそれた。騒ぎを起こしたくなかった。家族とは距離を置き、家にいても大半は自分の部屋で過ごした。それでよかった。家族との団らんを求めるという気持ちはなかった。毎日が忙しく、やることが一杯あり、充実していた。家族を必要としなかった。

そして、衝撃は突然やって来た。

思い出しても、屈辱で身がふるえる。

「なにがあったんだよ？　いわなきゃ分からないじゃないか」

繁が小声でいった。駅前のスナックである。しかし、弟にいえることではなかった。

いや、いってもいい。全部話せば、繁も怒りにふるえるだろう。

このまま終りにしたくなかった。自分が逢うのはいやだ。二度と逢いたくない。しかし、チャーリーをいためつけたかった。

昨日も律子は、チャーリーの部屋を合い鍵であけたのである。まだ帰っていないことは分かっていた。

ステーキ用の肉二枚とレタスを近くで買い、その紙袋とバインダーと教科書をかかえて、中へ入った。

すると見知らぬ男がソファから身をおこした。大男だった。白人である。ひどいひげ面だった。

口の中で挨拶らしき言葉をいい、新聞を音をたてたたんだ。

「チャーリーのお友達?」

うなずいて「アベルスン。デエイブ・アベルスン」という。それから、なにかを思い出したように、おかしそうに短く笑った。

「はじめて聞くわ」

「大阪にいたんだ」

「チャーリーから鍵を?」

「ああ」立ち上がった。ポケットをさぐりながら独り言のように「持って行っちまうところだった。何処へ置いたらいいかな」といい、鍵を出すと、部屋を見回した。

「本棚がいいわ」

「ああ」本棚へ近づきながら、またおかしそうに、短く笑った。長い間着たままというような柄もののシャツと粗い編みのセーターと皺のよったズボンだった。

「私の名前は律子。田島律子」

台所で肉を出しながらいうと、「知っている」とこたえ、またおかしそうに短く笑った。

「なにかおかしい？」

「うむ？」

「チャーリーが、私のことでなにかおかしいことをいったのかしら？」

「そんなことはない」それからまた笑って「これは癖なんだ。私の笑い方の癖なんだ。よく言われるがね」とゆっくり首を振った。

「ビールでも出しましょうか？」

「コーヒーの方がいい」

「お湯を沸かすわ」

男は、律子のすぐ背後へ来て、律子が薬罐《やかん》に水を入れるのを見ていた。

「チャーリーは、あんたに感謝している」といった。

「そう？」苦笑してガスにかける。

「日本の女は、白人に弱いなんていうが、そんなことはない。いやになるほど閉鎖的で、臆病で古風だ。金で買える女は、やたらに高い。みんな不自由をしている。あんたみたいな人は、めずらしいんだ」

「ほめられたのかしら?」

「勿論、ほめたんだ。英語もうまい」

「チャーリーのおかげだわ」

「私の英語は、どうだい」

「素敵よ」

「チャーリーより、うまく教えられるかもしれない」

「折角だけど」笑ってレタスを出す。

「チャーリーは、あんたと切れたがっている。結婚したがってるんじゃないかと怖れている」

耳を疑った。振りかえると、

「私がひきつぐことになった」といった。

「そんな――」

いきなり抱きすくめられた。

「なにをいうの」

抵抗したが男の力は強かった。

「あんたみたいのは貴重なんだ」

「チャーリーが、そんなことをいうはずがないわ」

「聞いてみるんだな」

「聞いてみるわ。はなして！　大きな声を出すわ」

男は、おそろしく乱暴だった。床に押し倒し、髪の毛をつかんで、ひきずるように顔をひきよせ唇を奪った。圧倒的な力の強さだった。恐怖で声が出なかった。太い指をこすりつけるようにして男は律子の乳房を揉みしだいた。

## 空罐《あきかん》のこだま

「最低ね」と律子はいった。「弟にこんなことしゃべるなんて」

「他の人間にはいうなよ」

姉は素直にうなずいた。生まれてはじめて小さく見えた。

土手に二人で立っている。土手で一部始終を繋は聞いたのだった。小田急の下り電車が鉄橋を渡って行く。

「その後で、チャーリーって奴とは逢ったの？」

「男が、目の前で電話をかけたわ。私に出ろっていうの。出たわ。デエイブも、家庭の味に飢えてるんだって、それだけ」

「ひどい奴らだな」

たしかにバットでもなんでも持って行って殴り倒してやりたかった。

「デエイブって奴は、でかいって言ったな？」

「繁には歯がたたないわ。野獣だわ」

「頭を使うさ」

「いいの。口惜しいのは、野獣を仕向けた奴だわ」

「チャーリーを殴れば気がすむのか？」

「他にどうしようがある――せめてその位はしてやりたいの」

自分では出来ずに、弟に頼っている。こんなことは、はじめてだった。

「今日は何時に帰ってる？」

「七時頃には多分――呑んだりしてれば分からないわ」

「行ってみるよ」

「いいの？　受験前に」

「行って貰いたくないのかよ？」

「貰いたいわ」

「そんなら、受験のことなんかいうな」

家に向かった。ひどいわが家だった。家には浮気の母がいて、姉は外国人に遊ばれてしまったのだ。

「あら、二人一緒なんてめずらしいわね」と母はいった。

「そこで逢ったんだ」

「熱い紅茶のみたいわ」

姉は母の前では、しらけるくらいいつもの通りだった。もっとも仏頂面をしてればいいのだから、やりやすいことはやりやすいのだ。いつもニコニコしている娘だったら、こうはうまくはいかないだろう。

「繁ちゃんも紅茶のむ？」と母が台所できく。

「いいよ、ぼくは」姉をストーブの前から押しのけた。「のみたきゃ姉さん自分でいれればいいだろう。ストーブの前にぶっ立って、お母さんにやらせるなんて態度悪いよ。お母さんもやらせりゃあいいんだよ」

「なに怒ってるの？」と母。

「ほんと、さっきからプンプンしてるの」

姉が台所へ行きながら、そんなことをいう。おとぼけもいいところだった。母だって到底浮気をしているなんて思えなかった。始末におえない女たち。その二人の秘密を知っているのは自分だけで、両方の決着を自分がつけなければならないのだ。父に知らせるわけにはいかない。どっちの事実も、父を逆上させるだろう、絶望させるだろう。父には重荷すぎるという気がした。

「あ、レモンいいのに」

「切っちゃったわ」

「紅茶の味がなくなるから嫌なのよ」

「じゃあ、お母さんがのむわ」

しかし、何故姉は母に打ち明けずに、自分に話したのだろう。ひどい目にあったら、母に打ち明けて、その膝で泣きたいというのが娘じゃないのだろうか？　そうだ。浮気なのだ。打ち明けて泣こうと思って帰って来たら、ぼくが母の浮気を話したってわけだ。浮気をしている母に、あんな体験を話したくはないだろう。仕方なしに弟に話した。話したくはないが誰かに話したかった。悲しみは人に話せば耐えられる。復讐もしてもらいたい。そう姉の気持ちを推察すると、いじらしくないこともなかった。

チャーリーのアパートを目指して、家を出たのは、七時少しすぎであった。

地下鉄を広尾で降りると、八時半に近かった。小田急線からだと意外に手間がかかるのだ。公団かなにかの大きなアパートがあり、洒落《しやれ》たマンションがあり、さすが都心で、いろいろ外国人達も住んでいる感じだった。

人通りは殆んどなかった。姉の描いた地図の通りに歩きはじめる。もっとも地図をひらいたりはしない。地図は電車の中で頭に入れていた。向こうへ行ってからのことも考えていた。

つまりこれは一種の精神行動なのだ。目的はチャーリーを殴ることではない。無論殴るつもりだが、殴っていためつけるのが目的ではない。こっちのプライドを示すのが主眼なのだ。ハレンチな奴らに、こっちの軽蔑がとどけばいいのだ。日本人は外国人に弱くて、泣き寝入りするとたかをくっていただろう？　そうはいかない。こっちは、いますぐお前達を殺す力だってあるのだ。ただ殺さないだけだ。軽蔑する。お前達を軽蔑する！　そういうメッセージを、相手にたたきこめばいいのだ。それ以上のことは出来ない。姉にだって責任がないとはいえないのだ。利用しようとしたところもあったのだし、相手の実体を見抜けなかった愚かさだってあるのだ。ただ一度は、こういうことをしておかなければならない。でなければ姉は屈辱から立ち直れないかもしれないし、話を聞いた自分の男も立たないのだ。

そんなことをくどくどと思ったのは、臆病のせいかもしれなかった。「俺の姉貴をやりやがってェ！」という単純な怒りで、殴りこんだっていいのに、電車の中から、くどくどくどくど理屈をひねり回していたのは、おびえているせいかもしれなかった。

目的の木造のアパートの前に来た。

裏通りだった。このあたりは、なんだか古い木造の家がごたごた並んで暗かった。

アパートそのものも、外国人向けとかそういうものではなく、二十年ぐらいたっている感じの、普通の建築だった。鉄製の外階段がある。その階段の上が、チャーリーの部屋と聞いていた。灯りがついている。

ゆっくり階段に足をかけた。ひどい音がした。きしむのだ。遠い外国から来て、こんな階段の上で暮らすのは、みじめだろうという思いが一瞬かすめたが、いまはそんな同情をする場合でも立場でもなかった。

怒れ！　単純に怒れ！　ドアをにらみながら、慌てず、着実な足どりであがった。

ブザーがなかった。さがしたがないので、ノックをすることにした。唾《つば》をのみこみ、力強いノックを二回した。

「カムイン」といったのか「誰？」といったのか「あいてるよ」といったのかよく分からないが、とにかく早口の英語がこたえた。ノブをひねってひっぱると、ドアがあいた。

チャーリーは（たぶんチャーリーだと思う男は）畳に敷いたカーペットにあぐらをかき、ソファの前の低いテーブルのタイプライターを前にしていた。繁を見て、いぶかしそうな顔をした。あまり強そうな男ではない。これなら場合によっては相当いためつけてもいい。

繁はうなずき、落ち着いてドアを閉めた。チャーリーがなにかをいった。「誰ですか？」ときくのが順序だが「フーアーユー？」というような英語ではなかった。かまわず繁は「マイネームイズタジマシゲル」と予定通りにしゃべった。

「タジマ？」

とチャーリーがいう。

「イエス。リッコイズマイシスター」

チャーリーが、またなにかをいった。カッとした。何故弟の君が此処へ来たんだ？　というようなことをいったらしいからだ。

何故とはなんだ？　何故来たか分かるだろう？　とぼけるんじゃないよ！　と怒鳴りたかったが、そんなことは英語ではいえなかったし、大体「何故来た？」とチャーリーが言ったかどうかも正確には分からないのだから困難な対決だった。

とにかく逆上してはいけない。なめられたら終りだ。

繁は数秒で自分を抑制し、予定していた英語をゆっくり口にした。

「アーユーチャーリー？（あんたがチャーリーか？）」

相手を確認する必要があった。ちがう男をいためつけても仕様がない。

チャーリーは用心深い目をした。

「ちがうのか?」

「私はリチャード・スタイナーだ」

そんなことでごまかされなかった。チャーリーがリチャードのくずしだと姉から聞いている。

「私は知っている。リチャードがチャーリーとイコールなのを」

チャーリーはうなずいた。

「私は知っている。あんたが私の姉にした汚いことを」

するといきなりチャーリーが猛烈にしゃべり出した。時々「リッコ」という名前だけが聞こえたが、あとはまるで分からなかった。こんな早口が分かるなら、とっくに外語かなんかを受けていた。

「ウエイト!(待て!)」

そういったが、チャーリーはやめなかった。弁解しているというような弱気な口調ではなく、あきらかになにかを主張しているのだ。

「シャラップ!(黙れよ!)」

そう怒鳴ると「シャラップだと! 失敬なことをいうなよ」という感じで(なにしろペラペ

ラまくしたてるので感じしか分からないのだ）更にしゃべりたてた。頭のよくない男だ、と思った。繁がしゃべる英語を聞けば、こんな早口の英語が通じないことぐらい分かりそうなもんじゃないか。

「ウエイト！　ウエイト！　ウエイト！」

こっちも負けずに怒鳴った。ようやくチャーリーが黙った。

「あんたは日本にどのくらいいるんだ？」

「何故？」

「あんたは日本にどのくらいいるんだ？」

なんでもいいから答えろ、とかいろんなことをつけ加えたいのだが、どういっていいか分からない。見当はつくが、間違った英語をつかってなめられたくなかった。

「四か月だ」

たったの四か月だったのか。それじゃあ日本へ来て、すぐ姉をひっかけたんじゃないか。

「四か月なら充分だ。日本語を少しはしゃべれる筈だ。日本語でしゃべろう。ここは日本だ。私はあんたの英語がまるで分からない」

ゆっくり、威厳をもって英語でいうと、

「私は日本語を話せない」

とチャーリーはにべもなくいった。

「それが生意気だっていうんだ!」繁ははじめて日本語でいった。

「日本へ来て日本語をしゃべろうとしないっていうのが日本人をなめてるんだ!」人種差別なんだ。日本人をバカにしてるから姉にあんなことが出来たんだ。

「お前らは、汚い人種差別主義者なんだ!」

チャーリーもなにかをいっていた。向こうが英語でしゃべり、こっちは日本語でしゃべり、とにかく先に黙ったら負けのような気がして繁は、白人の日本人意識などについて口から出まかせにしゃべり続けた。急にナショナリストになったような気持ちだった。

気がつくとチャーリーが笑っていた。呆っ気にとられた。笑うなんて、こんな時に笑うなんて。チャーリーは、両方で相手に分からないことをしゃべっているのはナンセンスだとかいって笑っているようだった。たしかに通じないでしゃべっているのは滑稽かもしれない。しかし、当事者が笑うことじゃあない。おかしくなんかなかった。むしろ悲しいくらいだ。

「笑うな! 笑うのはやめろ!」

と英語で怒鳴った。しかし、チャーリーは怒鳴る繁が可笑しいというように、笑いやめなかった。こうなっては、いためつけるしかない。これ以上口でいっても仕方がない。

「私は怒った! 私はあんたを憎む!」アイヘイトユー! とわめいて、繁はチャーリーにとびかかった。

広尾で地下鉄に乗る時、鏡をさがしたが見当たらなかった。

左の頬骨が痛かった。恵比寿《えびす》でも見損なって、山手線のドアのガラスにうつしてみると、ちょっと黒いかな、と思う程度だった。新宿駅で屑入れの上についている鏡で、はじめてまともに見た。ひどい顔だった。左の目の上が暗い紫色で、唇の脇に血がついていた。ハンカチで血だけはとったが、痣《あざ》は仕方がなかった。小田急線では、ドアの脇に立って左側をかくすようにしていたが、気がついた五十ぐらいのサラリーマンらしいのが、しつこく見ていた。

姉は、どう思うだろう？　だらしがない、と思うだろう。

しかし、やるだけはやったのだ。なにしろ中学から喧嘩らしい喧嘩をしたことがないのだ。小学校の頃だって、カッとなって殴り合ったことはあるが、すぐとめられたりして、去年信彦と小ぜり合いをしたのに毛が生えたぐらいの経験しかないのだ。

それがいきなりアメリカ人と対決したのだ。姉はどう思うか知らないが、やるだけはやったし、目的は果たしたのだ。

とにかく繁の最初の一発だけは、確実にチャーリーの頭を襲った。全力で殴ったのだ。コツンといった。すかさず次の一発をつき出すと、その腕をチャーリーが掴んだ。その時、敗北感があった。十分の一秒ぐらいの時間だろうが、チャーリーの手の大きさと腕力に、とてもじゃない、という思いが頭を走ったのだ。

次の瞬間、顎を殴られて、あお向けに倒れていた。勿論すぐ立ち上がった。今度は左頬だった。あいつは立ち上がるのを待っていたのだ。立ち上がると構えていてストレートをつき出した。それが痣の原因だ。勿論またすぐ立とうとした。しかし挨拶でもするみたいに立ち上がるわけにはいかない。ちょっとダメージを受けたふりをして、奴の足を狙った。するとあいつは、人の顔を足で蹴上げたのだ。唇を切ったのは、その時だと思う。なにかが棚から落ちて頭にぶつかった。言わなければならない、と思った。このまま気を失って終りではいけない。

腕が痛かった。気がつくと腕をねじあげられていて、チャーリーはなにかをいいながら、強引に繋をひきあげた。立ち上がるとドアへ突きとばされた。振りかえろうとしたが、まだ腕はねじあげられていて、今度は激しくドアにぶつけられ、ドアがあくと、そのままひどい力で階段の下まで押しまくられた。つまずかずに駈けおりるだけでせい一杯だった。アメリカ兵に捕虜になったベトコンのフィルムが一瞬頭を走った。

道路でチャーリーはなにかをいい、繋の頭を平手で二度叩いた。不本意だったが、二度目ので、ふらっとなり膝をついた。

チャーリーは忽ち階段を駈け上がって行く。

「チャーリー！」

呼びとめた。言っておくことがあった。チャーリーがふりかえる。

「私はあんたを軽蔑する！」

英語で繁は、はっきりいった。これは本来なら、倒れているチャーリーに捨て台詞《ぜりふ》としていうはずだったが、仕方がなかった。

チャーリーは、また人を指さしてわめいた。それから、くるっと中へ入ったかと思うと、すぐ現れ、なにかを繁の方へ投げた。慌ててよけると、それは哀れな繁の靴なのであった。バタンとドアが閉まった。

「チャーリー！」

繁は、もう一度怒鳴った。「私は、あんたを軽蔑する！」しかし返事はなかった。気がつくと、離れて見ている人影があり、繁がその方を見ると、すぐ姿を消した。

「私は、あんたを軽蔑する！」

もう一度、繁は叫んで、それから靴を拾った。

小田急の駅をおりると、十時をすぎていた。とっくに閉めてしまった商店街を歩きはじめると、寒さが身に沁み、背中が痛かった。

「どうしたの?」

母がおどろいた顔をした。

「どうもしないよ」

視線から逃げるように階段をあがった。

「どうもしないって――」

「お休み」

ドアを強く閉め、鍵をかけた。なんだかんだ聞かれたくなかったし、嘘をついたりするのも嫌だった。

顔や手を洗いたかったが、寝るしかなかった。ストーブをつけ、パジャマに着替えていると、小さくノックの音がした。

「うん?」

「私」

姉の低い声だった。

あけると、するりと入って来て、音を殺して後ろ手にドアを閉め「チャーリー?」ときいた。

つまり、繁の頰の痣はチャーリーがやったのか、という意味だ。

「俺も殴ったよ。軽蔑するっていってやったよ」

「英語で？」

「英語に決まってるだろ？」

「どういったの？」

「俺だってそのくらいしゃべれるさ。バカにするなよ」

「どんな風だった？」

「明日ごたごたお母さんに聞かれるの嫌だからな。姉さん、下へ行って適当にごまかしといてくれよ」

「私のこと、チャーリー、なんかいってなかった？」

これにはおどろいた。まるでチャーリーが愛しているとかなんとかいうのを期待しているような口調なのだ。

「姉さんあんな奴にまだ未練があるのかよ？」

「あるわけないでしょ！」

「とにかくぶん殴って来たんだ。忘れろよ。これからは、もっと気をつけろよ」

いい返したい感じだったが、さすがに姉も自分の立場に気がついたのだろう。

「ありがとう」

そういって、出ていった。

疲れていたが気がたかぶって眠れなかった。姉がこの体験で、多少とも謙虚になれば、これはこれで不幸とばかりはいえないと思った。しかし、まだほっとするひまもないのだ。

母である。母の相手をつきとめて、おどかさなくてはならない。今度は日本人だ。それに、ちょっと見たあの男なら、仮に腕力沙汰になってもこのようなことにはならないだろう。それに、とにかく男の会社か住居をつきとめなければならない。それには、もう一度母を尾行しなければならない。男と逢うのを見なければならない。嫌な仕事だが、平穏に母の浮気をやめさせるには他に方法はないだろう。

そんなことを考えているうちに、眠っていた。

翌朝、母は黙っていた。

姉がなにをいったのか知らないが、痣なんか見えないというように、昨夜のことは聞かなかった。

曇った寒い朝だった。

駅へ向かいながら、学校へ行く気がしなかった。母は今日出掛けるだろうか？　出掛けて男と逢うだろうか？　そう思ったが、母を尾行するのも今日は嫌だ、という気がした。習慣で電車に乗り、ぼんやり外を見ていると、耳の傍で小さな笑い声がした。

「やあねえ。すましちゃって」

哀愁だった。

「なによ。こっちの方なの？」ときくと、

「登戸だもの」といった。

「そうなの」

「あら、またあの子と喧嘩したの？」

痣をのぞきこむので、

「そうじゃないよ」と不機嫌に外を見た。

「あと四日でしょ？」

「なにが？」

「なにがって、××大学受けるんでしょ？」

そうなのであった。四日後には、一つ入学試験を受けなければならないのであった。

「私ね」と哀愁がいった。「ほんというと、あんたが大学を落ちればいいと思ったのよ」

「どうして？」

「でも考えが変わったの。頑張ってね」

一人で秘密めかしていて、なんのことか分からなかったが、「落ちるよ」と繁はいった。

「気の弱いこといわないで」

「落ちるんだ。分かってるんだ」

「どうしたの？」

「頭が悪いんだ」

「誰だってそういう時があるわ。自分が人より駄目だって思う時もあるわ。でも、自信って大事なのよね。実力があっても自信があるとないでは、大変なちがいなのよね」

なにか処世訓みたいなことを一所懸命にしゃべっていたが、聞いていなかった。口から味噌汁の匂いがした。

店の模様替えで早出なのだという哀愁とは駅で別れた。暫く通学路を歩いたが、いやになって横へそれた。古い住宅地で、狭い路が未整理にあちこちにのびている。

その道を歩きながら、思っていたよりずっとまいっているような気がした。打撃がじわじわと広がって、ようやく全身に回ったという感じだった。勿論、チャーリーに殴られた打撃のことをいっているのではない。母の浮気と姉の秘密を知ったショックだった。そのショックが、とうとう肉体にも及んで、なんだか歩くのも面倒な気がして来たのだった。

といってもその辺へやたらに腰をおろすわけにもいかないから、公園があったと思う方向へとぼとぼと歩いた。

いろいろ文句はいっていたが、水準以上の家族だと思っていたのだ。母は、周囲の母親族より美人だし、あかぬけしているし、時折はうるさいが教育ママなんかではないし、仲々いない母親だと思っていたのだ。姉だってそうだ。エゴイストだけれど、母に似ていい顔をしているし、頭は確実に自分よりいいし、昔はもう少し優しかったし、いい思い出だっていろいろあるのだ。それがとっくに男と寝ていて、強姦なんかもされていて、それを弟に話して復讐に行かせるというのも、考えてみれば、羞恥心のない話じゃないか、と思った。ひどい家族だ。こんなひどい家族をかかえて、ぼくは四日後に受験をするんだ。合格するわけがないじゃないか。

　すると、急に母としゃべった時の言葉を思い出した。

「最初の試験日が、お母さんの誕生日の四日あとだよ」

　そうなのだった。今日は母の誕生日なのだ。誕生日だからといってなにかをするなんて事は、もうここ十年ぐらいないけれど、とにかく今日は母の誕生日なのだった。

　昔の誕生日を思い出した。

　母が三十になる頃までは、ケーキを買って「おめでとう」などといったのだ。母も顔がキラキラして、姉ももっと素直で、金を出し合ってプレゼントに折りたたみの傘を買ったりしたのだ。親父もあの頃は、誕生日には帰っていた。

　親父。そうだ。親父は一体なにをしてるんだ？　人が受験を前にしてこんな思いをしているのに、親父は一体なにをしてるんだ！　夜中に帰ってくるだけじゃないか！

「家族を放っておきすぎるよ」

口に出していっていた。

母のことも姉のことも、親父にしゃべる気はなかった。しかし、もっと家族に目を向けろ、と警告だけはしたくなった。

誕生日をやろう！　誕生日を温かくやれば、父も家族と普段いかに交流がなかったかに気がつくだろう。母だって内心、自分の浮気に気がとがめるだろう。姉も家族の温かさが欲しい時なのだ。盛大にやろう。賑やかにやろう。歌なんかも唄うのだ。

赤電話のある商店街まで走った。

「繊維機械部の田島をお願いします。家族の者です。息子です」

父としゃべるのは久しぶりという気がした。

オペレーターが「少々お待ち下さい」といって少したつと電話の向こうで父の声がした。

「行くんだよ。かまわず顔出しちまうんだよ」

それは繁に向かってではなく、受話器を持ちながら誰かにいっているのだった。それから
「おお、なんだ？」と繁の番が来た。

「ぼくだよ」

「だから、なんだ？」

「今日、夕御飯に帰れないよね?」

「どうした」

「別にどうもしないけど——」

「九時に帰るとお母さんにいってある」

九時だって珍しくはやい時間だ。

「知ってるの?」

「なにを?」

「お母さんの誕生日さ」

「そうか」はじめて気がついた声だった。

「九時に待ってるよ。ワインかなにか買って待ってるよ」

父は答えなかった。

「もしもし」

「とにかく九時に帰る。忙しいから切るぞ」

忽ちプーという音だけになった。

あとは姉だが、姉には連絡のしようがない。しかし、いまの姉は身を慎みたい気分だから、九時には帰っているだろう。

久し振りで一家でテーブルを囲んで、思いきり賑やかに一家団らんをするのだ。しらけていようと、バカにされようと、三人を巻き込むのだ。みんなに歌をうたわせたらしめたものだ。心はあとからついて来る。やっぱり家族はいいと思うだろう。その家庭をこわす事はすまいと母が思い、父がたまには早く帰ろうと思えば、何よりなのだ。

ポケットをさぐると千二百四十円あった。

ワインはまあまあ買える。食事のあとだから軽くなにかをつまんでワインということでいいだろう。

なにをつまんだらいいか？　チーズかサラミの薄切りなんていうのはどうだろう。勿論新宿あたりへ出て上質のものを買うのだ。それから花が欲しい。プレゼントも欲しいが、そこまで買える金を学校で集められるかどうか分からない。信彦がいればいいが、あいつは家庭教師がぴったりついてるそうだから出て来ていないだろう。慶応やなにかはもう試験が終っている。今日が試験日の私立もあるはずだった。

どのくらい来ているかな、と一時間目のあとの休みに現れてみると、割合いるのだった。みんな心細かったり敵状視察という気味もあるのだろう。

頬の痣を、誰もがどうしたと聞いた。「ちょっとな」と意味あり気にごまかしてクラスを一回りした。ところが、金はちっとも集まらなかった。

「冗談じゃないよ。卒業前に金を貸すバカが何処にいるかよ?」

すれっからしの柏木《かしわぎ》が、のっけにそう大声でいったので、みんな影響を受けて、気の弱い三池まで「五百円なら」などとケチなことをいうのだ。千円借りるのに、三人の好意と気弱さが必要だった。

そして夜になった。

夕食に姉は帰らなかった。

母と二人で食べた。母自身が誕生日に気がついていないようだった。ちょっと憂鬱そうで、こっちがなにかしゃべっても「そう」ぐらいで笑顔を見せないのだ。よっぽど「お母さん、今日なんの日だか分かる? ヒヒヒ」といってしまおうと思ったが、やはりこれは、四人揃ったところで効果的にいうべき台詞だった。祭りの前の静けさといった感じで夕食を終え九時がだんだん近くなった。

姉はまだ帰らない。自分の部屋で日本史をひらいていても、三人を団らんに誘い込む工夫で頭が一杯だった。

そして、九時五分前になり、四分前になり、三分前になり、五分すぎになり、十分すぎになった。

父は九時二十八分に帰って来た。

二十八分も下の音を気にしていたので、チャイムが鳴った時には首が固くなっていた。

「お帰りなさい」と母の低い声。

「ああ」と父の声。

これなら九時半に帰るといえばいいんだ。そうすれば二分早く帰ったことになる。随分感じが違うじゃないか。そういう小さな事でも親父は家族への配慮が足りないのだ。

姉はまだだが、仕方がない。窓をあけて、ヴェランダの隅に寝かせておいた白ワインをとった。零下じゃないかと思うほど外は冷たかった。こんな夜になにをしてるんだ、と姉に少し腹が立った。

机の上のカーネーション三本だけの花束（バラの方がよかったがとても買えなかった）と罐詰めをとった。サラミもチーズもいいものは高くて、スーパーへ入ったら北海道のあざらしの罐詰めがあったのだ。あざらしなんてうまそうじゃないけど、珍しいし「こんなもの買って来て」とバカにされればされたで笑いの種になるし、いいんじゃないかと思ったのだ。

「繁ちゃん」

母の声が階段の下でした。

「はい」

「ちょっと下へ来て」

呼ばれておりて行くんじゃ予定が狂ったが仕方がない。ワインと花束と罐詰めを後ろ手にして階段を馳けおり「へへへへ」と居間へ顔を出した。

父はワイシャツの上にカーディガンを着ているところだった。

「お父さんがお話があるそうよ」

母はコートと背広を持って和室の方へ行く。いやな雰囲気だった。見送って「お父さん」と小声で父にいうと、

「掛けろ」と椅子をさす。

「お母さん誕生日を忘れてるんだよ」

「いいから掛けろ」

「なにさ?」

父がソファ、繁がその前の椅子へかけた。

「その手はなんだ?」と父は不機嫌だった。

「隠してるんだよ。ほら、花やワインだよ」

チラッと見せると、

「そんなものは、テーブルへ置け」とにらむのだ。

「そんなものはないだろ」

「誕生日どころじゃないだろう!」

「どうして?」

「その顔はなんだ! 目の下はなんだ!」

「ちょっと殴られたんだよ」

「誰にだ」

「学校の奴だよ」

「お前は受験を前にしてなにをしてるんだ! ちっとも真剣なところがないじゃないか! 前へ置け。花や酒を前へ置け!」

置いていると、母が入って来た。

「あ、お母さん、忘れてたでしょう?」

ちょっと笑っていうと、

「誕生日なんかやったって、大学落ちれば、なんにもならないんだ!」と父が怒鳴る。

「だけど、とにかくワインを買ったんだし」といいかけると「バカヤロウ!」とわめくのだ。

「お母さんが喜ぶと思うのか? 勉強もしないで、喧嘩して来て、誕生日なんかやったってお母さんが喜ぶわけないだろう!」

母が食卓の椅子にゆっくり掛けるのが目の端に見える。

「受験場の下見に行けといえばいやという。学校からは早く帰る。急に夜になって出て行く。顔に痣をつくってくる。一体、どういう了見なんだ！」

手に負えないから父から怒ってくれ、と母が頼んだのだった。父が怒るのは無理もなかった。母と姉の秘密を知らないのだ。その目から見れば、繁だけが悪く見えるだろう。弁解せずに、たっぷり怒られ、これからではおそすぎるけど、勉強以外のことは考えないと誓わされた。

姉は十一時すぎに帰った。

## 寒い春

「随分逢わない」

北川が電話の向こうでいった。

「ええ」と則子がこたえる。

「終った？」

「今日で終り」

「昨日か今日か分からなくなってね」

「今日なの」

繁の三つ目の試験の結果が、今日分かるのである。三月の半ばになっていた。ほぼひと月北川と逢っていない。受験のあいだは、そうしたことで家をあけたくなかった。

「このひと月は仕方がないの」と二月の半ばに北川にいった。

「厄介なのが家にいるの」

事実、繁は試験と卒業式と合格発表の他は、おかしいほど家を出たがらなかった。

「だけど留守番はいやだよ。チャイム気にしてたら、なんにも出来ないから」そういわれては、則子も家を出られない。

無理をしないというのが、二人のとり決めである。「逢う日を数えているよ」と北川はいった。

「三十を越して、こんな思いを味わうのもあなたのおかげだな」そういいながら則子の髪を撫でた。それが今日か昨日か分からなくなってしまうのだから、北川も三十男である。

「本人が見に行ってるの。もうじき電話がある筈だわ」

「じゃ、切らなくちゃいけない」

「いいの。まだ着くか着かないかだわ」

「明日逢うというのは、どうかな?」

「明日?」

「もういいんでしょう?」

「分からないわ。子供たち、家にいるし」

「いると出られない?」

「ごめんなさい。かつぐところがあるの。あなたといま約束なんかすると、子供が落ちるような気がするの」

「神さまが怒って?」

則子は苦笑する。でも、そうなのだ。

「分からなくもない」

北川も笑っている。

「電話します。明日か明後日」

則子がそういうと、すかさず「明日」と北川がいった。

「ええ」

すると甘美なものが、則子の身体を走った。

「逢いたいの。とても逢いたいのよ」

思わず感情が溢れた。

「うん」

北川はひるんだように小さく答える。分かっている。臆病なのである。情熱を見せると、すぐ尻込みをするのだ。いつでもやめられる大人同士のつき合いを則子が逸脱するのではないかと警戒するのである。そういう人だからいい、則子も家庭をこわすつもりはない。

「連絡します」

感情を抑えていった。

「じゃ」と北川が短く答える。則子が先に切る。冷静だというところを見せないと、すぐ怖気《おじけ》づく。おかしいくらい。にくらしいくらい。苦笑して軽く電話を叩く。

ぴくりとして目を向けると、土手に老婆が立っていた。こっちを見ている。傍で二歳ぐらいの男の子が遊んでいる。こういうことには慣れていた。

居間のガラス戸をあけ、カナリアの籠をのぞく。餌も水もある。分かっていたが、こうすることで土手の人を追い払うのである。則子が現れれば大抵は目をそらす。背を向けたり、歩き去ったりする。

「行こうか」

視野の端で、老婆がのんびり男の子に声をかける。ゆっくり上流へ歩いて行く。

春なのであった。

冬の間、土手に立ち止まる人はいない。老婆も男の子も春の点景であった。

これで繁が合格すれば、いい春だわ、と則子は思った。繁は三つの大学を受験し、二つは不合格であった。最後の今日が駄目だと浪人ということになる。

「駄目だな、どうせ」

そういいながら、出て行った。なにが駄目ですか。諦めたようなことをいってるから駄目なんじゃないの。前の則子なら、そのくらいのことはいっていた筈である。それが今日は、

「浪人だっていいわよ。一年頑張れば、もっといい所へ入れるかもしれないわ」

そういったのである。無理をして繁の気持ちをいたわったわけではない。不思議なほど気持ちが騒がなかった。駄目なら駄目でもいいではないか、と思った。

ガラス戸をあけはなして土手を見ていると、このまま庭へおり、木戸をあけ、土手を馳け上がりたいという衝動がゆっくり湧き上がってくる。動かずに、それを抑えていると、幸福感が身体を満たして行った。

北川と明日か明後日には逢えるということが、則子の心をふくらませていた。罪悪感は殆んどない。むしろ、浮気をしてよかった、と思う。もししなかったら、こんな春めいた一日も灰色だったろう。自分をほうっておく謙作を恨み、土手を歩く二人連れにいらいらし、弱気な繁に当たり散らしていただろう。家族のためにだって、この浮気はよかったのだ。半分本気で則

子は、そう思う。

知られなければいい。かくしおおせれば、悪いことはなにもない。

相手として北川はほぼ理想的である。

則子に負けず、熱を上げるのを怖れている。用心深い。夫と比較して、格段に魅力があるというわけでもない。痩せた裸体は貧弱であった。夫の方が、たくましい。しかし、優しさは愛人にふさわしかった。夫と別れて北川と暮らしたい、というほどの迫力がないところがよかった。

半年でやめようと思っている。やめればやめられるという自信がある。もうマスコミが、どう書きたてようと、浮気に過大な幻想は持たない、というようなことを思う。老いて「遊ばなかった」自分に後悔することもない。「ひとまず安心」という多少滑稽な思いがあった。

息を吸い込む。春の匂いである。簡単だった。こんなに何気ない気持ちだとは思わなかった。もっと罪の意識におびえるという気がしていた。しかし、考えてみれば、なにに対する、誰に対する罪の意識なのか？　やましさは、夫への裏切りというところにしかなかった。そして、夫は、二年のカラチ単身赴任を含め、あまりに長く自分に背を向けていた。やましさがないとはいえないが、身をさいなむという激しさはなかった。むしろ則子は、気持ちの軽さに、夫とのつながりのはかなさを感じていた。もっと激しい感情があるべきではないのか、とさえ思った。

「こんにちは」

土手から声がした。

「あら」

信彦であった。ぴょこんと頭を下げた。

「どうしたかと思って」

「まだ分からないのよ」

その時、電話のベルが鳴った。

しかし電話は謙作であった。

「どうだった？」

いきなり、そういう。

「まだ掛からないの」

「そうか。じゃあまた掛ける」

もしもし、という暇もなかった。電話はきれていた。

短い電話でも、会社の熱気を感じる。大声や電話のベルが、謙作の周囲で、重なり合い馳け回っているという気がした。それにしても、もう少しなんとかいいようがあるでしょう、と思う。特別、話があるわけではないが、いまのでは、人間同士の会話ではない。

いつもそうなのだ。いや、原則として謙作は会社から電話をよこさない。余儀なくよこす時は、いまと同じに呆れるほど短く、用件だけに限った。則子の方から掛けることも、極端に嫌う。結婚前に、上司の奥さんを評して「会社に電話を掛けてくる女房」といったのを聞いて、強い印象を受けた。だから則子はまず掛けないし、掛けてもあらかじめ言葉を短く選んだ。それでも、電話口で謙作は不機嫌な声を出した。

古いんだわ、と思う。勤務時間を私用に使うことを罪かなにかのように思っている。そのくせ、勤務時間がやたらに個人の時間を食い荒していることには文句をいわない。文句どころか、自分からすすんで食い荒している。「男の仕事だ」などという。仕事だ、といえばなんでも通ると思っている。実家の父を亡くした時も、通夜に夫は出なかった。勿論、実際はずせぬ仕事があったのだが、妻の父の死をも脇へ押しやる仕事優先に疑いを持たない夫に、小さな恨みは残った。

「あのォ」

信彦の声がして、我にかえった。

「ごめんなさい」

「いいえ」

信彦は土手をおり、庭の木戸から首だけ出していた。

「あなたは、受けなかったんですってね」と庭へ降りた。

「ええ、願書は出したんですけど」

「そうなの？」

そんなことを繁はいわなかった。出掛けに「信彦さんも一緒？」ときくと「あいつは受けなかった」とだけいった。

「試験の前に、××大の合格が決まったんで、そっちへ行くことにしちゃったんです」

いつもの信彦に似合わず、礼儀正しく、はっきりした口調だった。

「そうなの。合格なさったの」と木戸をあけた。

「はい」

「おめでとう」

「ありがとうございます」

こみ上げてくるような笑顔で信彦は一礼した。

「どうぞ、入って」

「いいえ、じゃ、あの、また来ます」

「いいのよ」

「ちょっと大学へ顔出さなきゃいけないし」

「あら、もう?」

「小ホールで講演があるんです。聞いとけって先輩に言われたもんで」

「なんの講演?」

「ニーチェとかそういうことらしいけど」

「むずかしいのね」

「とにかく美学科へ入ったもんだから」

「美学?」

「入れそうなところを選んだから」

「そうなの」

「失礼します」

「じゃ、夜にでも電話するようにいうわ」

「お願いします。うかるといいですね」

信彦は、斜めに土手を馳け上がり、振りかえって、ぴょこんと頭を下げた。

古い材木屋の長男である。単純で気のいい勉強嫌いの男の子が「美学」を四年間やって材木屋を継ぐというのは、なにもかもでたらめという気がした。後ろ姿が、ぴょんぴょんはねて、見えなくなった。

繁から電話があったのは、それからまた二十分ほどたってからであった。

「もしもし」

低い、淋しい声であった。

「なかったよ」と繁はいった。それだけで黙っていた。

「じゃあ」明るい声で「じゃあ来年ね」と則子がいうと「じゃ」ともう切りそうになった。

「まっ直ぐ帰ってくるんでしょ?」

「え?」

「どこか行くの?」

「いけない?」

「いけなかないけど、何処?」

「分からない」

「なら帰っていらっしゃい。帰って来た方がいいわ」

「帰って、どうするのさ?」

「どうするって、お母さんが待っているわ」

黙っている。

「お母さんじゃ仕様がない

冗談めかしていうと、

「お母さんじゃ仕様がない？」よ」

いきなり、はっきり、つきはなすようにいった。

ドキンとした。「そんな——ひどい言い方ってある？」と笑いながら言いかけると、切れていた。

「どうして？」

切れた電話にそういった。ゆっくり受話器を置いた。

「お母さんじゃ仕様がないよ」

強い言い方だった。お母さんでは慰められない。お母さんなんか仕様がない。腹を立てたような口調の意味が摑めなかった。

不合格を、ただ母にあたっているだけだろうか？　甘えて母にあたっているというのなら仕方がない。しかし、多分そうではないという気がした。それだけのことで、あんな棘《とげ》のある言い方を繋がするとは思えなかった。

では、母ではなく——若い娘に慰められたいということだろうか？　しかし、そういう娘が繋にはまだいない。いれば、あんな言い方はしないだろう。いない淋しさが、あの強い口調になった。

あるいは、信彦かもしれない。こういう時、友達と逢って、つまらぬ冗談でも言い合うのが一番いいのかもしれない。しかし、信彦は合格して、はしゃいでいる。あれほど、信彦の話題を口にしていた繁が、信彦の合格については一言も触れなかった。ひそかに無念なのだろう。口惜しいのだろう。やり場のない思いを母にぶつけたというのなら、口調はひどいが仕方がなかった。

しかし、もし言葉通りに母を非難しているのだったら——。小さな怖れは前からあった。でも、そんなことはあり得ない。知っている筈がない。「フィリッポ」で北川と逢ったことは、思いがけず気づかれたが、納得させたつもりである。納得していないのだったら、今まで黙っている筈がない。そして、あのあとは、更に用心をした。繁が学校にいる時間にしか逢っていない。第一、このひと月近所への買い物以外、何処へも出掛けない母を繁は見ている。知っていて今更怒り出すことなんかあり得ない。

「大丈夫よ」

独りで口に出してそういった。一年間の浪人が決まった日である。誰だって、多少とも普通ではいられない。単純に考えていいことだと、淡い不安を揉み消すようにした。

五時すぎに繁は帰った。

「あっちこっちさ」

歩いていたのだ、といい二階へ馳け上がった。

夕食は二人だった。なるべく普通にした。「母では仕様がない」という言葉が、意外なほど則子を傷つけていた。しかし、顔には出さなかった。

子供は、はなれて行くものだ。そんなことを思い、笑顔を見せるようにした。繁は黙って食べた。則子も無理に気をひきたたせるようなことはいわなかった。しばらくは、したいようにさせておくしかないだろう、と思った。

ところがその晩、謙作は繁を帰るなり殴った。

東大や一橋なら仕方がない。繁の受けたのは、三流、四流の大学ではないか。それを丁寧に三つも受けて、三つとも落ちた怠け者に、いたわるようなことがいえるか、と謙作は、呼ばれておりて来た繁をいきなり殴った。殴ってから、そういった。

繁は、よろけて食堂のテーブルにぶつかり、後ろ手にテーブルの端を摑んで謙作の罵声を浴びた。目は伏せていた。

父親がどんな思いで働いていると思うのだ。そんなことをいった。謙作に似合わず、怒り方が女々しかった。実社会の競争は、もっと激しいのだ、ともいった。浪人する以上いままでの大学じゃ許さん。せめて私立の一流ぐらいは狙え。そのくらいの気力もないなら、大学など行くな。

「じゃあ行かないよ」

呟くように繁がいった。

「繁ちゃん」則子は慌てて制した。

「なんだと」謙作の顔色がかわる。

繁は顔を上げ、はっきりいった。

「じゃあ大学なんか行かないよ」

「この野郎」

謙作は、無抵抗の繁を殴った。則子が止めた。止める則子をつきとばすほど謙作は、いきり立っていた。

「どうしたの、お父さん、どうしたの？」

後ろから羽交締《はがいじ》めにして繁から謙作をひきはなした。

「行くなっていうから行かないっていったんじゃないか！」

「よしなさい、繁ちゃん！」

「大学を出ないで会社へ入ってみやがれ！」

謙作は国立を出ている。自分の歎《なげ》きをぶつけているわけではない。

「会社なんか入らないよ」

「入らなくてなにをするんだ。なんで食って行くんだ。お前になにが出来るんだ。人にぶらさがってて、大きな口をきくな!」

チャイムが鳴った。

「よして、二人とも」

そういって則子は玄関へ行った。律子である。

「ただいま」

いいところへ帰って来た。「さあ十一時すぎよ」居間へ戻りながら則子は、声を抑えた。「もう寝ましょう」

繁が倒れた椅子を起こしている。それを則子も手伝った。謙作は、その傍で動かない。

「どうしたの?」と律子が来る。

「ちょっとね」

則子が、とりつくろうと「やあねえ」と律子は、謙作の横を通って台所へ行った。コップをとり、水を汲んでいる。

「今頃まで、何処へ行ってた?」

謙作が律子を見て言う。

「友達と」

律子はそう答えて水をのむ。

「友達と、なんだ？」

「いいじゃないの、なんだって」

「その言い草はなんだ！」

また声が大きくなる。どうかしていた。

「お父さん」

則子がそういいかかると、

「お前は、平気なのか？　酒のんで夜中に帰ってくる娘を見て平気なのか！」

則子が怒鳴られていた。

「夜中っていったって——」

「のんでないわよ、たいして」

行こうとする律子の腕をつかんで、謙作はひき戻した。

「一体なにをしてるんだ！　お前達は、なにをしてるんだ！」

「なにもしてないわよ。気まぐれになにを怒ってるのよ！」

「未成年じゃないか。酒のんで反省もないのか！」

「ずれたこといわないでよ。ビールの一、二杯、誰だってのんでるわ！」

その律子を謙作は平手打ちした。

「お父さん！」

「やめろよ！」

則子と同時に繁が声をあげた。

「やめろよ、お父さん」

謙作の前に、決心したように繁は立ちはだかった。

「いい加減にしろよ」

繁は謙作の目を見た。やや背が高く、見下ろすような目になった。

「なんだ、その顔は」

「お父さんは、なんにも知らないじゃないか」

「余計なことをいわないで！」

律子が短くいった。

「なにを知らないんだ？」

「なにを知らないの？」

則子もきいた。

「なんでもないわよ」

律子がちょっとムキになっている。

「姉さんは、英文科のくせに英語が嫌いになったんだ」

「なんだと?」

「どういうこと?」

「英語が嫌いになったんだ」

「やめてよ」

律子が階段へ向かう。

「どういうことだ?」

謙作が追うように律子にきいた。振りかえって律子は、挑戦するような顔をした。「ただ、そういうことよ。英語が嫌いになったのよ。お父さんには、馬鹿みたいに聞こえるのかもしれないけど、私には大変なことなのよ」

音をたてて階段を上って行った。

「なにをいってる」

吐き捨てるようにいって謙作は居間へ動いた。

「お父さん」繁が続く。

「もういい。二階へ行け」

ソファに身体を投げるようにして掛けた。

「姉さんだって悩んだりしてるんだ」

「酒をのんでか？」

「そうさ。酒をのんで悩んじゃおかしいかい？」

「当たり前だ。好きだの嫌いだの、そんなことでいちいちぐらついて、勉強が出来るか」

「とにかく」繁は短く息をついた。「とにかく、もう少しお父さんも家のことに関心を持てよ。気分で怒鳴ったりするなよ」

「気分で怒鳴るか。お前が落ちたから叱ったんだ」

「関心持てよ」急に繁は涙声になった。「お母さんだって可哀相だよ！」

身をひるがえして階段を上って行った。ドアの閉まる音がした。

則子も椅子に掛けた。

「落ちた日に、殴ったりしちゃいけないわよ」

謙作は黙っている。

「四月や五月になって怠けていれば仕方がないけど」

「もういい。ごたごたいうな」

ソファの背に頭をもたせ、謙作は目を閉じた。「どうしたの?」謙作の嫌いな質問が口から出そうになる。今日の謙作は、おかしかった。いらいらしている。追いつめられて、当たり散らしているようなところがあった。

「関心持て、だなんて。あの子、淋しいのよ。あなたと、もっとしゃべりたいのよ」

謙作は答えない。「お母さんだって可哀相だよ」と繁はいった。昼間は「お母さんじゃ仕様がない」とつきはなしたくせに。なにをいっているのか、分からない。しかし、ほっとしていた。可哀相という以上、北川とのことは知らない筈である。

「なぜ、英語が嫌いになったんだ?」

謙作が目をあけていた。

「フランス語かドイツ語の方がいいってことかしら?」

「そんなことで、酒をのんで悩むか?」

「十九なんて、案外他愛ないところもあるから」

「それならいいがな」

「たとえば、どんなこと?」

「分からん。分からんが、たしかに、家族への関心が薄いことは事実だ」

「ええ――」

ええ、というしかなかった。

「耳に入れまいと思っていた」

「なにを?」

「うむ」

謙作は、身体を起こした。

「やっぱりなにかあったの?」

「やっぱり?」

「いらいらしてたもの」

謙作は、ちょっと不満な顔をした。しかし、反論はしない。煙草をさがす。「上着だ」という。脱ぎすてた上着は、則子がすでに和室の洋簞笥《ようだんす》に運んでいる。気をもたせて、煙草なんかいいじゃないの、と思うが、買い置きを食堂の戸棚へとりに行く。

「転勤?」

引き出しをあけながらそう聞いた。

「そうじゃない」

分からなかった。夫が、こんな風に改まってなにかをいった記憶がない。強《し》いていえば、カラチへの単身赴任を口にした時だが、あれは駅前であった。「耳に入れておこう」などという余裕はなかった。

煙草に火をつけ、煙を吐く。則子は黙って待っている。先回りしていろいろ聞けば、「いま話す」と怒るに決まっている。

「くわしいことをいっても仕方がない」

冷静な口調で、謙作はそういった。

則子は、うなずく。

「簡単にいえば、会社が危ないのだ」

「会社が？」

「しかし、心配することはない」

「危ないって、つぶれるってこと？」

「だから、つぶれやしない」

「だって、危ないんでしょう？」

「つぶさないように頑張っている。仮につぶれても、お前たちに食う心配をさせるようなことはしない」

「どのくらい危ないの」

「だから、そのことでお前が心配することはない」

「そんなの無茶よ」

「心配したって、お前になにかが出来るわけじゃない」

「平気でいられるわけがないでしょう」

「話の要点を聞くんだ」

たしかに一流ではないかもしれない。しかし、一流にせまる数社の中では、規模も内容も世間的な評価も上位にある商社であった。つぶれるなんて思ってもみなかった。どうして危なくなったのか、どのくらい危ないのか、つぶれたらどういうことになるのか。聞いても分からないかもしれない、なにが出来るわけでもないが、聞きたいのは人情だし、そのくらいの権利はある筈だ、と思った。思っただけで自分を抑えた。

「つまらぬ心配をさせたくなかった。黙ったまま切り抜けるのが一番いいと思っていた。しかし、黙っていれば、繁のような不満が出てくるだろう。家族に関心を持て、といわれれば一言もない。お前も不満だろう。家族に関心がないわけではないのだ。余裕がないのだ。これから暫くは、今より忙しくなるだろう。お前に家のことはまかせるより仕方がない。お前のこともほうっておくが、大目に見てもらいたい。お母さんが可哀相だと繁がいったが、暫くは仕様がない。非常時だ。会社の心配はしなくていい。その代わり、家を頼むということだ」

則子は、うなずいた。久し振りで夫が自分に話しかけた、という気がした。それが、いわば

「ほっといてくれ」という要求だったのは情けないが、いまの則子に不服をいう気はない。すでに夫を裏切っている。出来るだけ力になろう、と思った。

「分かったわ」といった。

「大丈夫だ。会社は切り抜けるさ」

長くなった煙草の灰を、小さな息をついて、謙作は灰皿へ落とした。

北川が遠く薄くなっていた。浮気も夫の経済力に支えられていたという思いがあった。

「寝るか」と謙作がいった。

## 紙の迷路

信彦がメロンを持ってやって来たのは、土曜日の二時すぎだった。

「まさか買ったんじゃないだろうな」というと「買ったのさ。頑張って貰わなくちゃ」と母の前だと思って歯の浮くようなことをいうのだ。

「病人じゃあるまいし、メロンで張り切れるかよ」

「そんなことというもんじゃないわ」と母がいう。

「来いよ」と階段を先に上ると「失礼します」と母にいって上って来る。大体、そんなことをいったことがない奴なのだ。今までは、母と顔を合わせても「コンツワ」と口の中でいって、逃げるように繁の部屋へ来たくせに、今日は「つまらないものですが」などとメロンを母に渡したりしたのだ。

「もうやってるのか」

入って来ると部屋を見回して、そんなことをいった。「なにをだよ?」分かっていて聞くと
「試験勉強さ」という。

「やってるわけないだろう」

「ま、焦っちゃいけないよなあ」

まるで先輩面だった。勝手に窓をいっぱいに開け「多摩川も春だなあ」といった。バカが幸せになると手に負えなかった。大体、あんな大学の美学なら俺だって通るさ、と思うが、そんなことはいえない。

母が紅茶とクッキーを持って来て「少し連れ出して下さい」という。

「出ないんですか?」

と信彦はおどろいたような顔をする。

「土手のあたりに出るだけ。あとは家の中でごろごろ」

「気持ちは分かるけど、浪人なんかいまは常識ですからねえ。恥じ入ることはないと思います

ねえ」

母だって笑っていた。子供が大人ごっこをしているようなのだ。

「いいわねえ、合格すると」

「いえ」

「すっかり大学生らしいわ」

ひどい皮肉だと思うが、信彦は気がつかない。母がいなくなると、ドスンとベッドに腰をかけた。

「新宿でも行くか?」

「駄目だ」

「お母さん心配してるじゃないか」

「やることがあるんだ」

「焦るなって」

「勉強じゃないんだ」

「昨日お前新宿のよ、ゴールデン街へ叔父貴《おじき》が連れてってくれたんだよ。お祝いだなんていっちゃってよ。逢ったろ、経堂《きょうどう》の金物屋の叔父貴」

「うん」

「それで何気なくちっちゃい呑み屋へ入ったらよ。いるんだよ、野坂昭如《あきゆき》とかよ」

「ちょっと黙れよ」

「うん？」

「黙れ」

「ま、遊んだ話は毒かもしれねえけど」

母が電話に出ているのだ。

「なんだよ？」

信彦も、繁を見て耳をすました。

聞こえなかった。しかし、電話に出ているのは、たしかだった。ベルが鳴ったのだ。

浪人と決まった日から三日がたっていた。その間に、男から二度電話があった（多分二度だと思う。ひどく小声になるのだ）。出掛けるかと思うと、出掛けなかった。

出掛けたらすぐ尾行して、男をつきとめ、男をおどかし、手をひかせる。そう思って家にいるのだ。試験は十二か月も先になったし、まず解決しなければならないのは、母のことだった。

「ええ、分かったわ」

そんな声が下から小さく聞こえた。

母はこのひと月、外出らしい外出をしなかった。

「デパートなんか行かないの？」とカマをかけると「繁ちゃんの試験が終るまではいいの」といった。親の気持ちとしては分からなくもない。

そして、いまはもうすべてが終っていた。母が男と逢いに行くのは時間の問題だと思う。ところが二日間出て行かないのだ。電話で話すだけだ、どういうことか分からない。用心をしているのかもしれない。家にいて気をつけているのは、かなり疲れた。いっそ、尾行したり、ひそかに男に手をひかせるなどという面倒なことはやめ、母に直接「浮気を知ってるよ。よせよ」といってしまおうかと思ったが、セックスに関したことを母としゃべるのはやはりいやだったし、そんなことをいってからの親子の気まずい人生も怖くて、やはり予定通りに、母の外出を待っているのだった。

「お袋さんかよ？」と信彦も察した。「まだ気になることあるのかよ？」

「そうじゃないよ」ごまかした。「電話が鳴ったから彼女からかと思ったんだ」

「彼女って、哀愁かよ？」

「あんなの相手にするかよ」

「じゃ誰よ」「ちょっとな」「嘘つけよ」「いるさ、俺だって」「誰よ？」「そのうち逢わせるから」「言ってくれるじゃないの」半信半疑の顔で信彦は羨ましそうにした。

「繁ちゃん」と母が呼んだ。

「なに？」

「どうするの？　出て行くの？」

いいながら階段を上って来る。

「決めてないよ」というと、

「行こうよ。歩いた方がいいよ」と信彦が殊勝な声を出す。

ドアがあいた。

「お母さん、ちょっと出たいんだけど」

「いいよ」

「鍵持ってるわね？」

「持ってる」

とうとう来た、と思った。

母がおりて行くと信彦に「悪いけど、約束があるんだ」といった。

「誰と？」「だから、彼女とよ」「何時に？」「三時」「何処で？」「俺はこれから浪人するんだぞ」「分かってるさ」「他に楽しみはないんだ。彼女と逢うぐらい邪魔するなよ」「逢わせろよ」「時期じゃないんだ」「ほんとかよ？」「おふくろには内緒にしたいんだ」「どうして？」「落ちたばかりでデートってわけにもいかないだろうが」「そうかな」

とにかく母が家を出たら、すぐあとから出たいんだ、といった。そして信彦は消えてなくなれ、というのだから、かなり乱暴な要求だが、信彦はうなずいた。「そんなにそうしたいなら、そうしろよ」といった。幸せだから寛大だった。「彼女か。俺も、そろそろつくるかなあ」とひとのカセットやレコードを平気でいじった

繁は、下に注意しながら、ズボンをはきかえ、財布の残高をたしかめ、窓の錠を閉め、カーテンを閉め、いつでも出られるようにした。

「どんな顔してるのよ？」

「誰？」

「彼女さ」

「キャンディス・バーゲン」

「そんなのいるわけないだろ」

「ジャクリーン・ビセット」

「よくいうよ。全然お前と合わねえじゃねえか」

玄関のドアがあき、ドアが閉まった。

「行ったな」

信彦がいう。階段を駆けおりた。

駅までは一緒に行くという信彦に、冗談じゃないよ、とつい邪慳《じゃけん》にいった。「どうして？」と信彦は、ポカンとしたが、説明している暇はなかった。

「じゃあな」もう走りながら振りかえって、立っている信彦に「土手を歩くと、結構いいのが散歩してっから」といい捨てて、駅へ急いだ。これで本当に彼女とデートなら、どんなにいいだろう、と思う。

随分急いだつもりだったが、母には追いつけなかった。近道を選んだし、相当なスピードで走ったのだ。駅の脇の踏切に出た時は、むしろ背後に気をつけていた。遮断機がおりて、警《けい》鐘《しょう》が鳴っている。あとから来るかもしれない母に気をつけて、踏切にもろには近づかないようにしてホームに目をやると、もう母が立っていた。あ、と思った。母も相当急いだのだ。その時、上り電車が目の前を通過してホームへすべり込んで行った。遮断機は上がらなかった。下りも来るのだ。一瞬迷ったが、踏切をくぐって改札のある側へ走った。

「おい、こら！」

かまわず向かい側の遮断機をくぐると、

「危ないじゃないか！」

ものすごい剣幕の駅員がタックルでもするように走って来た。一瞬脇へとびのいて、

「すいません。あれに乗りたいんです」

「駄目駄目駄目駄目！」

駅員は両手をひろげて繁を行かせまいとした。

「親父が危ないんですよ」

「いい加減なことをいうな」

「いい加減じゃないよ！」

「じゃ、どこの人だ？　どこへ行くんだ！」

「そんなことといってるうちに行っちゃうだろ」

パッとすきを狙って改札へ走った。

「こら！」

駆け込んだが、遅かった。電車は動き出していた。がっくりした。下りの急行が今頃轟々《ごうごう》と通過して行く。間に合ったのだ。邪魔しなければ、危なくもないし、ちゃんと電車に乗れたのだ。

「親父さんていったな」

中年の駅員の声が後ろでした。うなずくと、

「病院はどこだい？」という。

「新宿ですよ」

「余程悪いのかい?」

うなずくしかなかった。

「そりゃ気の毒だが、そんな時にあんたまで怪我をしたら、もっと御家族は大変じゃないか」

うなずくと、

「人身事故があったばかりなんでね。気を付けてもらわなくちゃ困るよ」という。またうなずくと「お大事に」と戻って行った。気がつくと何人かがはなれて見ている。目をそらし、ホームの先へ歩いた。

縁起でもない嘘をついた、と思う。しかし、いつかはこういう時があるのだろう、とも思った。

急行が通過し、それからのろのろ来た普通に乗ると、もう十五分近くの差がついていた。アルハンブラなら問題はない。張り込んで出て来るのを待てばいい。しかし他のホテルや喫茶店では、手も足も出ない。とにかくアルハンブラを目指すしかなかった。

今更急いでも仕方がないのに、成城《せいじょう》で急行を待ったり下北沢で井の頭線に乗りかえたりしながら、周りのすべてがのろのろしているようで腹が立って困った。階段のあがり降りにしても、まるで時間のことなど関心がない人間ばかりのように、だらだらと進むのだ。「乗り降りは続いてお早く」というアナウンスが前から気に入らなかった。大体日本人で乗り降りに急がない人間なんかいるだろうか。あんなことをいわなくたって、先を争って乗り降りしてるじゃないか、と思っていたが、今日はまったく周りがのろのろ見えて、駅員の気持ちが分かるような気がした。

アルハンブラは、この前のままだった。宮益坂を曲がって、そのグロテスクな建物を見ると、あの時の絶望感がよみがえった。目をそらした。寒くないだけ今日の方がましだった。しかし、そんなことがましでも、喜ぶわけにはいかなかった。当たり前だ。

待っていても出てくるかどうかも分からない。出て来ないで、どっかの喫茶店で逢っていたというならそれもいいが、あの急ぎ方ではそんなことはないだろう。連れ込みから出てくる母を二度も待っているなんて、涙も出ない役割であった。

風が強かった。

乗り換えたり駆け出したりしている時は風など無視していたが、立っているとそうは行かない。細かな砂ぼこりが服にあたってチリチリ音をたてた。遮蔽物をさがして、うろうろする。結局コーラの自動販売機の陰に立った。「春は風が嫌だわ」と母がいっていたのを思い出す。ベランダで洗濯物をとり込みながら、髪が風で激しく乱れていた。

「繁ちゃん、受けとって！」

手にかかえた洗濯物の端が、逃げようとするように翻《ひるがえ》る。窓から繁が、とりおさえるように、それを受けとる。カーテンが風であおられる。母が残りをとり込みに行く。

「やるよ、お母さん」

繁もベランダに出る。バタバタと音を立てるワイシャツや下着。

「すげえなあ」

ちょっと楽しくもある。川面《かわも》をさーっと波立たせて風が走ってくる。忽ち繁も母も風であおられる。

「すげェ、すげェ」

「家がいたむわ」なんて母がいう。

「え？」

「こんな風をまともに受けちゃ、家がいたむわ」

「世話場だなあ」

「え？」

窓から母も繁も洗濯物をほうり込む。それから母が入り繁が入って、サッシを急いで閉める。

急に音が止まる。止まったように思う。

「ああ、ひどい」と母は髪を手でまとめる。

サッシの窓が押されてゆれる。止まったような気がした風の音が、小さく唸りをあげている。

「また砂ぼこりが大変だわ」

洗濯物をどけて母は坐る。繁もどけて坐る。

「これアイロン?」

「そう」

アイロンをかけない分を二人でたたみはじめる。乾いた洗濯物の匂い。

「春は風が嫌だわ」と母がいう。この前の春だ。

一年というものは結構長いものだなあ、と思う。随分いろいろな事があったような気がする。

「やだ、私駄目なのよ」

「なにいってるのよ」

じゃれながら二人の女が近づいて来る。コーラを買いに来たのだ。自分より一つか二つ上じゃないかと思う。洒落たコートを着て、本とハンドバッグを持っている。

「表でのんだり食べたりするのぜーんぜん弱いのよ」

「マクドナルドなんかも?」

「駄目なのよ、駄目。そりゃテーブルがあったりすればいいのよ。立ってのんだりするの苦手なんだわァ」

ゴトンとコーラの罐が落ちる。

一人がかがんでそれをとり、小さい輪に指を入れてひっぱる。

「のむの?」

「そりゃのむわよ」

「ここで?」

「歩きながら」と歩き出す。

「やるんだわァ」

くだらない事をいって遠くなる。すぐ傍に繁がいるのに完全無視であった。青山学院かなあ、と思う。すぐ近くに青山学院があるのだ。もっともいまは休みだ。いや、休みだって大学というのは、なんとか研究会とかいろいろあって、出て来たりするのかもしれない。あんなのも大学生なのに(と勝手にそう決めて)俺はどっこにも入れなかったんだからなあ、と自己憐憫にひたった。

十分がたち、二十分がたった。風は吹きつのり、三十分たって今日は母は此処ではないのだ、と思い、四十五、六分で、立ち去ろうとした時、アルハンブラのドアから、いきなり母が出て来た。

この前と同じ足取りだった。

石段を馳けるように降りると、母はひとりで宮益坂の大通りに向かった。

急に繁の身体が震えた。母のたしかな足取りのせいだろうか。はじめて鋭く憎しみのようなものが走ったのだ。風にさからって、平然と広い歩幅で遠ざかる母を、汚いと思った。走り出しそうになる自分を、こぶしをつくって抑える。

間もなく男が出てくる事は分かっている。

男をつかまえるのが、今日の目的だ。母を追いかけて「お母さん！　いま何をしてた！」と——そんな事はいえない。「誰と逢ってたんだ！」——そんな事もいえない。どんないい方をしたって、連れ込みから出て来た母の前に、子供が立つなんて事は出来なかった。母はひどいショックを受けるだろうし、そんな母を非難するなどというみじめなことはしたくなかった。できなかった。

やはり男を責めるしかないのだ。

おそいじゃないか、この前は、追いかけるようにおりて来たのだ。

心配することはなかった。ホテルに母がひとりで休憩に入るわけはないのだ。

案の定、男は一、二分で現れた。

こっちもこの前と同じ足取りだ。打ち合わせでもすましたように、しらじらと正確な歩調で大通りへ向かう。二十歩ぐらいの間隔で続いた。風が一瞬息を止めている。

男が大通りへ出ると、激しい風がやって来た。もろに吹かれながら片目でのぞくと、男はコートの裾を翻し、襟をたてて坂を降りて行く。母はもういなかった。母が渡ったはずの横断歩道を見向きもせず、真っ直ぐ渋谷駅のある谷間へおりて行く。勿論続いた。タクシーをつかまえると思っていたのだが、つかまえる様子はなかった。タクシーをさがし出したら、その先へ走ってつかまえ、赤坂方面へ先に走り、途中で待っていてやりすごし、尾行をはじめるというつもりだった。

しかし、男は早い歩調で迷いもなくおりて行く。坂下へおりて角を曲がる。道がそうなっている。大きな交差点だった。真っ直ぐ行くにも道なりにちょっと曲がって横断歩道を渡ることになる。続いて曲がると、男が見えなかった。一瞬のことだ。やられた。知ってたのか。何処へかくれやがった。落ち着け。頭が短く混乱し、ちょっと先へ走りかけて、歩く歩調になった。男が見えたのだ。見えたからといって立ち止まるわけにはいかない。少し歩いて何気なく回れ右をして、ゆっくり戻って行く。男は雑居ビルを入ったところで赤電話をかけている。この辺をよく知っているのだ。風が強いから外の赤電話を避けたのだ。そんな要領のよさが憎らしかった。背中を見ていた。繁を見たら、その時はその時だ、と思った。考えてみれば、会社か住居をつきとめることもないのかもしれない。いま電話が終ったところで、ちょっと顔を貸してくれといい、どっかの喫茶店へ入り、母から手を引け、さもなければ会社や家の人にばらすといえばいいのだ。しかし、会社員じゃなかったら、どうする？　家の人なんかいなかったら、どうする？　やはり職業ぐらいはつきとめた方がいい。すると急に男が走った。ギクリとしたが、すぐ分かった。電話が終って、横断歩道が青なので走ったのだ。まったく人騒がせな男だった。

それからどうしたか、というと、ビルの三階にあるやや大きめのレコード屋へ入り、そこの中心らしい三十五、六の男を連れ出し、同じビルの喫茶店へ入り、しゃべりはじめたのだ。勤め人じゃないかもしれない、と思う。しかし土曜日だから分からない。父を見ていると信じられないが、週休二日の勤め人は、いくらでもいるのだ。

一時間たっぷりしゃべって、店の前で二人の男は別れた。五時半近くなっていた。

それから繁は嫌なものを見た。

ただその情景だけを見た人は、それを「嫌なもの」とはいわないだろう。

男は感情をぬきにしてみれば、決して醜い容姿ではなかった。痩せた長身はむしろ「いい男」に類するかもしれない。ちょっと着くずしたような洋服の着こなしだって、誰にでも出来るものではない。

コートの襟を半ば立て、男はビルを出て、また渋谷の街を歩きはじめた。風は、夕暮れと共に弱まっている。

繁はもう慌てないつもりだった。男が、これからどんな風に動くか見てやろうという気になっていた。思いがけず男の別の秘密でも知れば、それはそれで脅しの種になる。気づかれずに、ひとりの人間をこんなに長く観察するという事ははじめてだった。快感とまでは行かないが、その行為をいやがらないものが心にあった。

男は時計を見る。ビルを出る時見て、暫く行くとまた腕を見た。誰かと逢うのだろうか。まさか他の女じゃないだろうな。そうだったら相当のしたたかだ。こっちもその気で向かわなくちゃならない、などと思う。

雑踏を尾行して行くと、自分が麻薬ルートの追跡でもしているような気分になってくるのにはまいった。テレビや映画の尾行シーンが否応《いやおう》なしに浮かんで来るのだ。ドロンやイーストウッドはいかしたな、といまの立場を忘れて顔つきが芝居っぽくなるのだった。成長していない証拠のような気がして、普通の顔に戻そうとすると、普通の顔でいかしたジーン・ハックマンが浮かんだりして、自分が嫌になった。

男は西武デパートのA館へ入って行く。エスカレーターに乗る。六時半まで営業しているというアナウンス。男は二階でもう降りた。

婦人服の売場を歩きはじめる。あきらかに人をさがしていた。ここの尾行はむずかしかった。繁みたいのが一人でこの階を歩くのは目立つのだ。彼だって目立つ。一体、誰と逢うのだろう。女であることは間違いない。どんな女だ？　逢うのに、こんな場所を選ぶというのは、つまり

——。

「パパ」

サスペンスは忽ち終りだった。小学生の女の子が、突然男の腕にぶらさがったのだ。二、三年という感じだった。

「すんだかい？」

と男は笑顔で娘にいっている。

「パパを待ってたのよ」

と横から女性が現れる。

「嫌なもの」を見たというのは、ここからだ。

女性は勿論奥さんで、ワンピースを身体にあて、男にどうだと聞きはじめたのだ。

最初のは襟がどうのとか男がいう。すると、まとめておいたらしく、すぐもう一点を身体にあてる。「いいじゃないか」と男がいう。でも、ここのところがどうの、スカーフをするとどうのと奥さんがいう。娘が口をはさむ。男が冗談をいう。まったく絵に描いたように和気あいあいなのだ。

「いらっしゃいませ」

いきなり横で声がした。売場の女の人だった。「あ」場違いだから、半分非難するような目で見られても仕方がなかった。

「プレゼントしようと思って」

「サイズはお分かりですか？」

「いえ。思ったけど、やめます」

はなれた。背後で、男とその家族の笑い声が聞こえる。ちょっと綺麗な奥さんと一家団らんを演じているのだ。その程度の偽善や嘘はざらだといえばその通りだが、目の前でそれを見せられると、とても割り切る気になんかなれなかった。それどころか、ものすごい反発を感じた。ペテンじゃないか。インチキじゃないかと憎悪が湧いた。

そして、男とその家族はデパートの上のお好み食堂で仲良く天ぷら定食を食べた。図々しいじゃないか。同じ渋谷でよくこんな事が出来るもんだ。その店の隅で、天丼の梅というのを食べながら、奥さんや娘が可哀相になった。抱きしめてあげたいような気持ちさえするのだった。

その晩、男の住居をつきとめたのは、八時をすぎていた。

繁には、男はわが家とは遠い場所に住んでいるという気持ちがあった。逢うために、母が電車を乗り継いで渋谷へ出て行くのを見れば、そう思っても無理はないだろう。

だから男とその家族が、井の頭線を下北沢で降り、小田急の下り急行に乗り、繁が帰る時そのままに、成城で普通電車に乗り換えた時は、家に来るのだろうか、とさえ思った。

にこにこしながら娘と奥さんを連れてわが家へ現れ、おどろく母の前で突然男がさっと青ざめ「妻よ！　だまして此処まで連れて来たが、俺が本当に愛している人を教えよう！　この人なのだ」と母を指すというような、普通じゃない想像をしたりした。いや、実際そういう事があったって不思議はないのだ。男は母と関係をしている。そこに愛がないとはいえないだろう。もしかすると奥さんより母を愛しているのかもしれないのだ。そんなことをチラとも見せずに、奥さんと娘一筋みたいに和気あいあいと電車に乗っている方が普通ではないのかもしれないのだ。

男とその家族は、繁と同じ駅で降りた。そして、同じ商店街の道を歩いて行く。家へ来るんじゃないだろうな。否定しては、またそう思った。しかし、商店街をはずれると三人は左へ曲がった。繁の家へは右へ曲がるのだ。

こんなに近くだというのはショックだった。これでは母と奥さんは知らずに会っているかもしれないのだ。渋谷で関係し、渋谷へ家族を呼んで食事をする。家はこんなに近い。なんだか、雑で粗っぽくて、無神経な気がした。

男が娘になにかいって大きな身振りをする。娘が笑う。住宅地の夜の道に人通りはなかった。娘の笑い声が高く聞こえた。

街灯が貧弱で、三人は時折闇に沈み、また後ろ姿を見せて歩いて行く。繁の家より駅から遠かった。住宅地の道を複雑ではないが何度か曲がった。十五分はたっぷり歩いて男の家が分かった。

思いがけず、アパートなのだった。小さな一戸建ての多い道を歩いていたので、なんとなく一戸建てのような気になっていた。勿論アパートだって不思議はなかった。はなれて立ち止まり、三人が門を入って行くのを見ていた。ゆっくり近づく。外階段を上って三人は二階へ行く。男が鍵をあけたらしい。ドアがあき、三人が入る。灯りがつく。ドアが閉まる。それらをアパートの前を通過しながら横目で見た。

ひき返すと、そんなに悪いアパートでもなかった。木造だったが、洒落た白ペンキの二階建てで、上下二軒ずつという造りだった。安くはないだろう、という気がした。名前も××荘ではなく、「野沢ホームズ」というのだった。

門の脇に郵便受けがあり、四軒の名前が並んでいた。二階の奥のドアだが、どの名前がどの部屋か分からない。しかし、高い音がする鉄製の階段を上って行くのは無茶だった。静かな住宅地では音に敏感だし、摑まったら言いわけのしようがなかった。

明日の昼間来ればいい。家をつきとめれば、もう大丈夫だ。

忘れないように周囲を見回し、曲がり角を確認しながら帰った。長い時間かかったが、とにかくやり遂げた。いい気持ちといってはいいすぎだが、陰鬱《いんうつ》というのでもなかった。明日だ。

明日は日曜日だが、なんとか男と会ってやる、と思った。

「新宿?」靴を脱ぐ繁に、母はいたわるような声でいった。

「映画」

「久し振りね」

母もあいつに負けないな。負けずにケロリとやさしいお母さんじゃないか、と思った。みんなインチキもいいところじゃないか。「おやすみ」と二階へ馳け上がった。

「お風呂入らない?」

「入らない」

バタンと強くドアを閉めた。浪人になって荒れていると母は思うだろう。自分のせいだなんて思ってもいないだろう。

まだ父も姉も帰っていないと思っていた。静かだった。しかし、実は珍しく父も姉も帰っていて、ひと騒ぎあったあとだ、という事を繁は翌日の午後まで知らなかった。

## 静かな日曜日

そこは小さな公園で、鉄棒と砂場とベンチが二つあるだけだった。

砂場でまだ幼稚園にも行っていないくらいの子供たちが三、四人、一人ずつ勝手になにかをしていた。母親達はベンチでしゃべっている。鉄棒には小学生の女の子が二人とりついて、しゃべったり回ったりしていた。男の子はいなかった。こんな狭い場所は相手にしないのかもしれない。バドミントンでも危ないとかなんとかいわれそうだった。

男の娘は、その入り口にいた。

入り口に、コンクリートの低い車止めが二つ埋められていて、その間を鉄の鎖がつないでいる。その鎖に腰掛けて、小さく揺れながら本を読んでいた。

昨日と洋服がちがうし、はじめは気がつかずに公園の中をぼんやり見ていた。どうしたらいいかを考えていたのだ。

アパートの前へ行き、男が北川ということだけはすぐ分かったがドアは閉まったままだった。日曜日だし、散歩ぐらいはするかも知れないが、いつ出てくるか分からない、家族と一緒かもしれない。昨日は簡単に考えていたが、いざ男だけを呼び出すとなると案外むずかしいのだった。

少し歩くと公園があった。

電話帳を調べて電話をしようか、と考えた。「御主人いらっしゃいますか?」「どちらさまでしょう?」「仕事で、ちょっと知り合ったものです」そんなやりとりを仮定したが、アパートにいちいち電話があるかどうかよく分からない。とにかく電話帳をどこかでさがすことだ。そう思って、脇にいるその子を見た。

「ちょっと聞くけどさ」といいかけて「ちょっと」だけで声をのんだ。男の娘だと気づいたのだ。間違いようがなかった。昨日数時間見ていた顔だ。

「なにかしら?」

本から目をあげずに、その子はいった。

「この辺に電話あるかな?」

「ないわ」

顔を上げなかった。小生意気《こなまいき》な娘だった。

「そうか、ないか」といっても知らん顔をしている。結構細かな活字の本を読んでいるのだ。

「変わってるんだな」

そういっても返事をしない。

「本なんか家で読めばいいじゃないか」

「暗いのよ」バカね、というようないい方だ。

「どこが?」

「家がよ」

陽のささない家とも思えない。

「どうして？」

「カーテンあけられないでしょ？」

「どうして？」

「日曜日は寝坊するのよ」

「ああ、お父さんがか？」

「二人ともよ。分かるでしょ？」

クスッと笑った。どこまで分かってるのか知らないが、この頃のガキはまあ。

「何年よ？」

「四月から四年」

「四年かよ」

男はまだ寝ている、ということだけは分かった。なんとかこの娘を使って連れ出せないか、と思う。それから、またちょっとカッとした。母と逢ったあとで、昨夜は奥さんと——あったかどうかはともかく一緒に十時近くまで寝ているのだ。ふてぶてしいじゃないか。

「お父さん、サラリーマン？」

「そうだけど——？」

「会社どこ？」

「どうして？」

「聞いただけさ」

どういったらいいだろう。ズバリ「田島という人が公園で待っている」といわせてみようか。奥さんは「誰？」とかいうだろうが、勝手に慌ててあいつがごまかせばいいのだ。

その時、声がした。

「自転車じゃなかったのか？」

ドキンとした。その方を見られなかった。あの男なのだ。三米ぐらいのところにあの男が立っているのが分かるのだ。

「うん」と娘が返事をする。

「なに読んでる？」

「この人変なのよ」

「この人？」

男が繁を見た。繁は口をあけて、はじめて男を見た。声が出ない。

「なんだかんだ話しかけて、人を何処かへ連れ出そうとするのよ」

「なんだい？　君は」と男がいう。

「ちょっと口きいただけですよ」と繁は思いがけない守勢に追いこまれた。

「パパの会社はどこだなんて聞くのよ」

「そうじゃない」

「聞いたじゃない」

「聞いたけど、質問の要点は、この辺に公衆電話が——」

「どこの人だい？」と男がけわしい顔になった。

「ずっと向こうですよ」

「ずっと向こうの人が何故こんなところをうろうろしてるんだ」

「勝手でしょう」

「理由がある筈だな」

「理由はあるけど——」

「何故この子に会社の名前を聞いた？」

「それは——」

「おかしいじゃないか」

「いっとくけど、ぼくは、こんな子を連れ出す趣味なんか——」

「行きなさい」

「え？」

「子供に無闇《むやみ》に話しかけない方がいい」

まったくだ。

「みんな神経質になってる」

「パパ、朝御飯は？」

「まだだ」

「お腹すいたわ」

「迎えに来たんだ。迎えに来てよかった」

「ちょっと待って下さい」

「もういいよ。朝から嫌な気分になりたくないんだ」

「だけど、そうはいかないんですよ」

繁は漸く気持ちをたてなおした。

「そうはいかないって——」

「理由はあんたですよ」

「理由って？」

「ぼくがここをうろついてる理由ですよ」

「困るな」

男の顔に小さく怯《おび》えが浮かんだ。

「子供を帰して下さい」

「パパ、百十番?」

「待ちなさい」

「田島です」

「え?」

「田島ですよ」

短く男は繁の目を見た。繁も見返す。男は、すぐうなずき娘の方を向く。心配しなくてもいい、先に帰ってママと食べてなさい、といった。

「油断させるの?」と娘が小声でいう。

「そうじゃない」

「ほんとにいいの?」

「ほんとにいいんだ。大丈夫だ」

娘はそれでも信用しない顔であとずさり、パッと走った。百十番しないまでも、心配して奥さんがやって来るくらいの事はありそうだった。

「息子さんか？」

「ええ」

「歩いてくれ」

男も奥さんが来るのを心配したのかもしれない。速足といっていい速度で、道を歩きはじめた。急いであとを追い、ぴたりと横につく。

「どういうことかな？」

「言わなくたって分かってるでしょう」

「つまり、私とお母さんの関係だね？」

「知っているのはぼくだけです。母も、ぼくが知ってることは知らない」

「そう」

「母にもう逢わないで下さい。さもないと――」

「逢わないよ」

「え？」

「逢わない」

あまりあっ気なかった。

「本当だろうな？」

「本当だ」

「あんまり簡単だな」

「そういう事にしたんだよ。実は昨日逢ってね」男は歩調をゆるめない。

「お母さんが、もう逢うのはよそう、とおっしゃった」

「母が？」

「一方がそういった時はやめるという約束だった。お互いに家庭をこわす気はない。無理はしない、という約束だったんだ。だから、私もなにもいわなかった。つまり、もう別れているんだよ」

で、それでいいのか？　この男は、それでいいのか？　母もそれでいいのか？「逢うのはよしましょう」「はいはい」それで終りというものなのだろうか？　セックスというものは、男女というものは、そんなに簡単なものなのだろうか？

「で、もう逢わないいわけ？」

「逢わない」

「それで？」

「それで？」

と男は聞き返した。

「それで終り?」

終りの方がいいのに繁はつい不満な声を出した。

男は黙っている。

「本当に終りならいいけど――」

「本当に終りだ」

じゃあ母との関係は一体なんだったのだ。つまり娼婦のように、精神とはなんの関係もないつき合いだったのか? そうでなければ、こんなに簡単だなんて信じられなかった。

「簡単だといったね」

男が口をひらいた。

「簡単じゃあない。しかし、私も家庭を大切にしている。お母さんもそうだ。未練を残して、お互いにみじめになるようなことは避けたいのだ。それが大人のつき合いというものではないのかな」

まるで教訓でもたれるようにいうのだった。

「君が知ってしまったことは残念だが、お母さんも心を決めている。これは精神力を要することだ。静かにしておいてあげて欲しい。もう終ったことなのだ」

どうしたらいい? いくら「終ったこと」とはいえ、母をこの男が汚したことにかわりはない。張り倒してやろうか？　いや、そんな風に思うのは古いのかもしれない。汚しただなんて。母もその気だったのだ。この男の奥さんからみれば、母がこの男を汚したということになるかもしれないのだ。

「いいかな？」

男は立ち止まった。

「え？」

「納得して貰えたかな？」

殴ってやれ。この平然とした顔はなんだ。殴ってやれ。しかし、手が出なかった。殴るなんて子供じみていないか？　古くさくないか？　というためらいがあった。

「信用してくれていい。もうお母さんとは逢わない」

その繁をなだめるように男はいった。

目をそらしたまま繁はうなずいた。

「じゃ」

男がひき返して行く。

寒い風がふきぬけて行く。現実にではなく、繁の腹のあたりを風がスカスカ吹き抜けて行くような気がした。

男は、やや早い足どりで、見る見る遠くなって行く。

これが男女の現実なのだろうか？　こんなに割り切れていいのだろうか？

これでもかなり覚悟をして家を出たのだった。

男があぁいったら、こういおう。別れないと頑張ったら脅かそう。それでも男がひるまなかったらどうしよう？　離婚して母と結婚するといい出したら、どうしよう？　殴っちまう。恋愛は自由かもしれないが、この場合は気に入らないから殴っちまう。しかし、それ以上のことは出来ないだろう。母もその気なら子供に邪魔は出来ない。母が家を出て行く。父は悲しむだろう。なんといって父の力になったらいいのだろう？

「お父さん、呑もうじゃないか！」

父も、お前は未成年だなんてつまらない事はいわないだろう。二人で呑み明かす。夜がしらじら明けてくる。戸をあけて、川に向かって叫ぶ。

「お母さんのバッキャロー！」

ふりかえって父にいう。「お父さんもいえよ！　バッキャロっていえよ！」

しかし、父はいわない。黙ってグラスを握りしめている。そのグラスがガチャッと握力で割れる。

「お父さん！」

父の指の間から血が溢れる。姉は冷たいから二階で、口をあいて寝ている。

そんなことまで考えていたのだった。

ところが、どうだ。

「もう逢わないよ」

それだけで終りだった。結構な話だ。簡単に解決して、結構だった。

「やってますか？」

駅前のスナックのママはドアを拭いていた。

「すいませんね。十一時からなんですよ」

多摩川へ出た。

春の日曜日だった。乗用車がやたらに停まっていた。家族連れが散乱している感じだった。勿論家族連ればかりじゃない。アヴェックもいるし、ランニングしている一団も、体操をしているのもいたが妙に家族連れが目についた。相撲をとってるのもいる。ビニールをひろげて腰をおろし、朝から一家でなにかを食べているのもいる。サッカーボールを子供と蹴とばしている夫婦もいる。この中にあの男の家族がいても少しもおかしくない。あの三人も負けずに仲良い家族に見えるだろう。実際仲が良いのだろう。「クールだよな」と思った。「クールに浮気をしやがったよな」。この家族連れの中にも「クールに浮気をしている夫婦がたくさんいるのだろうか」と思うと、がっかりするような、なんかペテンのようなインチキのような気がした。

「よしたい」といったから「よした」という。簡単だよな。

意気込んでいた力が抜けたような、腹が立つような、不鮮明な気持ちで土手を歩いた。

家の前まで来ると、母がベランダで蒲団を叩いていた。繁に気がつかない。大体、家にいると土手を歩く人の方は見ないのだ。目が合うと嫌だから、土手の人間はいないものとして暮らしているところがあった。

しばらく、母を見ていた。

やめたのか、どうしてやめるといったのだろう。あの男が嫌になったのだろうか？　それとも自分が嫌になったのか。そんな心の動きがあったなどとは全く見えなかった。働きものの主婦に見える。蒲団を裏返している。父と母の蒲団だった。

「お母さん！」と呼んだ。

「あら」と顔を上げて笑う。綺麗だった。

満たされないものがあったが、まだ形にならなかった。

家に入るとスープの匂いがした。肉だの玉ネギやジャガイモや人参をゴトゴト煮ている匂いだ。なんか御馳走をつくる気だな、と思う。母にとっては男と別れた昨日の翌日で、心機一転という気分なのかもしれない。あまりやらないが、下駄箱へ靴をしまった。

母が二階からおりてくる。

「お父さんは？」

「会社」

「日曜に？」

「電話がかかって来たのよ」

本当に会社かなあ、といいそうになってやめた。

「へえ」

母のあとについて台所へ行く。今日は父が家にいた方がよかったなあ、と思う。父はなにも知らないが「妻が戻って来た日」なんだからな。しかし、心がはずむという訳にはいかない。

「しかし、お父さんも一種の働き病だね」

母は笑ってスープ鍋の蓋《ふた》をあける。本当は、父もまさか浮気してるんじゃないだろうな、と思ったのだが、今日はそういう事は口にしたくなかった。とにかく、おめでたいじゃないか、母が浮気をやめたのだ。おめでたい気持ちはちっとも湧かなかったが、そう考えていた。

「あのね」と母がいう。

「うん？」

「お父さん、あなた達にはいうなっていったんだけど」

「うん？」

「会社大変なんですって」

「大変て？」

「苦しいんだって」

「あんなでかいのに？」

「大きくたって倒産したところいくらでもあるわ」

「倒産しそうなの？」

「そうじゃないけど、大変なんですって」

「へえ」

「絶対大丈夫だけど、大変は大変なんですって」

「へえ」

へえ、とでもいうしかなかった。絶対大丈夫で大変だなんて、感情移入のしようがなかった。

「姉さんは？」

「いるわよ」

「カーテンかかってたんじゃなかったかな」

「レースだけでしょ。あの子、土手からのぞかれるの嫌いだから」

「お母さんは好きなの？」

「バカね」

笑って階段へ行く。冗談をいう自分が、なんだかしっくりしなかった。

「なによ？」

姉は陰気な顔でドアをあけた。母の浮気が終ったことをいおうと思ったのだが、顔を見ると姉の悩みを思い出した。

「英文科、どうした？」

「家政科に決めたわよ」

「家政科？　姉さんが家政科？」

「他は移籍させないっていうんだもの仕様がないじゃないの」

「滅茶苦茶じゃないか。姉さん家政科なんて興味ないんだろう？」

「似たようなこといわないでよ」

「誰と？」

「お父さんとよ。せめて露文とか仏文にしろとかわめいて」

「いつ？」

「昨夜よ。知らなかったの？」

「もうシンとしてたもの」

「どこだって同じよ。どうせ結婚しちゃえば、終りよ」

「へえ。家政科かあ」

こういう時になにをいっても、どうせ姉は聞こうとしないのだ。

「ところでさ、お母さんだけどさ」

「なによ?」

「浮気、やめさせたよ。相手の男、脅かしたら手を引くって約束したよ」

姉はちっとも嬉しそうではなかった。いらいらしている。

「とにかく、お父さんには知られないで、これで終ったよ」

「手おくれよ」

「え?」

意味が分からなかった。

「昨夜お父さんわめくから、言ってやったわよ」

「なんて?」

「仕様がないでしょ。わァわァ怒鳴るから、こっちだってカッとなったのよ」

「なんていったんだ?」

「お母さんは、浮気をしてる」

「よくもそんな事――」

「人の気持ちそっちのけで当たり散らすからよ」

「ひどいじゃないか」

「だから後悔してるわよ」

「してる顔かよ?」

「どんな顔したらいいのよ」

「なんていった? お父さん」

「どうして知ってるって――」

「それで?」

「いくら私だって、ホテルから出て来たのを繁が見たなんていえないわよ」

「なんていったんだ?」

「二人で歩いているのを見たっていったわ。そしたら――」

「そしたら?」

「そんな事でよく浮気だなんていえるなっていうから、腕組んでたのよって」

「終りだよ、そんなことといったら終りじゃないか」

「お母さん、どんな?」

「まだ知らないんだ。普通だよ」

「どうしたらいい?」

「そんな事おれ知るかよ!」

怒鳴ったが、それですむことではなかった。

「嘘だっていえよ。親父帰って来たら、あれはカッとなっていった嘘だっていえよ」

「信用する?」

「やらないよりはいいさ」

「いくらカッとなったって、そんな嘘つくかしら?」

「大体嘘じゃないか。お母さんは腕組んで歩いてなんかいないぞ。そんな事いわないぞ」

「大きいわよ、声が」

「親父まいってるぞ。昨夜、お母さんにいわなかったっていうのは、ショックが大きかったんだ」

「今晩ね?」

「え?」

「今晩、お母さんを問いつめるわね」

「姉さんも呼ばれるぞ。何処で見たっていわれるぞ」

「嘘だったっていうの？」

「その前にいうんだよ。親父帰って来たらすぐ、ちょっとってどっか行って」

「どっかって？」

「お母さんのいない所に決まってるだろ」

「二階？」

「姉さん。ずるいよ。頭いいぶってるくせに、困ると人に全部頼って」

「見直してるんじゃないの」

「なにいってるんだ」

「ほんと。チャーリーの時、意外と頼もしいんで見直したのよ」

「そんな、そんなお世辞いうな」

「男らしくなったわよ」

「そんな事いってる時じゃないだろ！」

まったく女なんて手に負えなかった。こんな姉と結婚する男の顔が見たかった。

昼飯の時、何気なく「お父さん、何時頃帰るかなあ」というと母は「分からないわね」といった。勿論分からないのだ。親父が何時に帰るかなんて十何年、分かったためしがないのだ。

「なに？　お父さんに」

「ううん、日曜だしさ」

「そうね」

しかし、帰って来たら地獄になる。でも、母はもう別れているのだ。こうなったら、本当のことをいうしかない。自分が出て行って一部始終をしゃべり、母が自主的に別れた、ということを強調するしかない。

それでも父は許せない、と思うかもしれない。自分が父だったらどうだろう。愛する妻が、他の男と抱き合って、キスやらそれ以上のことをしたと知ったら、どうだろう。いくら別れたあとだからといって、そう簡単に許せるだろうか。

口惜しいだろう。泣きたくなるだろう。殴りたくもなるだろう。いま父は何処かで働きながら、心の中は滅茶滅茶になっているだろう。

その父が帰って来た時のことを思うと、胸がすくむような気持ちがするのだった。

残照が川だけを光らせ、土手はもうほとんど闇にうもれてしまっていても、きれぎれに子供の声がしていた。

気がつくとそれも絶え、鉄橋を渡る電車の音が、よみがえったように高くなる。対岸の灯りが、いつものように光り、いつもの位置にいつもの赤いネオンが見える。

夕飯を七時半まで待とう、と珍しく母がいった。

「日曜日だし、案外早く帰るかもしれないわ」

繁も姉も、そうね、そうだね、とうなずき、父が帰るのが早いか七時半になるのが早いか、自分の部屋で待っていた。

繁は感傷的になっていた。

姉が今更嘘だといっても、父は信用しないだろう、という気がした。とすれば、今夜は、わが家にとって忘れ難い夜になるだろう。

父が母の浮気を知り、一日ひとりで考え、夜を迎えたのだ。父は、どういう態度をとるだろう。男らしいのが好きだから、泣きわめいたりはしないだろうが、母を殴るかもしれない。母を殴るのを見たことはないが、姉も繁も何度か殴られている。静かに母の釈明を聞き、いきなり殴るかもしれない。勿論、子供を追い払った後でだろうが、耳をすましているから殴ったりすれば分かるはずだ。

それで繁が駆けおりて行く。いや、夫婦の問題に子供が出ては、かえってこじれるものだろうか？

しかし殴ったぐらいですぐ許せるものではないだろう。許したいと思っても、癪《しゃく》だったり、甘く見られてまたやられては大変だと思ったり、面子《メンツ》だってあるし、離婚してしまう夫婦だっているのだから、どうせすぐには解決しないだろう。そんな時「許してやってくれよ」と子供が頼むことが悪いことだとは思えない。子供に免じて許すという形は、父にとってもそう悪くはないはずだ。もっとも、許す気になっていればの話だ。

許さないとなったら、離婚ということになる。なんだか現実感がないが、そういうことだってないとはいえない。そうなったら、この家はどうなるのだろう。母の罪だから母が出て行くとして、自分はどうするのだろう？　姉はどうするのだろう？

夜景の美しさのせいか、想像はとめどなくなり、母と二人でボロボロのアパートに住み、繁が地下鉄工事をしている情景まで浮かんで来た。母も小学校の給食のおばさんかなんかになっていて、二人でちゃぶ台で夕飯を食べるのだ。

「お父さん、どうしているだろう」

「あの人のことはいわないで」父のことを、あの人なんて、母はいうのだ。

いきなりドアがあいて、姉が入って来た。

「なんだよ？」

「帰って来たわ」

「え？」

気をつけていたつもりだったが、気がつかなかった。開いたドアから、「まだでしょ？　夕御飯」という階下の母の声が聞こえた。

「ああ」という低い父の声。

「いまお父さんを二階へ呼ぶの変じゃない？」

「変でもいいよ。夕飯の間に騒ぎになったらどうするんだ」

「繁ちゃん」と母が呼んだ。「お父さん帰ったから、御飯にしましょ」

「はい」

「律子ちゃんも呼んで」

「はい」

「大丈夫よ。夕飯の時、子供の前で、そんな話持ち出さないわよ」

それもそうだと思う。

二人でつながっておりて行った。

父は和室で背広を脱いでいた。母がそれを受けとる。

「お帰りなさい」と繁がいうと、「お帰りなさい」と姉もいう。

「ああ」と父。

なにか気軽なことをいおうと思ったが出て来ない。母が和服を着せかける。父がズボンを脱ぐ。黙って見ているのも変だ。

「ああ、腹へったよ」となるべく普通の声でいいながら食卓の方へ行く。姉もついて来る。

食卓の前に二人で立って、父を待った。

食事は静かだった。

御馳走なので「ウヒ、今日はすごいじゃない」と繁がいい「一日かかったんだから」と母が笑ってこたえただけで、あとが続かなかった。

父は黙って、ビールを飲んだ。もっとも、疲れたときは、いつもこんな風だから、母も「いつもとちがう」などとは思わないらしく、特別息苦しくなるということもなかった。

一度「う」となにかをいいかけて父が黙った時はドキリとしたが、

「なんですか?」と母がきくと、

「明日はっきりするが、二、三日うちに、神戸へ行くことになるかもしれない」といった。

「長く?」

「いや、二日ほどだ」

それだけだった。勿論、楽しそうではなかったが、不機嫌な声でもなかった。

食事が終ると、姉はさっさと二階へ上った。すぐ追いかけた。

「どうしていわないんだよ」

「いう時がないじゃない」

「もっと下にいて、チャンスをさがせよ」

「いつだってお母さんがいるじゃない」

「お父さんが、どんな気持ちでいると思うんだよ！」

姉を追い落とすようにして下り、繁は階段の下で止まった。

母は台所で洗いものをしている。

父は居間にいて庭を見ていた。ガラス戸に顔をつけるように立ち、夜の庭を見ているのだ。やはり傷ついているのだ。

「お父さん」

近づいて姉がそういった。

「うん？」

父が姉を見る。あとは小声で聞こえない。二人で庭を見ながら、ボソボソと話している。

「どうだった？」

また二階へ駆け上がる姉の後を追った。

「うるさいわねえ」

姉は顔をそむけるようにして、自分の部屋へ入る。続いて入ると、

「しつこいわよ」

と姉は机の前の椅子に掛けて、乱暴にスタンドの灯りをつけた。

「どういうことだよ?」

「出て行ってよ」

「なんていった? お父さん」

「家政科へ行くの、やめたっていったのよ」

「家政科?」

「チャーリーのことを思うと、英語なんかもう見るのも嫌だったわ。あんな奴のしゃべる言葉を一所懸命憶えるなんて、ぞっとしたのよ。英語を見るたびに、あの薄汚いチャーリーを思い出すんじゃ、やり切れないと思ったのよ」

その気持ちはよく分かった。姉ほど英語に夢中になり、アメリカに惚れこんでいた人間も珍しかったのだ。そのアメリカに裏切られたのだから、憎悪も百倍というのも無理はなかった。

「でも、頭冷やしたのよ。あんな奴恨んで、折角やって来た英語を捨てちゃうなんてバカみたいって思ったのよ。明日、事務所へ行ってくるわ。やっぱり、英文科にいるっていってくるわ。そういったのよ。お父さん、それがいいっていったわ」

「それで?」

「それだけよ」

「それだけって事はないだろう！」

「いおうとしたけどいえなかったのよ。大体、お母さんが浮気をしてる、なんていう嘘を子供がつくわけないじゃない」

「どうして？」

「本当だからいえることよ。嘘で、そんな事をいうなんて、ひどすぎるわ」

「本当だって、ひどすぎるさ」

「信用しないわよ。今更、嘘だっていっても信用しないわよ」

「俺がいうよ」

カッとなってドアをあけ、階段をおりかけてハッとした。笑い声が聞こえたのだ。父と母だった。父が笑っている。そんなことは信じられなかった。しかし、父は笑っていた。なにやらいいながら笑う母の高い声の底で、父も確実に笑い声をたてていた。

## ロボットの世界

人間は多分どんな時にだって笑うのだろう。笑ったからといって機嫌がいいとは限らない。

その位は繁にだって分かっていた。恐怖の余り笑うかもしれないし、屈辱にまみれて笑うかもしれないし、あまりの悲惨さに笑い出してしまうかも知れないのだ。

妻の浮気を知りながら父が笑ったからといって、おどろくことはない。むしろ笑っている父の心の中を察すべきなのだ。

しかし、どんな風に察したらいいのか、繁にはよく分からなかった。一体、どうやったら笑えるのだろう。半信半疑にせよ、妻が浮気をしているかもしれないと思いながら、どうしてその妻と笑ったり出来るのだろう。

翌朝、母は普通の顔をしていた。父も普通だが、寝起きはいつも悪いのだ。

「早いのね」と母が明るく言った。

「予備校申し込んで来ようと思ってさ」

「簡単に入れるの？　大変だっていうじゃない」

「大変な所へは行かないさ。東大狙ってるわけじゃないんだから」

「そんなこといわないで狙って頂戴」

父はモーニングカップを片手からはなさずパンをかじっては、がぶりとコーヒーをのんだ。繁など無視していた。一点に目を置き、何かを考えている。しかし、これもいつものことなので、心の中は分からない。

「お父さんと一緒に出ようかなあ」

「もうすぐよ」

「牛乳のむだけでいいもの」

つまり昨夜、父は母を問いつめなかったのだ。問いつめられていたら、母はこんな風ではないだろう。子供の前をごまかしているとしたら、どこかにこわばりがあるはずだ。今朝の母は、いつもより明るいくらいだった。

父は怖いのかもしれない。問いつめるのが怖くて、ためらっているのかもしれない。しかし、いつまでもほうっておくわけにはいかない。そんなことには耐えられない筈だ。今夜でないにせよ、明日の晩には爆発するだろう。妻が浮気をしていると聞いて、いつまでも知らん顔をしていることは出来ない筈だ。

急に父が立った。

「行ってくるよ」

もう玄関へ向かっている。ひとが一緒に出ようといっているのに、逃げ出すみたいに急ぐのだ。しかし、これだっていつものやり方だから、特別すねたりしているとはいえなかった。

「早いなあ」

追いかけて、すぐ道を並んで歩くと、

「だらだら歩くのは大嫌いだ」

と怒ったようにいった。これはいつもより不機嫌な印象だった。

「お父さんに、話があったんだよ」

「なんだ？」

そういいながら、繁をふり切るような早足なのだ。

「姉さんが気にしてるんだよ」

「なにをだ？」

「一昨日、お父さんに、バカなことをいったって」

父は黙っている。でも、分かったはずだ。

「嘘なんだってさ。カッとなって嘘をいったんだって。ぼくからいってくれって、ヤイノヤイノいうからさ。それでお父さんと一緒に出て来たんだよ。予備校は、こんなに早く行くことないんだよ」

父は何もいわない。

「つまりさ、浮気をしてるなんて、根も葉もないことだって。フフフ」

踏切がおり、警鐘が鳴っていた。

「いいか」

立ち止まって父がいった。前を見たままだった。

「うん?」

「お父さんは忙しいんだ。ごたごた下らん事をいうな」

奇妙な返事だった。轟々と電車が目の前を横切った。

踏切が上がると、父は走った。いますべりこんだ上りの電車に乗るのだ。繋は追わなかった。もう急ぐことはない。大体、こんな早くから行っても、予備校の受付はあいていないだろう。定期が切れているので切符を買った。

父は多分照れたのである。

姉から母が浮気をしていると聞いて、心の中は滅茶苦茶になっていた。そこへ繋が、嘘だといったのだ。姉のいったことは嘘だ、といった。母は浮気などしていない、といったのだ。ドッと荷物をおろしたような気分だったろう。しかし、息子の前で「よかった、よかった」とはしゃぐわけにもいかない。

「お父さんは忙しいんだ。ごたごた下らん事をいうな」

分かる分かる。

一件落着だな、と思う。電車が出たばかりのホームへ、ゆっくり上る。いや二件も三件も落着だ。母は浮気をやめ、父は母を疑うのをやめ、姉は家政科へ行くのをやめ、すべては元通りだった。元通りではないのは、考えてみれば自分だけだ。結局、いろいろな事があって、その被害をこうむったのは繁だけなのだった。

受験寸前に、母の浮気を知り、姉からは強姦されたことを打ち明けられ、そのために受験勉強どころではなくなったのである。言い訳をする気はないが、なにもなければ、すべり止めの大学のひとつぐらいは合格していたはずなのだ。

「バカみた」

興奮して母を尾行したり、チャーリーを殴りに行ったりした自分がバカみたいだった。当事者は、冷静というか大人というか、要するに平穏に事を処理しているのだ。

「カッカするだけ、バカだって事だよなあ」

自分ひとりお調子者で子供のような気がしたが、そんな風にやられっぱなしな事が、どこかで気に入らなくて仕方がなかった。

「めずらしいじゃない」

明るい哀愁の声が聞こえた。

「あ」

気がつくと、ハンバーガースタンドの前にいた。まだシャッターが閉まっていて、哀愁は横のドアから、バケツを持って出て来たのだ。

「なによ？　こんな早く」

「なんでだか分からないけど」

「なによ、それ？」

笑って哀愁は、また中へ消えた。なぜ来たのかなあ。そういえば腹が減ってるなあ、と思った。

「どうしてる？」

客用の椅子をひとつ持って哀愁は出て来た。

「いいよ」

「え？」

「こんな所で坐る気ないよ」

「あ、バカねえ」と哀愁はケラケラ笑い、「シャッター拭くのよ。これ踏み台よ」と雑巾をゆすぎはじめた。

「私さあ、どうしようかと思ってたのよ」

「うん？」

「あんた大学全部落ちたって聞いてさあ。すぐ慰めたりするのも嫌味だしさあ。来るの待ってたんだから」

「そう」

椅子に乗ってシャッターを拭きはじめた哀愁を見ていた。

「あのさあ」

「え?」

「あんまり、後ろから、足やお尻見ないでよね」

「見てないよ」

「いいのよ。少しぐらいなら見たっていいんだけどさあ」

「見ないよ。見たくないよ、別に」

哀愁はケラケラ笑い、シャッターを拭いて行く。繁は、そっぽを向いて、空を見上げた。

「でもさあ」

「え?」

「よく来たわねえ」

別に恋しくて来た訳じゃないし、お尻を見るな、などともいわれて、いつもの繁ならとっくに立ち去っている筈なのだが、なぜだか、その場を動く気がしないのであった。

哀愁のシャッターの拭き方は、予想外に丁寧だった。それでいてちっとも遅くないのだ。ガバガバ音をたててシャッターは見る見る綺麗になって行く。

「ちょっとゆすいで貰えるかしら？」

「いいよ」

雑巾をゆすぐ手伝いをした。そのうち「あれれ」と若いマネージャーが出勤して来て「どういう風の吹き回しよ」と嬉しそうな声を出した。

「あんまり汚いからさあ」

「そんなに汚かったかなあ」

自主的に拭いていたというのは、おどろきだった。

「手伝ってくれてるんですか？」

「あ、ええ」

「すいませんねえ」

マネージャーは愛想がよく、繁に大人相手のようなお辞儀をして中へ入った。

やがてシャッターがキュルキュル音を立てて上がりはじめ、他の女の子もひとり出て来て
（つまり朝のうちは三人でやっているのだ）四人で、床を掃き、テーブルの上の椅子をおろし、テーブルを拭き、カウンターを拭いて開店ということになった。

「すっかり手伝って貰っちゃったなあ」

「いいんですよ」

「どうせ暇なのよねえ」

と哀愁がいったが、腹が立たなかった。久し振りで身体を使って、いい気持ちだった。

「どうぞ」

マネージャーが、ハンバーガー一個とコーヒーを出してくれた。

「いくらでしたっけ？」と一応いうと、

「いいんですよ」という。

「原価は安いんだから」

哀愁もそんなことをいい、なんか得をしたような、自分で稼いだパンというような気もして、うまい朝食だった。

「予備校って、何処だっけ？」と哀愁が聞く。

「高田馬場《たかだのばば》のにしよう、と思ってるけど」

「申し込んで、また此処へ来ない？　それとも新宿かなんかで待ち合わせる？」

デートをするのが当然のようないい方で、ちょっと逆らいたくなったが、大人気ない気もして「此処へ来てもいいよ」といった。

「じゃあ、二時」

「二時？」

「だって、お昼すぎないと、ちょっと抜けられないもの」

「一時でいいわよ」ともう一人の女の子がいった。「こないだ私、頼んじゃったしさあ」

「でも一時じゃ、まだ込んでるんじゃない?」

「四時に来るよ。ちょっと行くとこあるしさ」

そういって店を出た。別に行くところはなかったが、早退けさせるのは嫌だった。八時から出て来ているのだから、四時で八時間だ。休憩を一時間とっても七時間は働いている。それなら連れ出してもいいだろう、と思った。

新宿で映画を見た。昼間から映画館に入っていると、落ちぶれたような、浪人だなあ、という気持ちになった。人生にはきっとこういう時が何度もあるのだろう、と思った。こんな時に自己憐憫に溺れると駄目になってしまうのだろう。こういう時こそ、自分に対して冷静にならなくては——。明日から勉強しよう。なにもかも忘れて勉強して、早稲田の政経ぐらいには合格してやろう、などと思った。

「おごるね」

哀愁は帰り仕度で出てくると、そういった。「あんたを慰めるとか、そういうんじゃないのよ。ちょっとほっとしてるのよ。いい気持ちなのよ」

その日の哀愁の話が、長く繁を支配した。哀愁がそれを狙ったわけではない。彼女にそんな気はなかった。

「ここ、どう?」

哀愁が立ち止まったのは、間口の広い大衆割烹の前だった。大きなのれんに「大衆割烹・磯源」と書いてある。

「呑むとこじゃないの?」

「呑むとこじゃ嫌?」

「嫌じゃないけど、やってるのかな?」

哀愁がもうガラス戸をあけていた。

「やってます?」

「いいですよ」という声がすぐ聞こえた。

がらんとしていたが、もう呑んでいる客が三人ほどもいるのだった。

「座敷がいいの。それも隅の方がいいんだけどな」

「いいわよ。今ならどこだって指定席」

四十ぐらいの女の人が、にこにこ相手をする。座敷といっても壁にくっついて細長く畳の席があるだけで、勿論個室でもなければ、つい立てで仕切ったりもしていない。

「牡蠣鍋なんかどう?」と哀愁がきく。

「いいよ」

ほんとは牡蠣は、語尾にERのつく九月から十二月がおいしくて、いまはもうなどと思ったが、利いた風なことをいうのが嫌で、うなずいた。

「お呑みものは?」

「なに呑む?」

「いいよ」

「とりあえずビール二本すいません」

「はいはい」

まったく簡単だった。内心繁は心配していたのである。哀愁も繁も未成年で、酒なんか頼んだら「悪いけど」などと断られるんじゃないかと思ったのだ。前にスナックで信彦と水割りを頼んで「駄目よ、高校生でしょ」とやられたことがあった。しかし、そんなのは例外なのだろう。哀愁は、夢にもそんな心配はしていない。

「しょぼたれてるのねえ」

黙っている繁を、哀愁はのぞきこむようにした。

「なにがあったのさ?」と繁は頬杖をついて見返した。

「え?」

「ほっとしてるっていったじゃない」

「ああ、ちょっとね、ちょっと私ンとこひどすぎたのよ」

「へえ」

哀愁は話題をそらした。

「いい身分よねえ、一年間浪人出来るなんて」

「よかないよ」

「いいわよ。とっても、かなわないわ」

かなわない、といういい方はおかしかったが、たしかに浪人は一種の贅沢にはちがいなかった。

「私ね、勿体つけていいわなかったけど、あんたの家に恨みがあったのよ」

「恨み？」

お待ちどおさま、とビールが来て「お酌《しやく》しないわよ。邪魔しちゃ悪いもんね」と女の人が賑やかに笑って消えると「さ」と哀愁がビールを持った。

「ぼくが注ぐよ」

「いいわよ」

仕方なく注がれた。

「前に、あんたが大学を落ちればいいって思ってたっていったでしょ」

「うん」

「あんたに声かけたのは、あんたがいい男だからとか、そういうことじゃあないっていったでしょ？」

「うん」

その通りだった。しかし、あまり気にしていなかったのだ。

「うちの親父、執念深くてさ。川向こうから、双眼鏡で、あんたの家を見ては、呪ってたのよ」

「呪ってた？　双眼鏡で？」

「あんたの家、本当は私の家だったのよ」

「親父がとったってこと？」

「そうじゃないの。だから恨むなんて筋違いなんだけど、あの家買う頃が、うちの親父の一番いい時だったのよねえ」

「中古じゃなかった筈だけどな。新しい建売りを、親父が買ったはずだけどな」

「手付けは、私のとこが先に打ったのよ。まだ建ててる時だったわ。この家に住めるんだって、家中でさ、六人であそこの土手へ行って、稲荷寿司食べて見てたりしてたのよ」

「十年ぐらい前だろ?」

「そう。九年半ぐらい前。私、まだ九歳ぐらいよね」

「それで?」

「不良品を出して、工場が倒産したのよ」

「経営していたの?」

「五人だけの工場よ。計算尺つくってたのよ」

「へえ」

「こっちからの解約だから手付けはパアよね。でも、お金がいる時だったから、それにあの建売り割合評判よかったから、すぐ他の人に売れるんだったら、手付けを返して貰えないかっていいに行ったらしいけど、そんなのやっぱり駄目よね。それで、あんたンとこで買うって知ってさあ。あんたのお父さんに逢いに行ったのよ」

「親父と逢ってるの?」

「会社、丸の内だって?」

「大手町《おおてまち》だよ」

「バカなことをいいに行ったのよ。不動産屋が、うちの解約で手付け分儲けているから、その分値切ったらどうだって」

「へえ」

「それで儲けた分の半分でいいから、こっちへくれないかって、本当にお金に困ってたのよ」

「でも、ちょっと無茶だな」

「勿論無茶よ。大体、お宅はもう契約したあとでさあ。今更値切るなんて、問題になんなかったわけ」

「知らなかったなあ」

「なんかすごいビルなんだって?」

「今のビルとはちがうと思うけど」

「圧倒されたらしいわ。お父さん、大きいんだって?」

「普通よりちょっとね」

「戦争中子供だった筈なのに、あんなに大きいなんて、きっと親が悪い事をしてたに違いないって」

「ひどいな」

「ひどいのよ。思い込むのよ。うちの親父、小さいのよね。食べざかりに戦争だったでしょう。栄養が回らなかったっていってるの。だから同じ年輩で大きい人を見ると、あいつの親が悪党だったにちがいないって」

「樺太《からふと》からの引揚げ者だよ。今でも北海道にいるけど」

「コーヒー御馳走になったらしいけど、みじめだったのよね。あいつらはいい大学へ入って、いい会社へ入って、保証されてて、建売りなんかも平気で買って」

「平気じゃないよ」

「とにかく口惜しくって仕様がなかったらしいわ」

「そういわれてもなあ」

「こっちも散々吹き込まれたわ。あの家は、ほんとなら、私らの家なのだって。アパート、川べりじゃないのよ。でも、家と家の間から、あんたの家が見えるのよ。そんなとこよせばいいのに、倒産してからずっといるのよ」

「九年も？」

「引越しどころじゃなかったのよ」

「ずっと家を見ていたわけ？」

「寝込んでからはね」

「病気なの？」

「ひどい家なのよ。煮えたわ」

「え？」

牡蠣が煮えたわ、と哀愁は微笑した。

いってみれば哀愁の家にとって、繁の家は幸福のシンボルみたいなものだったのだ。幸福は川向こうにあり、双眼鏡で見れば、住むはずだった二階のベランダに蒲団が干してあり、あたたかい日射しがいっぱいにそそいでいる。

「私なんかいまいましい気がして、中学出るまでかえってそっぽを向いてたけどさ。就職してから、なんとなく近くで見てみようかな、と思ったのよね。家の前まで行ったのよ。田島って書いてあるのを見て、土手へ回ると、庭にあんたがいたわ」

「ぼくが?」

「バットの素振りをしてたわ」

それじゃあ高校へ入ったばかりの頃だ。中学の同級生たちと、バラバラになったのが惜しいとかいって、野球のチームをつくった短い時期があった。大学受験もまだ遠くて、罪の意識なくテレビを見たり野球をやったり出来たわずかなハッピイデイズであった。

「去年ハンバーガーのお店につとめて、あんたが来ても、はじめはあんただって気がつかなかったわ。高三で、大学へ行こうとしてることはすぐ分かったけど、バカみたいで、おしゃべりでうるさくて嫌いだったの」

「愛想悪かったよなあ」

「そしたら、あの信彦が、田島ってあんたの事を呼んだでしょう。あ、と思ったのよ。思い出したのよ」急に哀愁はクスクス笑い出した。「それで、どうしようとしたか分かる?」

「どうしようとしたのさ?」

「色仕掛けでねえ。フラフラにさせて、大学落っことしてやろう、と思ったのよ。そしたら、幸せなあんたの家も、ちっとは不幸になるかと思って」

「まいったな」

「やめたわ。柄じゃないしさ。あんた、わりと人がいいしさ。前にもいったけど、合格すればいいって思うようになったのよ」

「そしたら、ドボーン」

「ほんと。ほっといても落っこっちゃった」

なんだか締まらない話で、ビールでものむしか格好がつかなかった。

「でも落っこちても幸せよねえ」

「どうして?」

「のんびり浪人してるじゃないの」

幸せなもんか。大体わが家が幸せなもんか。姉貴もお袋も親父も、一体どんな状態にいると思うんだ。

「私ンとこなんてねえ」

　哀愁の語尾がちょっともつれた。

「酔った？」

「あらバカねえ。この位で酔うわけないじゃない」でも、酔っていた。「私ンとこなんてねえ」ともう一度いい「ひどいんだから、親父、二年三か月入ってたんだから」

「どこへ？」

「お風呂へ入ってるわけないでしょう。入ってたっていえば決まってるわよ」

「病院？」

「カマトト」それから投げ出すように「刑務所」といった。親族が刑務所へ入った人を見るのは、はじめてだった。

「刺したのよ、男を。お袋のこれを」

　親指を出した。

「愛人？」

「愛人なんてもんじゃないわよ。ブロック屋の、こーんな肥った男と。想像つく？　バレちゃって、親父は狂ったようになるし、お袋は、愛してるだの死ぬだのって大騒ぎして。そこへあんた肥った男が、こーんなに痩せちゃって一緒になるってわめいて来て、向こうのおかみさんも黙っちゃいないわよ。子供かかえて、とびこんで来て、近所だってびっくりしてのぞきに来るし、おばあちゃんが子供は外へ出ろ外へ出ろって、私と兄貴と弟はおん出されて」

「刺したの？」

「そこで刺せば、まだ罪軽かったのよ。カッとなって、お互いさまだしさあ」

五年前の話だと哀愁はいった。

母親は結局、男ととび出して一時行方《ゆくえ》が分からず、相手のブロック屋も主人がいなくては商売にならず、奥さんが町工場で働くようになった。哀愁の父親は、段ボール工場につとめていたのが、休みがちになり、馘になる。連日、目の色をかえて妻をさがし歩いていたのである。中学を出たばかりの兄さんが、パン屋へ住み込んで金を送って来た。哀愁も、なるべく学校を休んで、おばあちゃんの内職を手伝った。

「あげくにお父ちゃん、横浜で二人を見つけてさあ。男を刺しちゃったわけよ。待ち伏せて、お腹刺しちゃったのよ。重傷もいいとこよ、いまだに、肝炎だのなんだの、あとひいて患ってるんだもんね」

「ブロック屋やってるわけ？」

「だってその男、元へ戻らないもの」

「お母さんとは？」

「一緒にいるわよ」

「何処に?」

「厚木《あつぎ》の方でね、罐詰工場へ二人でつとめてる」

「そうなの」

なんとなく過去の話だと思っていた。いろいろあったが、いまは元のサヤにおさまっているのかと思っていた。いまだに別れたきりというのは意外だった。

「お父さんが、出て来たのは、ずっと前だよね」

「二年以上前。出て来て、またひと騒ぎよ」

「そうだろうな」

「そうじゃないのよ。お母ちゃんのことは、諦めたのよ。面会に行っては、もう諦めた方がいいって、私もおばあちゃんもしつこく言ったからね。その事は諦めて出て来たのよ。禿げちゃって、温和しくなってて、苦労かけたなんて、泣いたりしてたのよ。ところが、兄ちゃんがさあ」

「うん」

「ブロック屋の長女と仲良くなっちゃって、向こうへ養子に行くっていい出したのよ」

「長女って」

「私よりひとつ上。養子っていったって、向こうに資産があるわけでもなんでもないのよ。むしろ面倒な家族かかえるだけみたいなもんよ。損得かんがえろって随分おばあちゃんなんかもいったんだけど、カッカして行く行くっていうもんだから、お父ちゃん向こうの家へ怒鳴りこんで、復讐のつもりかなんて、わめいちゃって。でも、そうじゃないのよ。お互い親のことで苦労したでしょ。励まし合ったりしてて好き合っちゃったのよねえ。向こうは女ばかりだから、こっちには弟もいるし、お父ちゃんもいるし、それじゃあ向こうの家の人になってやろうって、お兄ちゃん、そう思ったのよ」

「それで？」

「ほっとしたっていったのはさあ」

「うん？」

「向こう行った兄貴に、子供が出来てね。お父ちゃんと漸く仲直りしたのよ」

「そう」

「こないだから兄ちゃん何度も来て、初孫《ういまご》じゃないかって、お父ちゃんとやり合ってたの。お前の顔も見たくないのに、外孫の顔なんか見たくねえって、お父ちゃん頑張ってたけど、本当は逢いたいわけよ。私が間に立ってさ、いいから連れて来ちゃえって、奥さんと赤ん坊、一昨日連れて来さしたのよ。逢わしちゃえば、それっきりよ。はじめは、そっぽ向いてたけど、お父ちゃんいい年してなに意地張ってんだよって、私が無理矢理こっち向かしたりしてさあ。とうとうお父ちゃん泣いちゃって。兄ちゃんも、義姉《ねえ》さんも、ついでに赤ん坊まで泣いちゃって」

笑ってから哀愁も涙ぐんだ。

「それでいい気持ちってわけよ」

ビールは、四本目が半分ぐらいになっていた。それを繁が注いでやると、

「おどろいた？　あんたなんかには想像つかないでしょ。めちゃめちゃでしょ」

そういって、ちょっとヤケクソみたいな手付きで一息にビールをのみ干した。

「そんなことないよ」繁は本当にそう思った。「めちゃめちゃなもんか」めちゃめちゃなのは、わが家の方だ、と思った。

店を出ると、まだ夕方だった。

「つき合わしちゃったわね」

「千円ぐらいとってくれよ」

「つまんない事いわないでよ」

繁を叩こうとして哀愁はよろけた。

「やだわ、この位いつも平っちゃらなのに」

「嬉しいからだよ」

「え?」

「兄さんとお父さんが仲直りして、嬉しいから酔ったんだよ」

「泣かせることいってくれるじゃない」

哀愁は繁の腕につかまる。赤い顔の二人を「やだ」というような目で見る人（主として女性）と何人もすれちがう。しかし、平気だった。そんな非難は、つまらないことに思えた。いくら行儀がよくたって、生きてなきゃなんにもならない。

「問題は生命《いのち》が燃えているかどうかだ」

ちょっと酔った頭で繁はそう思った。

哀愁の家は素晴しい。お母さんが浮気して、お父さんが相手の男を刺しちまうなんて素晴しい。相手の男が、痩せちゃったのも素晴しいし、お母さんが戻って来ないのも素晴しいし、家がめちゃめちゃになったのも、兄さんが相手の娘さんと恋愛しちゃったのも素晴しい。そのかけらさえ、わが家にはないじゃないか。

わが家は一体なんだ? なにがあったってなんにもないのと同じじゃないか!

お母さんが浮気した。その結果、なにが起こった? なにも起こらない。頃合いを見計らって別れて終りだ。お父さんは問いつめもしない。「忙しいだと?」仕事がなんだっていうんだ。

女房が浮気をしたと聞いても「忙しい」からほっとくというのか？

姉さんは、どうだ？　強姦された。そりゃあはじめはショックでとり乱した。しかし、それにしたってお母さんにも気づかれない程度だ。英語がいやになった。いいだろう。人間らしい反応だ。しかし、そう思ったのも束の間だ。そんなことで英文科を棒に振るのは損だから、英語は続けるときた。

結局なにも起こらない。強姦されようとされまいと、浮気をしようとすまいと、わが家はなにひとつ変わらずに予定通り平穏にすぎて行く。これが人間かね？　こんな人間の生活があるかね？　女房が浮気したと聞いたら半信半疑だってカッとなるのが人間じゃないのか？　強姦されても「損だから」すぐ忘れちまうのが強さだろうかね？　そりゃ鈍感ってことじゃないのかね？

「もっとのむ？」

「のもう」

「向こうなら、安いとこ知ってるんだけど」

「向こうへ行こう！」

「向こうって、川の向こうよ」

「川の向こうへ行こう！　川の向こうへ行って、バカヤロウ！　って怒鳴ってやる」

「なにいってんの？」

「川原へ行って、おれン家《ち》へバカヤロって怒鳴ってやるぞ！」

「あんた、回って来たわねえ」

川を渡った。川原へ出た。遠くにわが家が見えた。ロボットだ。あの家にいるのは人間じゃなくてロボットだ。ロボットめ！「バカヤロォ！」

「あんた、泣いてるの？」

「オレはロボットじゃないぞ。ワッセワッセワッセワッセ。ロボットは、こんなに早く走れるか？ ビャーッ。ロボットは、こんなに高くとび上がれるか？」

「心臓に悪いわよ」

「心臓なんか気にしてる奴は、ロボットだ。ワッセワッセワッセワッセ」

夕闇が足もとを暗くしていた。ころんだってかまわなかった。途方にくれたように見ている哀愁の周りを、繁は声を上げ、とんだりはねたり、走り回って闇に沈んだ。

## 葉桜

副島《そえじま》常務から、謙作が「その物件」について意見を問われたのは二か月前である。

はじめは耳を疑ったが、常務はすでに結論を出していた。常務もおそらくはじめは耳を疑ったのである。それから自分を押さえ、感情を殺した。大義名分もある。メリットもある。何故怖気づくのか？　現在の社の逼迫《ひっぱく》に感傷の入りこむ余地はない筈である。

「くわしく伺えますか？」

一瞬息をのんで、それから聞き返した謙作に、

「君がそんな顔をするとは思わなかったね」

と副島はいつもに似合わず高飛車ないい方をした。「女子供の倫理じゃ世の中は動かない」そんなこともいった。言わずもがなの事である。それを苛立《いらだ》つように口にしてしまう副島の横顔には、そんな「物件」の扱いを謙作に命じなければならない自分に腹を立てているというところがあった。

「やらせていただきます」

謙作はそういった。引き受けるしかない事に勿体をつけても仕方がない。その上で「くわしく伺いたい」のだ、と上司の不安定な感情を落ち着かせることに努めた。

「何故君に頼むかは分かっていると思う」

「分かっております」

謙作の業務は国内の繊維機械である。通常なら、そのチームがそんな「物件」の輸入を担当

することはあり得ない。それには、ややもって回った経緯《いきさつ》があった。なにより担当している繊維産業の長い間の不振である。とりわけ綿紡機は、昭和三十年代の二度にわたる繊維工業設備臨時措置法による紡機の封かんや政府買上げによる廃棄の状況が、現在も続いているといってよく、更に化繊の没落による繊維恐慌あり、アメリカの綿製品輸入規制あり、近年の発展途上国の追いあげありというように悪材料にとりまかれ、謙作が輸出部門から国内に回された時は、すでにもて余し気味の部門であった。

謙作の業務はむしろ紡機以外の特殊機械の製造を繊維機械メーカーに発注することにあり、メーカーの繊維機械専業からの脱皮を促すことに力点を置かざるを得ないところがあった。勿論一方で、長年にわたって獲得した繊維業者を失うことは出来ない。零細な家内工業の多い分野も手をぬけず、顧客を増やしこそすれ、決して減らさないという努力をしながら、それはそれで退潮からの脱出を狙い続けた。いや、現在も狙い続けている。

そこへ大手の繊維企業の多角経営化の動きが始まったのである。化粧品、食品業界への繊維企業の新規参入が報ぜられたのは、そう古いことではない。医薬品業界も、その一つであった。省資源時代にふさわしく高付加価値商品であり、資本効率も高く、高収益産業であり、安定成長を見込めるというのが、進出の動機であった。

謙作たちが、その進出に同調出来ないか、とひそかに動きはじめたのは、ほぼ一年前である。

つまり医薬品の卸売業界への進出である。業者三千余、従業員二人から三十人ほどという零細過多の業界が、年々増加する商品と事務量に対応しきれなくなっているところに目をつけ、コンピューターを導入し、配送システムを合理化し、セールスマンのみによる受注習慣の改革などを押し出して進出できないかというプロジェクトであった。

しかし、既成業者も当然のことながら現状に対応しはじめており、なにより、小売業者を相手にした大衆保健薬の時代が去り、大病院を中心とする医療用医薬が主流を占めてきた現状では、医師とのつながりの深い既成医専業者の優利は否めなかった。

医療用医薬は、最終消費者である患者が銘柄を選ぶことはない。その選択は、ほぼ完全に医師の判断である。

医師にくいこめないか。

病院にくいこめないか。

表向き「繊維機械部」である謙作たちのチームの、ひそかなもう一つの課題が、大病院とのつながりを持つことであった。

「物件」は、そのための有力な武器として立ち現れたのである。

取引を打診して来たのは、ニューデリー支店長の深沢《ふかざわ》であった。

「深沢め」

常務室から戻って、出払ってがらんとした部下の机を見た。

今度は自分が常務の立場である。

部下たちの「耳を疑う」という反応を無視して、その取引を伝えなければならない。伝えるだけでなく、命令し行動を起こさなければならない。チームは七人である。深沢と電話なりテレックスなりで、もう少しつめなければならないが、一人ぐらいは現地へ出張させる必要が出てくるかもしれない。

取引の相手はインドではなかった。ニューデリー支店の守備範囲という事に一応なっている隣接した某国である。常駐の社員はいない。勿論GOと決まればニューデリーから人が行くのは分かっているが、その人間にまかせておいていいかどうかに危惧がある。

はじめての「物件」である。こちらから「物件」を見る目のある人間を派遣する必要があるのではないか。といっても、チームにそんな人間はいない。医師をつけて出張をさせるというようなことになるだろう。もともと直接の利潤が目的の取引ではない。医師とのつながりをつくることが主眼である。ならば一人といわず三人でも四人でも、各大学病院に依頼して同行してもらうのもひとつの案かもしれない。

もっとも、大げさになってはいけない。それどころか秘密裏に事を運ばなければならない。「女子供の倫理」を軽く見ることは出来ない。大学側も、そんな「物件」の輸入を外へは知られたくないだろう。やはり医師は一人ぐらいがいいのだろうか？ それより何より、まずは「物件」の需要がどの程度切実かを確かめなければならない。深刻に不足しているとは聞いている。それにしても、深沢め。

「よくも」

つい口に出た。「よくも、そんな事をいって来たものだ」

深沢は同期の入社であった。マニラ、シンガポール、サイゴンと東南アジアが長く、謙作がカラチにいた時は、バンコクにいた。買い物にバンコクへ行くということが何度かあり、その都度、二人でタイの夜の街を呑んで歩いた。

最後に逢ったのは、ほぼひと月前である。

「一週間だ」

一週間だけの帰国だと会議室前の廊下でばったり顔を合わせると、そういった。

陰気な印象を受けた。もっとも、その会議がどんなものかは誰もが知っていたので、暗い顔は当然だったかもしれない。会社の業績不振の実情報告と対策であった。

小規模の合弁パルプ工場のプロジェクトの不成功が発端で、上層部がひたかくしにしていた思わぬ負債が露見し、倒産を予測してもおかしくない実情が、突然謙作たちの前にどさりと投げ出されたのである。さしあたって「儲かる事なら、なんでもやれ」というのが会議の要点であった。

夕飯を二人で食べた。

その時、謙作は、病院へのくい込みの難しさについて、少し愚痴をこぼした。

深沢は黙って聞いていたが「物件」は、その愚痴に対する返事である。

難しいなら、この「物件」をだしに使え、という深沢の親切といえば親切であった。「やり手」の深沢らしい発想である。もっとも、深沢にいわせると、謙作こそ「やり手」であった。海外駐在をカラチの二年間で切り上げ、あとは本社から離れない、というのは相当な策士だ、と酔って半分世辞めいていったのを謙作は忘れていない。たしかに海外駐在が長すぎることは、「出世」から遠ざかることを意味しがちであった。四十の半ばを過ぎた深沢に、本社からはなれない謙作に対する小さな恨みのようなものがないとはいえない。思いすごしかもしれないが、謙作は「物件」に深沢の悪意を感じなくもなかった。

死体である。深沢のいって来た「物件」は解剖用の死体なのであった。

今はもう葉桜の季節である。

解剖用死体二十体が、船で日本に向かっている。二回目の十五体も間もなく船積みされる筈である。最初の便は、神戸でおろされ、第二便は東京港でおろされる。

日曜日の昼下がりの普通電車は、まばらにしか客がいなかった。

急行は相当込んでいたが、成城学園前で乗り替えると、急にローカル電車のような、のんびりした空気がただよい、春の盛りに、一つ一つ律義に停まって行く電車ののろさが快かった。

埼玉県の繊維機械会社の跡継ぎの婚礼の帰りである。こんな事でも日曜はつぶれる。

しかし、今日は他には用がない。午後の電車で、ゆっくり家へ帰る一刻一刻を、謙作はいつくしむような気持ちになっていた。

「いいかい。日本にいて、ナイーブなことをいっとるが、こっちは別世界なんだ。九か月で三百万人が殺されたこともある土地なんだよ。一千万の難民からボロボロ死人が出たのも昔の話じゃあない。天然痘《てんねんとう》が流行《はや》れば、忽ち三千人四千人。サイクロンで二万人三万人。大型のサイクロンじゃなくたって、年中行事の洪水がくればだな、ころがってるんだよ、死体が、道に。朝車を走らせて、飢死死体が目につかない日はないんだ。それをトラックで集めて行く。二十体や三十体の遺体の輸出を政府が許可したって不思議でもなんでもない。無論見世物にするというような不謹慎なら許せんが、医学のためじゃないか。日本の学生は、一体に十人以上がとりついて解剖をしているといったら、おどろいとったよ。それさえ足りないんだろうが。ろくに解剖したこともない学生が医者になって、生きた人間の腹を切ることを思えば、死体の輸入がなんだっていうんだ」

インドから、その国へ飛んだ深沢と電話で話してからひと月以上がたつ。たしかに特別なことをしているわけではない。死体は必要なのである。日本人は解剖を嫌う。焼いて骨にして墓場へ葬らなければ気がすまない。解剖を許された遺体も、解剖後は荼毗《だび》に附さなければならない。焼かずに骨見本をつくるというようなことが、簡単には出来ないのである。ある医師によれば、解剖をすませた遺体から、焼く前にたとえば肋骨《ろっこつ》を一本だけ抜きとる。次の解剖遺体から、次の一本を抜きとる。そうやって根気よく集めなければ骨見本もつくれない。しかも、寸法がバラバラの骨見本である。輸入した遺体なら、一体から、完全な骨見本がつくれる。骨見本など、プラスチックではいけないのですか、と謙作が尋ねると「本物だねえ、やっぱり」と初老の医師は薄く微笑しながらいった。微笑のかげに妙に切実なものがあった。あるいは「切実なもの」を謙作が求めていたのかもしれない。部下に「この物件については口外を禁ずる。チーム内部でも、感傷的な議論などするなよ」といいながら、このふた月、意識の底で絶えず自分に弁解しているようなところがあった。

駅におり、電車をやりすごし、改札口へ線路を渡りはじめると、悲鳴のような若い娘たちの声が突然起こった。

ギクリとしてその方を見ると、悲鳴ではなく笑い声なのであった。上りのホームで、春の衣裳の娘たちが、四、五人身をよじらせて笑っていた。「はずかしいわ」と人の目を気にしながら笑いは止まらず、平手で傍の友人をぶつ娘もいた。

若さが、まぶしいような気がした。そんな年ではないぞ、と思いながら、やはり娘たちとはひどく遠い所にいる自分を感じた。

「冗談じゃないぞ、まだまだ」

そんなことを心の中で呟いて改札を出る。

狭い商店街をはずれかけて、妻の姿を見た。後ろ姿である。ふくらんだ布製の買い物袋を提げ、その逆へやや肩を傾けて、則子が前を歩いていた。

後ろ姿は疲れていた。

けだるさが肩のあたりにつきまとい、かすかにひきずるような歩き方をする。さほど遅い歩調ではないのだが、気持ちを励まして歩いているという印象があった。則子のこんな歩き方を見たことがない。いや、改めて妻の歩く姿を見るということが長い間なかった。

新婚の頃、中目黒のマーケットから帰る則子を追いかけ、背後まで行きながら一瞬声をかけそびれたのを思い出す。呼びとめる言葉がなかったのである。まだ「則子」も「おい」も、無論「お母さん」もない頃であった。ひょいと手をのばして肩に触れると、ピクッと肩をふるわせて則子は振り返った。

「あら」

花ひらくような笑顔だ、と本気で思った。あれから二十年がたっている。

いま謙作は、則子に心を閉ざしていた。閉ざすことで、辛うじて平穏を保っている。

繁が三つの大学を落ちた夜、謙作は自分を押さえられなかった。死体の取引がすんだというテレックスを受けた日である。業績の上がらぬ繊維機械部門を別会社にする整理案が重役会に出された日でもあった。医薬品業界へのくい込みは、別のチームにやらせた方がいい、という声があることも聞いた。チームの有能な十年選手のひとりが、弱電メーカーからの引抜きに応じた、と相談ではなく結果を打ちあけに来た日でもあった。

いろいろなことが起こった日のようだが、そんなことはない。その程度のことは毎日謙作をとりかこんでいた。たとえば三日前だ。早朝に中堅の男性用服地メーカーの社長が自殺した。名古屋の自宅へ駈けつけながら、新幹線の電話で、防収縮加工機の久し振りの大型取引が成立と聞いた。朗報だが、寸前まで、翻弄され、たたかれ、はじめの担当は精神障害を起こし、いまだに自宅療養をしている。

綱渡りをしている、とよく思った。胸をはり、磊落《らいらく》を装っているが、いつ倒れてもおかしくない働き方をしていた。

繁が落ちたことが、こたえた。

一年でも早く、繁が大学を出て、自分で稼いでくれることを願っていた。重荷をひとつおろすことを、こんなに欲していたのか、と自分でも意外なほどであった。

殴る気などなかったが、気楽に階段をおりて来た繁を見ると、カッとなった。親が、どんな気持ちで働いていると思うのだ、と言うまいと思っていた言葉を怒鳴り散らし、律子にも当たった。

則子に「会社が危ない」と伝えたのは、怒鳴ったことの弁解でもあったが、「仕事のことは家では話さない」という痩せ我慢を続けきれなくなっていたからでもあった。せめて「会社がいま大変な時期だ」という程度の不安と覚悟ぐらいは、妻に共有してもらわなければ頑張りきれない、という弱気が口に出たのであった。事実、体力と気力の限界で働いていた。

そんな時、律子が口をすべらせたのである。

「お母さんは浮気をしている」

「嘘だ」といい返した。嘘だ、と思ったわけではない。むしろ、不思議はない、と思った。しかし、いま則子と離婚沙汰になるような騒ぎを起こすことに耐えられそうもなかった。自分がこわれてしまう、という気がした。数日後、繁が律子の言葉は「嘘だ」といった。「姉さんのいったことは全部嘘だ。姉さんも悔やんでいる」といった。それを信じたわけではない。ただ、その言葉にすがった。目をつぶって、仕事に立ち向かおうとした。しかし、忘れきることは出来ない。

則子と目を合わさぬようになる。なるべく口を利かぬようになる。心を閉ざして、辛うじて平静に日々をすごしている。

その索漠《さくばく》とした日々が、則子の後ろ姿を淋しくしている。そういう気がした。他の男がいたら、あんな歩き方はしないだろう。則子の後ろ姿に他の男の影はなかった。そう思えた。そう思うと、急に妻が哀れだった。思いが溢れ、立ち止まり、それから妻の名を呼んだ。

「則子」

振りかえった則子は、

「お帰りなさい」

といいながら、もう目を伏せていた。目が合うことを避けている。何気ない仕草で髪に手をやり、傍の家の丈の高い植木を見上げた。謙作がいつも目をそらすので、先手を打っている。ちょっと青いその横顔に近づき、

「重そうだな」といった。

「ううん。軽い方よ」

声だけは、わざとのように明るい。

並んで歩き出す。

「持ってやろう」

「いいわ。礼服でこんな袋おかしいわ」

「あれ、使わないのか？」

「あれ？」

「車のついた、買い物用の、あるじゃないか」

「オートバイに、こわされたのよ」

「単車に？」

「この先で突っこむように走って来て、身体はよけたんだけど、手がねじれたようになって、荷物だけはねられたの」

「それで？」

「車輪がひとつとれたの」

「はねた奴は？」

「待ちなさい！　って怒鳴ったけど、スピードゆるめもしなかったわ」

「ひどい奴だ」

「卵がつぶれて――そんなに散らばらなかったけど――ひどかったわ」

「いつの事だ？」

「四、五日前」

「そうか」

家にいる妻にとっては、大変な出来事だ。それを一言も自分に話していない。話させなかった。自分が話させなかった、と謙作は思った。

「よこせ」

「え？」

「おかしくてもいい」

買い物袋をとった。

「じゃ、そっちを持つわ」

大きな引出物である。

「こっちも重い」

「だから持つわ」と則子が持った。

「魔法瓶と砂糖らしい」

「魔法瓶？」

「田舎の婚礼だな」

「ほんとね」

二人で笑って、家への角を曲る。斜め向かいの水原さんの細君が買い物に出るところだ。

「あら、おめずらしい」

二人で「こんにちは」と頭を下げる。

「汗ばむようね、なんだか」

「ほんとに」

明るく則子がこたえる。

「鍵あけないと」

ちょっと謙作の目を見て、則子が先に門を入る。短い視線だったが、和やかな目だった。謙作にいつもの険しさがないので、ほっとしているのだ。いじらしかった。

「誰もいないのか?」

「繁は日曜テストだし、律子ちゃんは、なんとかのマチネーとかって」

入ってドアを閉めると、サンダルを脱ぎかけた則子の腕を摑んだ。

「あら」

よろける則子を抱きしめた。

「待って」

かまわず唇をふさいだ。それほど激しい気持ちはなかったが、激しさを装いたかった。妻をねぎらいたかった。まだ妻に対して、こんな激情を持っている夫だということを示したかった。

則子も、それに応えた。

「脱がなくちゃ、ソックス」

顔をはなすと、則子はそういって足もとを見た。白いソックスのまま土間に立っている。

「おどろいたわ」

小さくいい、くすくす笑いながらソックスを脱いで上にあがる。娘のような、いたずらっぽさがあった。謙作はつきあげるような欲望を感じた。靴を脱ぐ。

すると、台所へ入った則子の声が聞こえた。

「あら、繁ちゃん、帰ってたの」

居間に入ろうとすると、出て来る繁といきなり顔を合わせた。

「お」帰っていたのか、といいかけて急に胸が冷えた。繁の目にぎくりとするほど強い侮蔑の色があった。

一瞬であった。繁は横をすり抜けて階段を乱暴に上る。部屋のドアを激しく閉める音がした。

「なんだ、あいつは」

「照れてるのよ。どんな顔していいか困るじゃない」

そんな目ではなかった。そして繁は、その目を謙作に印象づけようとしていた。よく見ろよ。ぼくは、こんな目でお父さんを見ているぞ、と強調しているようなところがあった。思いすごしかもしれない。しかし、思いすごす理由がない。あきらかに侮蔑の色であった。

「まさか」

「え？」

いや、親が抱き合うのを見てショックを受けるほど、子供ではあるまい。

「いるのかね？」

「なにが？」

「女友達なんていうのは、どうなんだ？」

「ええ——」

則子が渋い返事をした。

「なんだ？」

「あなた忙しいから、いわなかったけど」

「どうした？」

「この頃あの子おかしいのよ」

「どう？」

「この間、変な女の子と、そこの土手へ立って、わざわざこっちを向いて、大声で歌をうたったのよ」

「歌を？」

「それも流行歌ばっかり。あの子、ジャズは好きだけど、演歌なんか馬鹿にしてたのよ。それが北島三郎とか、そういう人の歌を大声で三十分ぐらい唄ってるの」

「土手に立ってか？」

「それだって楽しそうなら、まだ可愛いけど、自棄《やけ》みたいに声をしぼって、女の子の肩に手を回して。その子がまたよくないのよ。とても繁が好きになったなんて思えない子なのよ」

「それで？」

「庭のガラス戸をあけて、よしなさいっていったわ。きっと御近所だって見てるもの。やめないのよ。家へいらっしゃい。二人でいらっしゃいっていったって、知らん顔。かえって女の子の方が気にして、私にお辞儀をしたり、繁をやめさせようとしてたけど、バカみたいに真赤になって唄ってるの」

「ノイローゼじゃないだろうな」

「私も、そう思ってぞっとしたわ」

「それで？」

「いなくなって、夕方ひとりで帰って来たわ。頭ごなしに怒るのもと思って、一緒にいた子だれ？　って聞いたら、文句ある？　っていうのよ、すごい顔で。あんなに大きな声で唄うんだものおどろいたわっていうと、静かならいいってもんじゃないだろって、まるで喧嘩腰なの」

「なんだっていうんだ?」

「分からないわ。合格した人が、大学へ行きはじめてるし、一番つらい時かも分からない、と思って、それ以上なにもいわなかったけど」

いろんな事をほうっておいた、と思う。背を向けて仕事にかまけているうらに、オートバイが則子をはねかけたり、繁がおかしくなったりしている。

「他にもあるのか?」

「怒りっぽいのよ。二階で怒鳴ったりするわ」

「怒鳴ったり?」

「ひとりでワーッっていったり」

「仕様がない奴だ。試験に落ちたぐらいで、なんてざまだ」

「昨日も、お父さんは、どんな仕事をしてるんだっていうのよ」

ぎくりとした。

「繊維機械を売っているんでしょ、っていったら、どんな風に売ってるのか、お母さん知ってるかって——」

「それで?」

「知らないって言ったら、好奇心を持たないなんて変だっていうの。自分の夫が、どんな苦労をして、どんな風に仕事をしているのか、一緒にいて知ろうとしないっていうのは、おかしくないかっていうの。お父さんは、仕事のことはいいたがらないでしょっていうと、いいたがらなければ、それっきりなの？　夫が一日の大半をつかってしていることに、なんの好奇心もなく一緒に暮してるの？　ってしつこいの」

まさか繁が知っている筈はない。死体の輸入は、社内でも関係者以外は知らぬ筈である。しかし、さっきの繁の目は、死体と結びつければ説明がつく。誰に聞いたのか？　そんなことを漏らす人間は、思い当たらなかった。

「どんな風にして売ってるの？」

則子が、そんな事を聞いていた。

## 澱《よど》みの中で

「繁」

ドアの向こうで父の声がする。

「なに？」

父が入って来た。父が部屋に入ってくることなど何年ぶりだろう。

「あけないか。いい天気じゃないか」

窓へ行くまでに、カバンとセーターとマンガ雑誌二冊をまたがなければならない。父は文句をいわなかった。黙ってまたいで、窓をあけた。日曜の河原のさざめきが鮮明になる。続いて、やわらかい風が入って来る。

「なに?」

ベッドから身を起こした。

「うむ」

父は川を見たままだ。ベッドからおり、床のカバンとセーターと二冊のマガジンを机の上におく。

「日曜テストは、どうだった?」

「まあまあだよ」

「慌てることはない。まだ四月だ」

「慌ててないよ」

本当だった。試験なんか、半分ぐらいどうでもよくなっていたのだ。大学へ行くのはよそうという気に、かなりなっていた。就職するために大学へ入るなんて事(他にどういう意味があるだろう。勉強をしたいわけでは全然ないのだ）が、どうしようもない頽廃《たいはい》に思えるのだが、そんなことをいって大学へ入らないと、一生後悔するのではないかという不安も捨て切れず、曖昧に予備校へ通っているのだった。

「お母さん、心配してるぞ」

「そうかな？」

「当たり前だ。土手で唄ったり、部屋で叫んだりしたそうじゃないか」

「いけないかな？」

「何故そんなことをする？」

「唄うのに理由がいるかな？」

「自棄になってるんじゃないか、とお母さんは心配している」

「その反対さ」

「どういう意味だ？」

「春だからね。ウキウキしてるのさ」

父は黙った。投げやりな返事と思っても無理はない。事実ウキウキなどしていなかった。いらいらしてるといってもいい。

父にだって本当は怒鳴りたいのだ。いい加減じゃないか。母を疑っていないのか？　息子が

「浮気は嘘だ」といえば、それで終りか？　あんまり簡単じゃないか。愛してたら、もっと疑うはずだ。少なくとも、ぼくならもっと疑う。曖昧なままキスなんて出来ない。何故ごまかしてしまうんだ？　哀愁の父親は相手の男を刺しに行った。父も刺しに行けとはいわないけれど、問いつめて喧嘩するくらいのことはあっていいじゃないか。あんまり平穏じゃないか。生き生きしてないじゃないか。

しかし、いまの自分のままでは、人は非難出来なかった。生き生きしていないのは、お互いさまだ。「大学へ行くのはやめる。明日から働く」とはっきりいえれば、父も母も姉も非難出来る、と思うのだが、まだ社会へとび出す勇気がないのだ。

「お母さんに——」と父がいった。

「え？」

「お父さんは、どんな仕事をしているのか、と聞いたそうだな」

「ああ」

「どんな仕事をしていると思うんだ？」

「知らないよ。ただ、気がついたら全然知らないからさ。こんなに知らないなんて、どっかおかしいんじゃないかと思って、お母さんに聞いたら、お母さんも知らないから、妻のくせにあんまり関心がないじゃないかって、ちょっと当たっちゃったんだ」

「仕事のことなど知る必要はない」

「そうかな？　お父さんが大半の時間をすごしている事に、なんの関心もないっていうのは、少しおかしいかと思うんだ」

「家族というものはそういうものだ。お前の勉強の内容をお父さんは知らないが、だからといってお前に関心がないわけではない」

「そりゃあ、そうかもしれないけど――」

　正直いって、そのことに就いては、それで説得されかけていたのだ。ところが父が、妙にしつこく念を押したのだ。

「いいか。お父さんの仕事など忘れるんだ。勉強をすればいいんだ。お父さんの仕事なんかに、余計な気を回すんじゃない。お前とは関係のないことだ」

　そのいい方が心に残った。かすかな悲しみのようなものがあったのだ。


　翌日の夕方、予備校の帰りに、電車で堀先生に逢った。ばったり逢ったのではなく、また向こうが声をかけてくれたのだった。ドアの脇で、ぼんやり外を見ていた。

「新宿へ行ってるんだって？」

　さっきから傍に立っている男が、急にぼそりとそういい、その声が堀先生なので「あ」と不意をつかれたような感じだった。

「気がつかなかったなあ」と一礼すると、

「瞑想にふけってたな」と笑った。

「よく、歩いてて、友達なんかにも、おいいなんていわれるんです」

ちょっとオタオタ弁解した。

「どうしてる?」

「ええ」

「浪人なんてものは、しておくもんだ」

「はあ」

電車の中で「浪人」とかいわれたくなかったが文句もいえない。

「俺も一年やったよ」

「そうですか」

「よかったと思ってる。学生時代なんて祭りのようなもんだからな。その間に、ぽつんと孤独な一年があるのはいいんだ」

そんなことをいう堀先生は、はじめてだった。へえ、人生論みたいなこともいうんだな。卒業したんで、多少大人扱いなのかな、などと思った。

「コーヒーでものむか？」

「いえ」

「そうか」

電車を降りて、改札の方へ歩いていると、なんだか先生に、いろんな気持ちをしゃべりたくなった。そういう話相手がいないのだ。信彦は浮かれていて、あまり電話もよこさない。それに彼は「生きる」とか「人間」とかいう話は苦手だった。「バカ。気取っても無駄ってもんよ」とか照れて、冗談にしてしまうのがオチなのだ。

「あの」

「うむ」

「やっぱり、あの、コーヒーのみます」

「そうか」

冬に姉としゃべったスナックへ入った。隅へかけると「いい季節になったな。昨日は川べりを随分歩いた」などと老《ふ》けたことをいう。

「そうですか」

やっぱり先生とさし向かいというのは、あまりいいものではなかった。おしぼりで顔を拭いていると、

「なんか話があるのか?」といわれた。

「いえ」とついいうと、

「そうか」とすましている。

「いえ」とか「別に」とかいう言葉は、クッションみたいな使い方もあるのに、すぐ言葉通りに受けとってしまうのだった。まあ、それでもよかった。考えてみれば、気持ちを話すといったって、母が浮気をしたの、姉が強姦されたのという話が出来るわけもなかった。

しかし黙っていると、先生も黙っている。ちょっと息苦しくなって、

「サラリーマンていうのはですね」といった。

「うん」

「やっぱりぼくなんか実体を知らないと思うんです」

「うむ?」

父の話なら出来た。それも人に話したいことのひとつだった。

「昨日、父と久し振りで話をしたんですけど、仕事のことを話したがらないんですよね」

「そうか」

「お前たちには関係がない、とかいうんですけど、そのいい方に、ちょっとハッとするようなもんがあったっていうと、なんだかキザですけど」

「そんなことはない」

「照れるけど——悲しいようなニュアンスっていうか、そういうのがあったんです」

「そうか」

「父は知られたくないかもしれないけど、なんだか父がどんな事で苦労してるか知りたくなりました」

「いい事じゃないか」

「はあ。部下の人とか同僚の人とか、誰かに聞いてみようかなんて思ってます」

その時、姉が入って来たのだった。

姉は少しおかしかった。

繁が見ているのに気がつかないで、すぐ傍のテーブルへたどりつくように腰を掛けた。目の下に隈《くま》が出来て、ひどく疲れている感じだった。

「あ、姉なんです」

気がついて堀先生にいうと、その声で姉も繁たちを見た。

「あら」と小さくいった。しかし、あきらかに偶然を面倒がっていた。

「高校の堀先生だよ。英語の」

「こんにちは」

堀先生が微笑して頭を下げると「こんにちは」とお義理にちょっと笑顔になり、すぐカウンターの方を見て「コーヒー下さい」といった。その時は、もう笑顔ではないのだった。

「こっち来いよ」

嫌がるのは分かっていたが、一応そういう風にいわないと格好がつかない気がした。先生と話してるのに、家の者が隣のテーブルで（連れがあるならともかく、一人で）勝手にコーヒーをのんでるというのは悪いような気がした。案の定、姉は「え？」とききかえした。

「いいじゃないか。疲れてらっしゃるようだ」と堀先生がいう。

「はあ」

手続きのようなものだった。

「ま、一人でのんでってくれよ」と冗談めかして姉にいい、堀先生に「春休みには、根府川へ帰ったんですか？」と無理矢理話題をつくってそういった。

「日光へ行ったよ」

「日光ですか？　日光なんて」先生は何度も行ってるんじゃないですか、といいかけると、

「無論ぼくは行きたかないが」という。

「あ、恋人とですか？」

ひらめいて、ウヒと笑うと、

「両親だ」と苦笑した。

「なんだ、両親ですか」

まったく、独り者が春休みに両親と日光へ行くなんて、先生らしいというか、快楽の匂いがあまりにないというか。

「親孝行なんですね」

「たまだよ」

満更でもなく笑って、先生はやって来たコーヒーに律義にミルクを入れ、砂糖を入れた。一種の魅力がないわけでもなかった。新鮮味はないが、ガタガタしないで生きている人の、安定感とあたたかさがあった。

「寒かなかったですか?」

「寒かったが、見物は二の次でね。年寄りは温泉に入ってのんびりしたいのだ。そのつき合いだ。むしろ、ふやけた」

二人で笑っていると、急に姉が「いいかしら?」と口をはさんだ。

「どうぞ」

「すみません」

今度は、しおらしいような微笑で立ち上がった。まったく勝手なのだ。たったいま、こっちへ来るのなんかうんざりという顔をしたくせに、気が変わると微笑を浮かべてあっという間に堀先生の横に掛けていた。そっちの方が壁に寄りかかれるのは事実だが、普通なら弟の横へ掛けるんじゃないだろうか。

「電車で弟さんと逢ったものですから」

「そうですか」

「私も、この先に住んでいるものですから」

「そうですか」

猫をかぶれば姉は結構美人だった。堀先生は、ちょっと固くなっていた。

「こんな事、いきなりお願いするの、本当に悪いんですけれど」

姉が妙なことをいい出した。

「は?」

「姉さん――」初対面でなにをいい出すんだ、と慌てて口をはさんだが、姉は繁を無視した。

「頼む人がいないんです。一人じゃ駄目なんです。力になっていただけないでしょうか?」

「どういうことでしょう?」

堀先生は、気にしないで姉に微笑した。

「ものを頼むなんて失礼だよ」

無視された口惜しさもあって割り込むと、

「いいじゃないか。お役に立てることだったら、喜んで力になりますよ」

と堀先生は、やや格好をつけた。

分からなくもなかった。仮に姉が他人だとして、「お願いがある」などといわれたら、繁だって、ちょっと役に立ちたいと思うだろう。その程度にはやはり綺麗なのだ。

すると姉は、繁を見て、

「悪いけど、行っちゃってくれない?」

というのだ。行っちゃって?

「どこへ?」

「先に帰ってくれない」

「そりゃないだろう」

先生の前だが、ちょっとカッとなった。

「あなたがいちゃ困るのよ」

「ぼくの事なのか?」

「ちがうわよ。悪口なんかいわないわ」

「いやだな」

どんな話にせよ、初対面の堀先生に話せることが、ぼくに話せない、というのは気に入らなかった。

「しかし――」堀先生は、二人きりになりたい、といわれて悪い気はしないらしく「たとえば繁君は、一時カウンターの方にいるというのはどうかな？」と他愛なく姉の味方をするのだ。

「理由はなんだよ？　納得出来れば行くよ」

「子供だからよ」

「子供？」

ひと前で姉弟《きょうだい》喧嘩はしたくないが、チャーリーのことでは、殴り込みにまで行ってやった弟を子供扱いにするのは、あんまりだった。

「ぼくは子供じゃないよ。話せよ。姉さんが嫌がる事を、ぼくがお母さんたちにしゃべったことあるかよ？　今更子供だなんて、そんな侮辱は許せないな」

「すみません」と姉はいった。繁にではなく堀先生にだ。「すぐこんな風にムキになるんですの」だと。

なにをいうか、と怒鳴りたいが場所柄を心得ていた。つまり子供ではないのだ。

「どんな事か知りませんが」と堀先生がいう。「繁君を子供扱いしなくてもいいでしょう」当たり前だ。「ひと通りなんでも分かってる年ですよ」

「ええ――」

姉は繁の方は見ないで「仕方がありませんわ」といっぱしの口をきき、小さく溜め息をついた。何歳ちがうと思っているのだ。たった二歳だ。ぼくが子供なら、お前だって子供だ。

「実は、一緒に行っていただきたいところがあるんです」

「ええ」

堀先生は、姉の横顔を見て、うなずいた。

「今日、思い切って一人で行って来たんです。なんだかんだって意地悪をいうんです。もう一度また一人で行く勇気がないんです」それからちょっと絶句し「もう耐えられないわ」といった。

急に語尾に泣き声がまざった。なんの事か分からなかったが、茶化したりすることではないことは分かった。

「何処へいらしたんです?」

さすが三十歳だった。あったかい声で、先生は静かにうながした。

「病院は他でもいいんです。今日のところはもういやだわ。別の病院でいいんです」

「病院ですか?」

そこでもう繁は見当がついた。しかしショックも受けていて、声が出なかった。

「全身麻酔じゃないけど、全身管理を必要とするし、まかりまちがえば、生命にかかわることだし、一人で来たのを、はいはいって、すぐ手術なんか出来ないっていうんです」

「手術ですか？」

堀先生は、まだのみこめないようだった。

「立派な手術だっていうんです。優生保護法がどうとかって、根掘り葉掘り聞くんです。結構ですって、帰って来ちゃったわ」

姉は、屈辱を思い出すように、身をふるわせた。

三人で川べりへ出た。

ぼんやりした夕焼けだった。

川崎側の堰《せき》近くで、子供が二、三人まだ遊んでいる。笑い声や叫び声が、きれぎれに小さく川を渡って来た。

先生は黙っていた。

姉が妊娠中絶をしようとしていることが分かると、先生は急に顔を上げ「ここじゃない方がいいでしょう」といった。繁は背を向けていたが、スナックのママが聞いていたようなのだ。別にママを非難する気はない。すいていれば自然に耳に入るし、大体そんな話をスナックで初対面の先生にしゃべり出す姉が無茶なのだ。

「無茶は分かっています」

歩きながら姉はそういった。

でも母にはいいたくない。男友達にも頼めない。一人でまた行く勇気はない。

「誰もいないんです」先生の声を聞いていたら、なんだかとてもあたたかい方に思えて「心細くて――」ふらふらとしゃべり出してしまったのだ、といった。勝手な話だった。大体恥知らずだ。先生に対する羞《はじ》らいがなかった。先生を多少とも「いい男」だと思っていたら、そんなことをしゃべり出すことは出来ない筈だった。どう思われたってかまわない、と思ってしゃべり出したに決まっているのだ。利用するためにだけ先生に近づいたのだ。姉にはそういうところがあるのだ。

しかし、堀先生は怒ったりしなかった。

「あまり突然で――」と控え目にいっただけで黙って歩いた。繁の頭の中は、めちゃめちゃに回転していた。しかし、こういう時どうなにをいったらいいのか、さっぱり言葉にならなかった。

「愚問かもしれませんが、相手の男の人が、一緒に行ってくれるということはないのですね?」

先生はそれを、言葉を選ぶようにゆっくり口にした。もっともな質問だった。そんなことは、もっと早く姉がいうべきことだった。

「ええ」姉は寒くもないのに、寒そうに両腕を抱くようにしていった。「アメリカ人なんです。よく知らない男なんです。無理になんです」

「そうですか」

あとは黙って川べりへ出たのだった。

先生は考えていた。なにを考えているのか分からないが、とにかく考える顔をして長いこと黙っていた。

鉄橋を何度も電車が通った。

繁は突然ぞっとした。これもまた、わが家のやり方じゃないか、と思った。妊娠までしたというのに母にも告げず、ひとりで処理して平穏にすまそうというのだ。

どうして母にいわないのだ。母にいい、母が驚き歎き、父もわめいたりして、病院へ行ったり、相手の男をつきとめたり、姉をいたわったり、そういう風に大騒ぎをするのが家族というものじゃないだろうか？

大体、何故母は、娘の妊娠に気がつかないのだ？　ドラマなんかじゃ、母親がさっと気がついたりするじゃないか。どうかしてるんだ。どこか無関心なのだ。平和なだけなのだ。いろんなことが起こっているのに、こんなに平穏だなんておかしいのだ。

「ぼくは――」

先生も姉も、繁の方を見た。夕闇がただよい、風が少し出て来ていた。

「ぼくは、お母さんに話すのが一番だと思う。母親に相談するのが――」

「バカな事いわないで頂戴！」

姉が大声を出した。

「親じゃないか。他人に話して、どうして親にはかくすんだ？」

「大騒ぎをするわ。これ以上神経かき回されるのはたまらないわ！」

「ぼくが言ってやる。大騒ぎしないように言ってやるよ」

姉は更にわめいた。「だから子供に話すのは嫌だっていったのよ！」

いい恥さらしだった。しかし繁も「少なくとも先生に頼むことじゃないよ！」とわめいていた。

すると、つられたように先生も大声を出した。

「そんなことはない。行きましょう！　お役に立てるかどうか分からないが一緒に行きましょう！」

先生の声には、ちょっと悲壮な感じがあった。

「私は――私はぼくは――」先生は混乱していた。「こんなことを頼まれるのが非常に遺憾でした。残念でした」

「そうですよ。先生がつき添うなんてバカ気ています」

するると姉が急に泣きそうな声で「行っちゃってよッ！」と縏にぶちかかって来た。逃げると素早くつっこんで来る。「やめろよ！」「お母さんにいえば、お父さんに伝わるじゃないの！」あくまでしつこくぶとうとするのだ。「伝わった方がいいさ！」「騒ぎにして誰が得をするの！誰もいい事ないじゃないの！　こんなこと早く忘れたいのよ！　早く始末して忘れたいのが分からないの！」

「そんなに走るなよ！　身体に悪いだろ」

「あんたが逃げるからでしょ！」

「ぶ、ぶつから逃げるんじゃないか」

「とまりなさいよ！」と追いかけて来る。「とまりなさいったら！」

妊婦だからとつい足がゆるんで「ぶつなよ」と振りかえると、すごい勢いで体当たりをして来た。ひどい妊婦だった。よろける縏を大きく腕を振ってぶん殴るのだ。

「ぶつわよ。人が一所懸命なのに。なによ！　なによ！　なによ！　なによ！」と一声一発の感じでボトッボトッと殴るのだ。泣いているのだった。

「分かったよ。やめろよ」

なんとかガードして、姉の両腕をつかんだ。

「分かったよ」

「なによ」ひどい顔だった。「人がこんな思いをしてるのに、なによ！」両手を繁に摑まれたまま、声をあげて姉は泣いた。「親を、親を、驚かしてなんになるのよ！　なんにもなりゃあしないじゃないの」

つまりは見解の相異だった。

繁は、姉がこんな思いをしているのだから、家族全員で、それに手をかしたり、一緒に怒ったり泣いたりしたらどうか、と思うのに、姉は、得もしないことで家族に余計な思いをさせたくない、ということらしいのだ。

「泣くなよ。もういいよ」

泣いている姉の息が顔にかかり、握った腕から体温を感じた。「姉さんのいいようにしろよ」

「いわないわね？」

「いわないよ」

急に姉は腕をふりほどいた。涙を拭いた。泣きやんでいた。まだ、しゃくりあげるようにしているが、誇りをとり戻そうとするように髪をさっと振り、胸をはり、川をにらんだ。

負けず嫌いなのだ。親を心配させまい、というより親に弱みを見せて今より支配されるのが嫌なのだ。

「もっと早く――」

急に傍で先生の声がした。先生を置いて、二人でかなり走って来ていたのだった。

「もっと早く、気持ちよく引き受けてあげたかったのだが――」

さっきの混乱した感じはなかった。姉がなんにもいわないので「いいえ」と繁がいった。

「前にもね、似たようなことがあったんだよ」口調は繁向けだが、先生は繁の方は見なかった。姉のやや後ろ目に立って川を見ている。

「いやな思い出だ。好きな人だった。逢いたいというから喜んで出掛けて行った。ところが、ぼくの友人に捨てられたというんだ。病院へ行く金を貸してくれっていわれた。似てるじゃないか。さっきはショックだった。二度までそんな事があるなんて、マンガじゃないか。ぼくは相談相手にしか見えないのか？　男には見えないのか？」

「そんな事はありません」

繁は急いでそういった。この間までの生徒の前で、虚勢をはらずに、自分は「男には見えないのか？」などと悲痛なことがよくいえると、ちょっと胸を打たれたのだ。

先生は、姉を見た。

「一緒に行きましょう。私が医者に話してあげましょう。但し、条件がある」

「条件？」

姉が、はじめて先生を見た。

「たまにつき合って下さい。変な意味じゃありません。学校の教師のつき合いなんて狭いのです。限られた世界だから――」

「こんなお願いをする以上」姉は先生の言葉をさえぎった。「たまにおつき合いするぐらい当たり前じゃないでしょうか?」

姉はすぐこうなのだ。そりゃ理屈としては姉のいう通りだ。先生の「条件」は馬鹿気ている。知り合いになったのだから、つき合いたければつき合えばいいので「条件」とかなんとか大げさにいうことではなかった。

しかし先生は、多分女性に対して臆病なのだ。きっとさっきの話のように何度も失望したりしているのだ。それで単に「つき合う」ということでも「条件」だなんていいたくなってしまうのだ。

姉は、そういう相手の現実に思いやりがなかった。すぐ頭のよさを(たいしたよさでもないのに)ひけらかしたがるのだ。(こういうところがなおらない限り、姉は永遠に救われないだろう)

「そうですか」と先生はいった。「じゃあ、たまに雑談の相手でもして下さい」

こう書くと先生は卑屈みたいな印象を受けるかもしれないが、そうではなかった。少なくとも卑屈になるまいとしていた。繁だって三十までもてなければ、たまにキッカケの出来た女に対してつい卑屈になったり尊大になったりするかもしれない。つまり何気なくつき合うことが出来なくなっているだろう。

先生はつい「条件」だなんてバカなことをいい出したのだ。きっと今夜ひとりになって、なんてつまらないことをいったのだろうと、思わず「ギャッ」と声をあげたりするようなタイプなのだ。そういう男を女は嫌いかもしれないが、繁は嫌いではなかった。自分にも多少そういうところがあるし、鈍感で「男らしい」男より、ずっといいと思うのだ。しかし、姉にそんな魅力を分からせることは、針の穴にラクダを通すようなものだった。

三人で土手をおりた。

「明日は三時に授業を終ります。雑用はありますが、あと回しに出来ます。三時半なら駅へ行けます。新宿でも四時なら確実です」

先生は事務的にそんなことをいった。

「下北沢にジュジュという喫茶店があります。新宿へ向かって進行方向左へおりて下さいますか」

姉も事務的に道順をしゃべり出した。感情をさらけ出したさっきの自分をお互いに忘れたがっているようなところがあった。

「では、三時四十五分から四時までの間に行きます」

「お待ちしてます」

「さよなら」

先生は繁にもさよならといって背を向けて歩きはじめた。

ほんの二時間足らずの間に、学校にいた頃の先生のイメージがかなり修正された。親しみも増したが、先生もいろんな思いをかかえてるんだなあ、と「哀れ」といってはいいすぎだが、同情したいような気持ちで見送った。しかし、先生の後ろ姿は、そんな憐れみを拒否するように肩肘《かたひじ》を張っていた。

「疲れた」

ポツンと姉がいった。そういえばスナックへ入って来た時から姉はくたびれ果てていたのだ。

姉が妊娠しているということを、改めて意識した。なんとなく不気味だった。

「気持ちわるくなったりしないのかよ?」

「してるわよ」

「バレないか？　お母さんに」

「バレないようにしてるもの」

姉もいろんな思いをして、姉なりに頑張ってはいるのだった。

「金あるの？」

「あるわ」

「いくらかかるんだ？」

「いくらか出せる？」

「二千円ぐらいなら」

「ケチね」

結局三千円とられた。翌日、姉は先生と病院へ行き、中絶をした。費用は三万六千円ということだった。母は気がつかず、わが家は依然として平穏の中にいた。

## 品川埠頭《ふとう》

五月の第一日曜日。昼下がりに一家で川沿いを散歩した。よく晴れた一日であった。

謙作にとっては、久し振りのなにもない休日である。

十時まで寝ていた。

八時すぎに目がさめたが、十時まで寝ていることにしたのである。体力がおとろえている。眠れる時には眠っておかなければならない。目を閉じ、眠るように努めた。疲れているから、しばらくするとうとうとする。うとうとした頭の中で、一日の配分を考えていた。半ば習性である。

十時に起き、十一時まで食事と新聞。十一時から十二時まで庭へ出て太陽を浴びる。体操をしてもいい。運動不足も体力にひびいている。十二時から一時まで、手紙を書く。なにもない一日とはいえ、数通の私信は片付けなければならない。心の隅で、いつも気になっていたのである。

釧路《くしろ》の母からの手紙の返事もそのひとつであった。父も母も元気で、長兄も先日ドックに入り、多少血圧が高い他は異常はないといわれたという。何よりであった。兄弟二人である。兄が健康でいてくれることは、ありがたかった。

兄が倒れれば、両親の面倒は謙作が見なければならない。この家に年寄りを迎えたらどうなるか。空間はなんとかつくるにしても、精神に余裕がない。姑の苦労を知らない則子に簡単に世話がつとまるとは思えない。間に立って、相当な神経を使わなければならないだろう。いまの仕事の量に、そんな苦労が重なったら、倒れることは目に見えている。

倒れる？　本当に倒れるか？　この頃俺は倒れるといいすぎる。人にはいわないが、自分にはよくそういっている。深夜の車の中で「この調子でいつまで保つか」とよく考えていた。

半ば願望なのかもしれない。すべての仕事を中断した一週間ほどの入院。穏やかな日々。そんな生活を甘美に空想しないでもなかった。しかし、そんな弱気に対する嫌悪もある。だから、予定通りに十時に起きた。

一時までに三通の私信を書き、軽い食事をすませ、二時から一家で散歩に出たのである。これも予定のひとつであった。畳でごろごろしていたいところだが、四人が家にいるなら、四人一緒の時間も必要である。

こうして休日も時間刻みになって行くが、たまにしかない休みでは仕方がない。夕飯のあと、二時間ばかりはひとりで本でも開くか、と思う。買ったまま読んでいない本がたまっている。「二、三冊斜めにこなす」つもりである。そのあとは則子との夜も考えなければならない。「われながら、忙しい男だ」

土手を下流に歩きながら、ひとりで薄く苦笑し、謙作はわれにかえった。

振り向くと、少しおくれて三人がついて来る。

「繁」

「うん？」

「うまいコーヒーをのませる所はないか？」

「知らないなあ」

「土手をはずれて、ドライブ・インかなにかで一服するかな」

「うん――」

気のない返事であった。則子も律子もなにもいわない。

土手を歩く人は多かった。二人連れ、家族連れ、若い男女のグループ、犬と子供。その中を、黙って四人が歩く、気にかけなかったが、意識するとその沈黙が次第に重くなっていった。

何故黙っている？

自分に話しかけろ、とはいわないが、お互いにしゃべることはないのか？　則子も律子も繁も、ただ黙って歩いている。楽し気でもない。むしろ、仕方なしについて来たという風にさえ見える。

どうしたのだ？　この沈黙はなんだ？

謙作は、急に寒いものを感じて、改めて家族を振りかえった。

「どうした？」

「え？」と則子が顔を上げる。

「なにを黙っている？」

「黙って？」

「黙ってるじゃないか」

「そうかしら？」

「さっきから誰も口をきかない。ただ黙ってついて来る」

「そういえばそうだけど」と律子が苦笑気味にいう。

「いいお天気なので、ぽーっとしてたのよ」と則子。

「お父さんも変なこと気にするのね」

「ほんと」

二人で笑った。繁は、ふくれたように端を歩いている。

「気にしているわけじゃないが」と謙作は前を向いた。

「そうね。コーヒーでも、どっかでのみたいわね」と律子の声がいう。

「いいわね」と則子の声。

しかし、そんな背後のやりとりにも、どことなくわざとらしさを感じた。とり繕《つくろ》っているようなところがある。散歩を楽しんでいない。前には、こうではなかった。うるさいくらい三人でしゃべっていた。三人にしゃべらせて、その前を黙って歩く楽しさがあった。

子供の年齢なのかもしれない。そういえば、かなり前から律子は黙りがちになっている。ただ、それをおぎなうほど繁が母親とよくしゃべっていた。その繁も大学へ行く年齢である。次第に、静かな散歩になって行くのは、当たり前なのかもしれない。「気にする俺がどうかしている」

しかし、背後を家族が黙ったままついてくるというのは嫌なものだった。一体、なにを考えているのか。一人一人、自分の世界があり、それぞれがバラバラなことを考えて歩いている。則子は、なにを考えているのだろう？　律子は？　繁は？

想いめぐらすが、殆ど歯が立たなかった。なにも知らない。「だからどうだというのだ？」やれやれ、ノイローゼか？　そんなものには、とりつかれたくないものだ。

両手を高くあげた。ああッと歩きながらのびをする。

背後から、誰かがなにかをいうかと思ったが、声はなかった。

四時から少し和室でうとうとした。

「あ、起きた？」

目をあけると、斜光線の中に繁がいた。いつの間にか毛布がかけてある。

「何時だ？」

「四時半すぎだな」

「なにをしてる？」

「坐ってるだけさ」

立てた両膝の間に顎をうめるようにして繁は謙作を見ていた。

「なにを見ている？」

「さっき、宮部さんから電話があった」

部下である。

「何故起こさない？」

「いいっていうんだ。言っといてくれって」

「なんだ？」

「明日、晴海《はるみ》へつく予定の船が、品川になったって、時間は、午前十時で変わらないって」

「そうか」

いいだろう。それだけなら、繁にはなんの事か分からない。

「お父さんは――」と繁がいった。

「うむ？」

「家族を自慢に思ってる？　それとも、ひどい家族だと思ってる？」

「別に――」といいかけると、

「なんとも思っていない？」と妙に鋭く繁がいった。

「どうした？」

「さっきの散歩、ぼくもつまらないと思ったよ。みんなで黙ってるなんて、おかしいよ。でもさ、おかしいと思ったんなら、何故お父さんがしゃべらないんだ？　お父さんが、みんなにしゃべりかければいいじゃないか」

「お前も、バカに黙っていた」

「待ってたのさ。お父さんが、しゃべりかけるのを待っていたのさ」

「なにを興奮している？」

「べつに興奮はしてないよ」

いいながら繁は、ちょっと迷うような表情を浮かべた。

「なにかあったか？」

「なにもないよ。ただ――」

「ただなんだ？」

「夕飯には、もっとしゃべれよ。お父さんが主導権をもってしゃべれよ」

いきなり立ち上がって出て行った。

「主導権か」

謙作は小さく苦笑した。父親が主導権を持たぬことが不満とはな、と軽い失望のようなものがあった。たしかに家庭の会話をリードするというような事に努めた事はほとんどない。はじめから、おりていた。それにしても繁はいくつだ？　そんなことで父親に不満を抱いていると は意外じゃないか。自分があいつの頃には、すでに一家の団らんなどに関心はなかった。家族が黙っていようと、しゃべっていようと知ったことではなかった。十八にして、まだそんな事が気になるのか。しかし、その幼さが繁のよさなのかもしれない。金銭の苦労も飢えもなく、平和に育って来た青年のナイーブさなのかもしれない。可愛くないこともない。よし、夕飯では、大いに主導権を発揮するか、と毛布をはねのけて起きた。

食卓では、カラチの話をした。

久し振りの謙作の饒舌に則子も楽し気であった。律子も案外で、笑うべきところでは他の二人と一緒に結構笑い声をあげていた。

繁のいうことも満更ではない。昼間、黙って歩く家族に不気味なものを感じたことが、おかしくさえあった。つまり張本人は、俺なのだ。俺が黙っていたから、なんとなく空気が沈んでいたのだ。何故黙っている？　と黙っている謙作からいきなり聞かれた則子もおどろいたろう。

食事の終りに近く、こんなもんでどうだ、とふと繁を見てドキリとした。慌てたようにそらした繁の目に、なにか深く諦めた、大人びた色があった。「なんだ？　その目は」と咄嗟に聞きそうになって、自分を押さえた。

そして、翌日が来た。

十時に品川の外貿埠頭で「荷」の通関に立ち会ったのである。五十体であった。東京へは二度目の受け入れである。トラック五台を用意した。

輸送車の問題は、はじめの時から苦労した。一度に多量の死体を運ぶことが日本ではあまり例がない。米軍あたりには、そのための車があるのかもしれないが、借り出すのは簡単ではない。それに、なるべく関係者の規模を小さくしておきたい、ということもあった。

結局冷凍用のトラックを使ったのである。中型車五台であった。積む気なら一台にいくらでも積めたが、行先が五方向であった。十体ずつ別の大学に運ぶのである。それなら五台にしよう、というのは、あきらかに無駄な金の使い方だが、せめて多少の無駄をすることが、遺体への罪ほろぼしになるという勝手な感傷が謙作にあった。

風の強い埠頭で、通関をすませた死体が、トラックに積みこまれるのを謙作は見ていた。

そして、何気なく埠頭の入口に目を向けたのである。

繁が立っていた。

そんな訳がない。目をこらそうとすると、「部長」と宮部が呼んだ。

「おう」

トラックが出るのである。先頭の一台に乗って、千葉県下の大学へ行くことになっていた。トラックに向かいながら、もう一度ゲイトの方を見た。遠い人物は、謙作に向かって軽く手をあげた。仕草が繁であった。

なにしに来たのだ？

埠頭は閑散としている。入港船は謙作たちの一隻だけである。その荷揚げ作業ははじまっていたが、ゲイトまで動きは及ばない。倉庫と倉庫の間の、静かな広い空間に繁は立っていた。

「じゃ、私はこの足で、富岡まで行ってまいりますから」と宮部がいう。

「ああ」

ドアを閉めると、トラックは、すぐスタートした。

「××ですね」

運転手が行先を確かめる。

「そう」

正面に繁がいた。トラックを迎えるように立っている。笑っていた。バカ、あぶないじゃないか。

「停めますか?」

「いや、いい」

咄嗟に断った。パッと繁がよける。よけながら謙作に向かって、またちょっと手をあげた。笑顔であった。

「知った人じゃないんですか?」

「いや」

「へえ」

運転手は割り切れないような声を出した。もう東京税関の横を通っている。ふりかえっても見えないだろう。一体、なにしに来たのだ。


次々と走りすぎるトラックを繁は脇に寄って見ていた。

父の働く姿をはじめて見たのである。トラックに乗り込んだのは、意外であった。漠然と想像していた働く父の姿とはちがっていた。

「意外とハードだよな」

来てみてよかった、と思った。こういうことが大事なのだ。お母さんも一度見に来るといいのだ。仕事は多分、会議をしたり電話をかけたりセールスに回ったり銀座のクラブでのんだりしているぐらいの事だろう、と見当をつけていると、トラックに乗っているのだ。トラックに乗って激しく稼いでいると思えば、留守番をする気持ちだって、多少は変わってくるだろう。繁だって、あんまりフラフラしないで、勉強するなり勤めるなり、はっきりしなければなどと思うのだ。

昨日「品川埠頭に十時」という電話の言伝《ことづ》てを父に伝えた。夜になって品川埠頭なんて本当に知らないな、と思った。大体、東京港を見たことがない。晴海も竹芝桟橋《たけしばさんばし》も知らなかった。

そういえば、海も随分見ていない。高一の時、浜離宮から、ものすごくくさい海を見たきりなのだ。

親の仕事に余計な気を回すな、といった時の父の悲しげな表情が心の底にあったが、半分以上は海を見る気でやって来たのだった。父がいるとしても、きっと広い埠頭のことだ。どこにいるか分からないだろう。そう思っていた。

ところがすぐ分かったのである。荷揚げのすごい活気を予想して来てみると、父たちの一劃以外は、休日のようにシンとしているのだ。ゲイトで、ガードマンがチェックするのかと思えばそれもなかった。誰もいないのだ。

そして父がトラックに乗り込むのを見たのである。あっという間に、父は走り去って行った。

冷凍車だった。

冷凍車？　何故だろう？　繊維機械の部長が何故冷凍車のトラックに乗りこんでいるのだ？

軽い疑問だった。深くは追わずに、岸壁へ出た。風が強い。

「何処の人？」

背後で、離れて誰かが叫んだ。

振りかえると、中年の肥満したガードマンが繋の方へ歩いて来た。

品川駅へ行くバスは、なかなか来なかった。

他に待つ人はなく、広い白い道路は車もあまり通らなかった。

なんてこった、とさっきから何度も繁は小さく呟いていた。「なんてこった」

「いまのトラックかい?」ガードマンの声が耳からはなれない。「死体だよ。死体を輸入してるのさ」

「魚の?」

間が抜けたことを聞いたものだった。しかし、人間の死体だなんて、思いもつかなかったのだ。

「魚をこんな所でおろすもんかよ。死体っていやあ死体だよ。人間の死体だよ」

「人間の死体をどうするんですか?」

「解剖するのさ、大学で要るんだよ。学生が解剖するんだよ」

「それを、あのトラックが運んで行ったんですか?」

「他所へ行っていうなよ」

「いいません」

「商社がちょっと傾いてな、金儲けならなんでもやれとか命令が出たんだと。それであんた、解剖用の死体に目をつけたってわけだ。ひでえもんだ。なんだって奴らは商売にしちまうんだ」

「本当でしょうね？」

「本当さ。こんなこと冗談でいうかよ。運んだ奴から聞いたんだから間違いねえや。いうなよ」

「いいませんけど——」

「ここは砂糖専門の倉庫だ」

「え？」

「砂糖はみんな、ここの埠頭に決まってるんだ」

「へえ」

あとは、なにをいわれても耳に入らなかった。機械的に「へえ」とか「はあ」とかいって、そのうちガードマンもピントのずれた繋の返事にしらけて来て「聞いてんのかよ？」と気分をこわし、追い払われたのだった。悪いことをした、と思う。見学だ、といったら親切に説明してくれたのだ。しかし、父が五十体も六十体も死体を運んでいた、と聞いては他の事は耳に入らなかった。

「なんてこった」

とにかくドスンと殴られた感じで、その事を批判するとかいうような状態ではなかった。ぼんやり立っていた。

道路いっぱいに陽がやたらにそそいでいて、道が妙に白かった。そういえば風も結構強かった。しかし、気にならなかった。

理屈をいえば、ショックを受けたということは、その事実を批判した、ということになるのだろうが、そういう知的な判断ではなく、感受性をいきなり汚い手でかき回されたというような気持ちだった。

バスが来た。

客は繁ひとりだった。大きなバスに一人で乗っていると、夢を見ているような気がした。窓の外は、大きなコンクリートの建物と広い道路で、運転手は男なのに女の声で停留所の名前をしゃべり出し、親父は死体を輸入してトラックで運んでいる。気がつくと、すべてが異様でSFじみていた。

山手線のホームで、ようやく父に腹が立って来た。

どんな気持ちで運んでいるのだろう。多分いろいろ理屈をつけて、胸をはって、なにも感じないで、助手席にのさばっているのだろう。

でなければ、あんなに自信たっぷりに乗りこんだりは出来ない筈だ。しかし、ちょっと考えてみればいいのだ。仮に、母や姉が死んだとして、その遺体を外国人が買いに来たとしたら、どうなのだ？　船に乗せ、マグロかなにかみたいにトラックに乗せ替え、どっかへ売りに行くところを想像したら、どういう気持ちがするというのだ？　どんな死体だって家族がいるだろう。いないにしても友だちぐらいはいただろう。それもいないにしても、袋に詰められて売り買いされて、喜んでるわけがない。当人は全然得をしないのだ。生きてる奴が、勝手にいじくって金を儲けているのだ。ひどい話だ。しかも、それをやってるのが、自分の父親なんだから、泣きたいくらいだ。ひどい話じゃないか。

　気がつくと電車の中にいて、その電車が停まっているのであった。外を見ると、原宿《はらじゅく》の駅だ。駅だから停まっているのに不思議はないのだが、なぜかドキリとした。なぜドキリとしたのか一瞬鳥のように痙攣的に周囲を見回して、それは静けさのせいだ、と分かった。立っている人もかなりいるのに（繁も立っていた）電車の中は、ものすごくしいんとしているのだ。誰ひとり口を利かず、息をひそめたようにしいんとしているのだった。すぐドアが閉まり、電車は動き出した。すると、もうしいんとしていることは目立たなくなった。しかし、やはり誰もが口をきかず、しいんとして揺られているのに変わりはないのだ。そんなことに、なんの不思議があるだろう？　知り合いがいなければ黙っているのは当たり前だし、電車の中でべちゃくちゃしゃべる奴は（信彦を含めて）本当はあまり趣味じゃないのだ。しかし、何百人乗っているのか知らないけれど、その何百人がじっと押し黙って、狭い箱の中でゴトゴト揺られているのは、なんだか不自然な気が、いまの繁にはするのだった。すると、そんな時に限って「いまこの広告を御覧になっているあなた」などというインチキな車内広告が、目の前にあるのだ。「あなたを、私達はお待ちしているのです」と女の子が六、七人も、高原ではしゃいで手を振っている。「嘘もたいがいにしろ」と思う。「そんなに俺を待っているなら、俺が行ったら、抱きついてもキスしてもお尻に触ってもニコニコしているかよ？」

繊維機械部とかなんとかいって、日曜日の土手を散歩して昼寝してカラチで結婚式へ招ばれた時の笑い話をして、その実、もう普通の人間ではないのだ。普通の人間の感情がなくなって、平然と一方で死体を輸入しているのだ。

新宿で小田急の切符を買うために、自動販売機の前に並んでいると、それも癪に障った。何故人間と人間が接触する場所を減らそうとするのだ？　だから、普通の人間の感情が段々育たなくなって行くのだ。横柄な駅員に腹を立てるというのだって人間の感情を育てるのだ。機械に金を入れて切符がポトリと出て来るのでは、なんの感情も育たない。強いていえば無感動が育つだけではないか。

いつもなら、余計な口をきかないですむ自動販売機はむしろ好きだったのに、今日は猛烈に人間から切符を買いたくなったりするのだった。死体を平然と売り買いしている人間にくらべたら、無愛想な駅員の感情の方が、はるかに分かりやすく親しみやすかった。

親父は、まるでアウシュヴィッツだ。そうなのだ。アウシュヴィッツなのだ。あのポーランドにいたドイツ人たちは、何百人もの人間を殺しながら、家庭では「よきパパ」だった、という。そんな事が信じられるだろうか？　毎日人を殺しながら、家へ帰るとよきパパで家族を愛しているなどということが、本当に出来るものだろうか？　そんな切り替えがきくということは、前からどうも信じられなかった。しかし親父のことを思うと、そのドイツ人たちがよく分かるのだ。つまり、そいつらも親父も、本当は「よきパパ」なんかじゃないのだ。本当は、家族を愛してもいないし、関心も持っていないのだ。愛しているような気がしていたかもしれないけれど、本当は、感情がなくなっていたのだ。親父を見ればいい。親父は、母が浮気をしているという情報を耳にして、なにをした？　なにもしなかった。そうなのだ。感情がないのだ。だから死体を売り買いしても、あんな風に堂々とトラックに乗ったりしていられるのだ。

やっぱりロボットなのだ。哀愁の家の、感情むき出しの親父さんや兄さんの話を聞いた時、それに比べたらわが家の人間はロボットだと思ったけれど、いつの間にかあの時のカッとした気分が薄れて来ていた。しかし、あの気持ちは正しかったのだ。

ぶちこわさなければいけない。わが家をぶちこわさなければいけない。

「あら、予備校行かなかったの？」

家のドアをあけると母がそういった。

「行ったさ」

「まだ一時前じゃないの」

「休講だよ」

「休講なんてあるの？」

「あるのって——仕様がないだろ、あるんだから」

バタバタと二階へ上った。そういえば予備校をサボっていたのだった。言われるまで全く忘れていた。

「繁ちゃん」と母の声が下からする。「お昼はどうしたの？」

「欲しくないよ」

「どうして？」

「腹減ったら勝手に食べるよ」

かなり次元の高いことを考えていたのに、家へ帰ると「予備校」だの「お腹《なか》」だの、忽ちいつもの下らないことにとり囲まれてしまうのだ。しかし、こんなことでひるんではいけない。父が死体を輸入しているということは大変なことなのだ。それを知った自分が、なにもしないなんて考えられない。それこそロボットだ。

「ちょっといい？」と母の声がいきなりした。

「なに？」

振りかえるとドアがあき、

「予備校行かなかったんでしょ?」と母がいった。

「行ったさ」

「行ってどうしたの?」

「だから休講だって」

「予備校に休講なんてあるわけないでしょ」

「予備校の先生は病気しないかな?」

「代わりの先生が来る筈だわ。そのくらいお母さんだって分かるわ。もう五月なのよ。いままでは落ちたショックもあるだろうと黙っていたけど、気がゆるんでいるんじゃないの? 一年なんて、すぐたっちゃうのよ。予備校ぐらい行かないで、どうするの? 来年も落ちたなんてことになったら、お父さんだってどんな思いをすると思うの?」

めずらしくしつこく母は怒りはじめた。言ってやろうか。ぼくが何を見たか、言ってやろうか?

「お母さん」

まず父に釈明を求めようと思っていたのだが黙っていられなかった。

「お母さんは、お父さんが何を扱っているか知ってる?」

「真面目に聞いて頂戴」

「真面目にいってるのさ。繊維機械を扱ってると本気で思ってるの?」

「なにをいってるの?」

「死体だよ。お父さんは、外国から解剖用の死体を輸入してるんだよ」

母は黙った。しかし、すぐ落ち着いた声で「誰に聞いたの?」といった。

「ショックじゃないの? おどろかないの?」

「おどろいたわ」

「平気な顔してるじゃない」

「平気じゃないわ。でも、そんなことあちこち行っていうんじゃないのよ」

「いうわけないいじゃない」

「誰に聞いたの?」

「見たのさ。品川埠頭で、死体を五十体も六十体も、トラックに積み込んでるのを見たのさ」

また母は黙った。

「おどろいたよ。ガードマンがさ、ぼくが見てたら、死体だっていったんだ。袋の中は死体だって」

「袋の中?」

「むき出しに積み込むわけないだろ」

「ガードマンの話なんて、嘘かもしれないわ」

母は青ざめていた。

「嘘じゃないさ」

「どうして？　お父さんに聞かないで、そんな噂を信じるの？」

「噂って――」

「やめて頂戴。御飯食べたいなら、おりていらっしゃい」

そこまでは、まだよかった。

はじめ母はとにかくショックを受けていた。

繁が鮭で御飯を食べている間ずっと黙りこんで、予備校へ真面目に行けというような事は、もういわなかったのだ。

しかし食べ終ってお茶をのんでいると、

「解剖用の死体っていったわね」と口をひらいた。

「そうだよ」

「きっと足りないのね」

「え？」

「日本人は火葬にしちゃうし、遺体を傷つけるのを嫌がるし、きっと足りなくて困っているんだわ」

「そりゃそうだろうけど――」

「死体を輸入してるなんて聞けば誰だって驚くけど、必要な事じゃないのかしら？　私たちだって、そういうことの恩恵をこうむっているんじゃないのかしら？　盲腸になって、お腹を切られる時に、お医者さんが、実は私はろくに解剖をしたこともないんだっていったらどうする？　輸入でもなんでもして、もっと勉強してくれっていうんじゃない？」

「でも、自分の盲腸のためなら死体でもなんでも輸入しろっていうのは――」

「死体だからいいんじゃないの。生きてる人を利用するのならいけないけど、土になる前に遺体を医学のために使わせてもらうのが、そんなにいけないことかしら？　こだわって、生きられる人まで殺すことになるより、ずっと立派なことじゃないかしら？」

ちょっと反論出来なかった。

「人間きはよくないから、お父さんは黙っていたんでしょうけど、誰かがやらなきゃならないことかもしれないわ。みんなのためになっていることなんじゃないかしら？」

「それはそうかもしれないけど――」

「ずるいわよ」

「なにが？」

「そんな事いってごまかして、自分は勉強しないで。品川へ行ってるなんて思いもしなかったわ。やっぱり予備校へは行ってなかったんじゃないの」

二階へあがると、嘘のように興奮がさめていた。アウシュヴィッツに匹敵することだとカッカしていたのに、今はそんな興奮をした自分が間抜けのような気がするのだ。

しかし、本当に自分は間が抜けているのだろうか。死体を輸入していると聞いた時のショックは、頭の弱い人間のつまらない感傷なのだろうか？

たしかに母は大人だった。いっていることは筋が通っていた。まったく大抵の興奮はこんな風にしてさめて行く。興奮した奴が馬鹿だという感じでさめて行くのだ。

魚が汚染され食べられないぞ、といわれてカッカしていると、いつの間にか周囲は平気で食べているのだ。今度の汚職だけは許せないとわめいていたかと思うと、本音をいえばあの程度のことは常識で、仕方がないのだということになっている。

でもまさか死体を輸入しているということまで、そんな軌跡をたどるとは思わなかった。むしろ立派なことだと母はいう。そしてそう思えば、そんな気がして来ないこともないのだ。

自分はお調子者なのだろうか？　つまらない事ですぐカッカする子供なのだろうか？

母の浮気を知った時も随分カッカとした。姉の強姦、妊娠でもカッカとした。そして、父の死体輸入でもカッカとしたのだが、そんな興奮を嘲笑するように、すべては静かに解決されて行くのだ。

どうやら何事にも興奮しない方がいいらしいのだ。カッとしても自分を押さえ、しばらくしてみると、静かにそれはひとつの結末を迎えている。死体の輸入も立派なことになっている。何事も起こらない。

しかし、本当に何事も起こっていないのだろうか？　母は本当に「心から」父が立派なことをしていると思っているのだろうか？　でもやっぱり嫌だ、と心の中では思っているのではないだろうか？

浮気だってそうだった。

母は見事に冷静に簡単にやめてしまったけれど、本当にあれは終っているのだろうか？　大体、何度かああいう事があった相手を、そう簡単に忘れられるものだろうか？

もし忘れたとすれば、母がロボットだからではないだろうか？　ロボットなら、死体を売り買いしていると聞いても理屈だけ並べてすましていられるだろう。しかし、人間には、理屈はそうでも「やっぱり嫌だ」という感情がある筈だった。忘れた方が便利だったり平和だったりする男性だけれど、どうしても忘れられないというような感情がある筈だった。繁にとって、死体はまさしくそうなのだ。いくら医学のためだといわれても、父がそれを商売にしているのは嫌なのだ。そういう感情は愚かなのだろうか？　押さえてしまうべきものなのだろうか？　そうではないぞ、と繁は思った。そういう感情を押さえてばかりいると、段々なにも感じない人間になって行くのだ。帰りの電車で考えたことは、やっぱり間違いではないのだ。「いらっしゃい」と店の人にいってもらいたいという気持ちは贅沢だと、自動販売機にしてしまえば、たしかに人件費が助かり夜中も買えるし、価格も安くなるかもしれない。しかし、買い手はその時、ひとつの感情を無理矢理捨てるのだ。でなければ傷つくからだ。自動販売機で買うたびに「ありがとう」と「微笑」を期待していては、しょっ中失望していなければならない。だから、そういう欲求はビンにつめて棚にあげてしまう。すると、それでも結構暮らして行けるのだ。はじめはなんて嫌な趣味の屑籠だろうと思っても、折角くれたんだからと使っていると、全然気にならなくなったりするように、はじめは無理矢理捨てた感情も、時がたつと捨てたことも忘れてしまう。そうやって、いくつもの感情を捨て、捨てた事も忘れて、なんだかものすごくタフな人間になって行く。死体を輸入しても平気だし、浮気はすぐやめられるし、万事が便利になり、身体も丈夫になって、気がつくとロボットになっているのだ。何百万人殺しても平気なロボットになっているのだ。

「やっぱりぼくは、品川でカッとなった気持ちを大事にしなければいけないのだ」

そんなことをノートに書き、自分の幼い下手な字を見ると、がっかりした。ひどく青くさい気がして鉛筆でぐちゃぐちゃに消し、といって勉強も手につかず、「こんな時にすぐ勉強が出来る奴は、ロボットなのだ」と書いて、また消して、そのうち次第に熱気がなくなって、どうでもいいようにも思えてくるのだった。

「つまりぼくは半分ぐらいロボットなのだ」だからすぐ無感動に落ちて行く。「自分を励まさなければいけない。カッとなった自分を大事にしよう！」

そんな風に書いて、しかしいつの間にかまたしらけた気分で、ぼんやり午後の平和な川原の景色を見ているのだった。

夜になり、それも十一時すぎに父が帰って来た時には、繁はもう殆んど「ロボット」になっていた。おりて行って文句をいってもはじまらない、という気分だった。

ところが父の方が繁を呼んだのだ。

おりて行くと、もう寝間着になった父が居間のソファにかけて、ビールを注いでいた。

「坐れ」

感情を殺した声だった。母は、どういうつもりか今頃になって米をといでいた。

「お母さんから聞いた」

父はそういうとビールをゆっくりのみ干していった。のどのでっぱりが上下して、なんだか愚かしい動物のように見えた。コップをゆっくり置く。愚かしい動物が格好をつけているよう

な気がした。次第に、嫌悪感が湧き上がって来る。自信たっぷりにトラックに乗りこんだ姿が目に浮かんだ。すると父が、

「お父さんは、自分の仕事に誇りを持っている」

といったのだ。

急に、繁の感情が溢れ、自分でも止めようがなく堰を切った。

## 五月の荒野

いきなり繁が奇妙な声を出した。

あえぐような、泣くような声だった。いっていることが分からない。「なにもかも」とか「真実」とか、そんな言葉がきれぎれに聞きとれ、謙作は自分が青ざめるのを感じた。

「黙らないか」

しかし、繁は声をふるわせている。

「なにをいっている？　お前のいっていることは分からない」

「繁ちゃん――」

台所で則子が追いつめられたような声を出した。

すると繁は急に立ち上がり「姉さん」と叫び、階段へ走り「姉さん！　おりて来い、姉さん！」と二階へ大声を出した。

「どうした、繁！」

「知らないだろう！　お母さんだって知らない。姉さんがアメリカ人とあったことなんか知らないだろう！」

「なんだと？」

「姉さんは中絶してるんだぞ。アメリカ人にひどい目にあわされて」階段をかけおりる音がし、繁がつきとばされた。

「いった方がいいんだ！」

よろけながら叫ぶ繁に、律子がものもいわず打ちかかり、律子の拳が繁の頭にあたる鈍い音がいくつもした。

「よさないか！」

役割に気がついたように謙作は叫び、律子の右腕を摑んだ。律子は強い力でそれを振り払おうとする。

「よさないか！」

謙作は同じ言葉をくりかえした。律子は身体をよじって謙作の手からのがれようとする。謙作は及び腰で、その腕をはなすまいとする。羽交締めにすれば押さえることはなんでもないのだが、律子の身体に触れるのを無意識に避けていた。

気がつくと繁がまたわめいている。聞くまいとしたが耳に入った。

「お母さんの浮気は本当なんだぞ。目をつぶったって、なにしたって、本当なんだからお父さんは逃げようがないんだ。ぼくは見たんだ。お母さんの浮気を見てるんだ」

則子が両手で顔をおおって背を向けるのが一瞬見えた。

「誇りを持ってるだと？　死体を輸入して誇りを持ってるだと？」

ワハハハと、文字通りそんな発音で繁は大きく口をあけた。無論笑っているのではなかった。父親を嘲笑しているぞ、という気持ちを強調している。ワハハハハ。

「渋谷のアルハンブラへ行ってみりゃあいいんだ。行ってお母さんを知ってるかって聞いてみりゃあいいんだ。ハイハイその方はお得意さまで――」

謙作は律子を振り捨て、繁を両手で突いた。繁はドドッとあとずさり、玄関の土間へおり、後頭部をドアに激しくぶつけた。その繁を殴りにかかると、繁の手が謙作の腕を摑んだ。両腕をそれぞれ繁の両腕が摑み、思いもかけぬ力であった。

「隠して――」繁も全力をあげているのであまり声が出ないようだ。「可哀相だと、思って、隠して、いてやったんだ！」

「はなせ！」

繁と目を合わせたくなかった。「はなせ！」目をそらして腕を振り払おうとすると、急に繁が「ウォーッ」というような声をあげて攻勢に出て、謙作は抗いようもなくあとずさり、階段脇の柱に背中を打った。息が止まった。しかし、繁は容赦せず、両腕をはなすと組みついて来て、足払いで苦もなく謙作を倒した。背中の痛さで謙作は無抵抗である。「待て」といおうとするが声が出ない。抵抗しない謙作に気がつかないのか、繁は馬乗りになって、謙作の頭や顔を殴り続けた。


則子は医者を呼ぶといったが、謙作は「必要がない」と止めた。

繁を謙作の上からひきはなしたのは則子である。謙作は自力で立ち、和室の蒲団まで歩き、掛け蒲団の上に横になった。倒れこむというような事はしたくなかった。出来れば掛け蒲団をめくり横になりたかったが、その力がなく、静かに仰向けになるという形だけをとった。

背中が痛み、頭も顔も痛んだ。

薄く目をあけると律子が襖の傍に立って謙作を見ている。異物を見るようなおびえた目であった。なにかいおうと思うが、声が出ない。

すると則子が「大丈夫ですか?」といった。

「ああ」

「背中を打ったんじゃない？」

「ああ」といったが声にならない。

「先生に来てもらうわ」

「よせ」

漸くいった。「大丈夫だ」

「ほんとに？」

「向こうへ行け」

顔をそむけた。則子は「顔だけでも冷やすわ」と立って行く。甲斐甲斐しいといってもいい。一体どういうつもりだ。浮気をして、たったいまそれをはっきり夫に知られて、よくもぬけぬけと心配そうな顔など出来るものだ。

「律子ちゃん」

則子の声が台所の方から呼ぶ。律子がその方へ急ぐ足音。

繁はどうした？　と目をあけたが、分からなかった。二階へ駆け上がったのかもしれない。殴りやがった。思いきり殴りやがった。腹は立たなかった。

律子が来る。「顔、冷やすわ」傍へ来て膝をついた。「どこ痛い？」

「どこでもいい」

「どこでもいいって――」

いきなり額に律子が触れ、乱れた髪をあげ、冷えたタオルが置かれた。額はおそらく殴られていない。痛むのは頬骨と顎だ。しかし、面倒でそのままにした。血圧が上がっているだろう。頭を冷やすのも悪くない。

「もういい。寝なさい」

目を閉じたままいうと、

「眠くなんかないけど――」という。

「いいから二階へ行け」といった。

黙っている。何かをいいたいのかもしれない。なにをいいたい？　いずれくわしく聞かなければならない。中絶をしたといったな。なんて事だ。目を閉じたまま声を待っていると、黙って律子は立ち、また短くためらうような間《ま》があって、部屋を出て行く。それからいきなり二階へ駆け上がる音が聞こえた。

静けさが来た。

則子は、どうしている？　繁は、本当に二階へ上ったのだろうか？　いやに静かだ。背中が痛むが、こうしていれば、それほどの事もない。とうとうやって来たか。こんな事があるのではないか、と思っていたよ。自分に苦笑してみせようとしたが、苦笑にならなかった。

昔、母はロシア人の教師から貰ったという小さな陶製の人形を大切にしていた。樺太から引揚げる時も、木箱に入れ、諦めなかった。ところが、釧路で落ち着いても、その木箱を母は一向にあけない。トラックと船と汽車との長い旅のあとである。割れているかもしれないからあけてみたらといってもあけないし、あけさせない。母は怖かったのである。予感があったのだ。戦後十四年目に、同じ釧路のいまの場所へ越した時、しまいこんであった木箱を父があけた。粉々に割れていた。似てるじゃないか。血は争えない。俺も同じだ。予感はあった。しかし、確かめるのが怖かった。その木箱を繁があけた。

「若僧め」

口の中でそういってみる。繁の思いがけない激情に一種の快感を感じている。力も強くなった。しかし一方で、その若さに、薄い嫌悪もあった。身も蓋もないことをする。覆水盆に返らず、という言葉を知らない。収拾するのは謙作である。もっとも繁は意図せずに一番いい形で水をまき散らしたのかもしれない。どちらかといえば、繁の暴力に救われている。繁がもし暴力を振るわなかったら、家族でいくつかの事実を前にして、いま耐えがたい時間をすごしているだろう。叫び声で「浮気」や「中絶」を知り、叩きのめされて一人でこうしている事で、どれだけ助かっているのか分からないのかもしれない。衝撃から立ち直る時間を得ている。この時間を使って立ち直らなければならない。

則子にはどう出るか。律子には、どう対するか。繁にはどんな言葉で答えるか。夫や父親としての役割りを果たさなければならない。はじめての事である。家族と正面から向き合うということがなかった。否応なく、ここで自分は家族に人間としての値打ちを問われることになる。誰もが謙作が、どう出るかと待ちかまえている。

四十五なら、こんな時に動じないくらいの人間観も世間智もあっていい筈だが、一向に頭が働かない。職場で若い社員と対決するのなら、一歩もひかぬ自信があるのだが、家族はそう単純にはいかない。仕事のように、経験や知識にささえられるということがない。相手が二十五、六から自分の年齢あたりまでの男達なら、大抵の相手の手の内も弱味も読めるが、家族はどうも分からない。家族の方こそ気心が知れていていい筈だが、則子がひらき直るのか許しを乞うのか、律子をどう励ましたらいいのか叱ったものか、判断の手がかりが摑めない。報《むく》いといえば報いだ。ほうっておいた報いだ。

いいだろう。ここで一気にとり戻してやる。一人一人とじっくり向き合ってみようじゃないか。もっとも明日の午前中の会議はぬける訳にはいかない。午後にもこちらから変更をいい出す訳にはいかない約束が二つある。明後日も、その次の日も似たようなものだ。日程はつまっている。しかし、日曜までのばすわけにもいかない。今からはじめよう。朝までかかってもかまわない。こんな事で家族が粉々になってたまるか。

「繁」と呼んだ。

「え？」と小さく則子の声がした。

「繁を呼べ」

声を出すと背中が痛い。

「繁は二階だわ。それより、私――」

「いいから繁を呼べ」

則子にすぐ立ち向かうのを避けたかった。繁がなんでも知っているなら、則子のことも律子のことも、まず繁から聞こうではないか、と思った。

しかし則子は繁を呼ばず、青い顔で姿を見せた。

「繁がなにを知っているのか分からないけど、もう終ったことなの。とっくに終ったことなの」

「終っていれば、罪はないのか？」

「悪いと思っているわ」

「そらぞらしいことをいうな」

「どういえばいいの？」

「俺に聞くのか？　お前は、悪いなどと思っていない」

「そんなことありません」

「終ったたと？　じゃあ、はじまったのはいつだ？　お前は、いつだって変わらなかった。はじめも終りも、いつだって平然として俺を欺していた。今更、悪いといえばすむと思うのか？」

悪い方へ悪い方へ傾いた。いけない、見苦しいと思いながら、とどめようがなかった。

「どうしたらいいの？」

則子は膝をつき、すがるような目で謙作を見た。謙作は、その弱さに腹が立つ。

「勝手なことをして、その始末を人に聞くのか？」

則子は、顔を歪めて首を振った。

「淋しかったのよ」泣きそうな顔だが泣いてはいない。「あなたと話が出来る時間なんて、一日のうち何分？」

陳腐なことをいうな。「男が仕事をするのは当たり前だ。人のせいにするな」

「せいにはしないけど――」

「お前は律子のことを知っていたのか？　律子が中絶をしていたことを知っていたのか？」

「いいえ」

「一日家にいて、娘のそんなことにも気づかないのか？　それで淋しがっていれば世話はない。

繁を呼べといってるんだ。大体何故お前は律子の部屋へ行かないのだ。娘が中絶をしたと聞いたら、すぐにでもその経緯を聞きに行くのが母親じゃないのか。自分のことにかかずらって淋しいなどという暇があったら、娘の相手の名前でも聞いて来い、と謙作は声をあらげながら、自分の安手な物言いに失望し、それを聞いている則子に奇妙なことだが哀れを感じた。それでも声をかえることが出来なかった。

「繁を呼べといってるんだ！」

則子はゆっくり立った。階段へ行く後ろ姿に目をやると、スカートの皺がみすぼらしく、しかしあの身体を他の男が抱いた、という思いがつき上げるように、はじめてなまなましく謙作の胸を刺し「繁！　なにをしてる、繁！」と叫んでいた。

しかし、繁とまたひと騒ぎ死体についてやり合うのは、やりきれなかった。則子のこと律子のことをくわしく聞くというのも耐えがたい気がした。それでいて「繁！」とまた叫んでいた。感情を自分で統御できなかった。

繁は姿を見せるなり、もう大学へは行かない、明日から働くといった。食わせてもらっていては、いいたいこともいえない。死体のおかげで大学へ行くのでは、なにをわめいたって格好がつかないからな、と考えて来たらしいことを一息にしゃべった。

「その気もないのに、下らんことをいうな」

漸くいい返した。つまりは、その場限りの啖呵《たんか》にすぎないのだ。明日になれば、なにくわぬ顔で、臑《すね》を齧《かじ》りに来るのだ。

「その気がない？　見てろよ、見てりゃあいいさ」

「お前には働くということがどういうことか分かっていない」

「すぐそうやって勿体つけるんだ。働くなんて、どうって事ないじゃないか。誰だって働いてるじゃないか」

「お前は働いていない」

「だから働くっていってるんだろ。自分ひとりで働いてるみたいにいって、さも大変で難しくて神聖みたいにいいたがるけど」

「そんな事はいわん」

「働くなんて、たいしたことじゃないじゃないか。人をバカにして見てりゃあいいさ。立派にひとりで食べて行くから見てりゃあいいさ」

「そんな事は許さん」

「勝手だろ」

「お前のために許さん。世間はそんなに甘くない」

「きまり文句をいわれたくないな」

こんな事をいつまでもいい合っていてはいけない。繁を段々出て行かざるを得ない所へ追いこんでしまう。

「お母さんの事を聞こう」

「本人に聞けよ。姉さんの事も、本人に聞けよ。本人がいるのに、なぜぼくに聞くんだ！」

修羅場はもう沢山だ。

繁が二階へ行ってしまうと、もうこれ以上律子に立ち向かう気力がないような気がした。しかし、ほうっておく訳にはいかない。二階へ行かせたが、いまの則子に律子を受けとめる余裕はないだろう。則子についても、あのままではいけない。決着をつけなければならない。離婚をする気などない。許すつもりだ。しかし、どう許すかが問題だ。

繁はわめき声の中で、律子はアメリカ人に乱暴をされた、といった。何故そんなことを隠していたのだ？　何故則子は、それに気がつかなかったのだ。今晩の俺ひとりに、その全部の始末をつけろというのか？　則子のことだけでも、充分打ちのめされているというのに、なにもかもの始末をつけろというのか。

愚痴をいっているときではなかった。

ゆっくり身体を起こした。やはり背中が痛い。先刻ほどではない。何時だろう？　目覚しを見るために振りかえると背筋に鋭い痛みが走った。十二時半である。立ち上がり、階段へ歩く。

ふいに足が停まる。律子が乱暴をされた。怒りの急流が謙作をまき込み「う」と小さく声をあげて、息をつまらせる。白人を鈍器で殴りつけ、白人が血を頭から顔へ浴びるように流す幻覚が頭を横切る。目を閉じて、気をしずめた。律子が白人に乱暴される姿は、半ば無意識にはじめから避けている。階段をあがる。なんていうことだ。繁じゃないが、一体この家はどうなっているのだ。わめいた繁も、三流の大学を三つも落ちている。そして俺が死体のブローカーときては、あまりに役者が揃いすぎて泣きたいくらいだ。

気配がして律子の部屋のドアがあいた。則子である。

「大丈夫?」

足音を聞いてあけたらしい。なにが大丈夫だ? 身も心も大丈夫なわけがないだろう、と口から出そうになるのを押さえて、目をそらしたまま律子の部屋へ入った。

律子は、腰かけていたベッドから立ち上がり、窓へ行き背を向ける。「今更大騒ぎしないでね。もうすんだことなんだから」と早い口調でいった。

「本当にすんだことなのね?」と則子がいう。ということは、則子にもなにも話していないということだ。

「乱暴をされたと繁がいったが——」

「そんなこと、何故今更しゃべらなくちゃいけないの!」

背を向けたまま大声でいう。

安心してお前は夜中に大声を出しているが、これが狭いアパートだったらこうはいかない。大声を出せるのも、俺の庇護のもとだからだということを考えたことがあるか。そんな余計なことが謙作の頭に浮かぶ。

「乱暴なら、立派な犯罪だ。泣き寝入りすることはない」

「制裁はしたわ」

「どんな風に?」急に不安が走った。まさか殺したなどと。「どんな風にだ?」今夜は、どんな事でもありそうに思えた。

「むしかえして貰いたくないのよ。漸く忘れたのよ。問題はないわ。ほっといて貰いたいのよ」

「つきまとわれているなどという事はないんだな?」

「問題はないっていったでしょう!」

「いいだろう。大丈夫なら、これ以上聞くまい。しかし、中絶をしたといえば大変なことだ。下手をすれば生死にかかわる。親に隠すのはよくない。なんでも話せとはいわんが、大事なことは親に隠すな。相談をするんだ」

律子は黙っていた。相談出来る親か、というような文句があるのかもしれないが、それは律子の我儘だ。そんなに自分達は分からず屋ではない筈だ。中絶後の経過などは、明日にでも則子に注意させるしかあるまい。

ゆっくり部屋を出た。律子は背を向けたままである。則子が背後でドアを閉め、階段をおりて来る。

蒲団へ横になろうとすると、則子が脇から素早く掛け蒲団をめくった。シーツに膝をつくと、また背筋に痛みが鋭く走る。

「痛そうだわ」と則子がいう。

「いいから、そこへ坐れ」

腰をおとし、あぐらをかいた。

「寝て下さい」

なにをいうか、と思った。

「相手の男のことは聞くまい。聞きたくない」

則子は謙作の横顔に短く目を置き、すぐ目を伏せて畳に坐った。

「いまも続いているというなら別だ」

「終ったことだわ」

「だから文句をいうな、というのか？」

「明日ではいけない?」

「眠いのか?」

「あなたよ。疲れているわ」

「俺のことが心配か?」

「心配だわ。明日にして下さい。横になって下さい」

「明日はまた何時に帰れるか分からない」

「休めないの?」

「休む? 何故休む? お前と話をするために休めというのか?」

「ひどい顔よ。痣になってるわ。はれているわ」

ドキリとした。鏡を見なければならない。まずいことになった。明日からW繊維の医薬部が開発した抗生物質の販売契約の詰めに入るのである。死体輸入でとりつけた五つの大学病院とのつながりを武器に、はじめて医薬品の販売代理店になろうという、いわばこの数か月の成果を社内外に見せる契約の詰めに入るのだ。そんな時、部長の自分が、顔に殴打の痣というのはまずい。

「鏡を見せろ」

「手鏡ね」

則子は当たり前のことをいって中腰になり、「洗面所に置いたかしら」と立ち上がった。

「いい」と謙作はいった。這《は》うようにして隅にある則子の鏡台へ行き、カバーをはずした。洋風の横幅の広い一枚鏡である。

その鏡に、醜い男の顔がうつった。左の目の上がはれ、同じく左の頬骨のあたりが紫色に変わっている。そこを掌で隠してみる。他は異常はない。眼帯をして、頬骨にバンドエイドを一枚はればなんとかなるだろう。御愛嬌の失敗談をつくり、磊落に見苦しさを詫びて切り抜けるのだ。

「眼帯はあるか？」

「眼帯？」

「ある筈だ。結膜炎の時に余分に買った。救急箱を見てくれ」

「救急箱にはなかったわ」

「じゃあ何処でもいい、さがしてくれ」

朝になってさがし回るのでは困る。則子が居間へ行く。改めて鏡の自分を見た。「ひどい顔よ」その通りだ。ひどい顔だった。左目を隠しても、疲れ果てて目が血走り皺の目立つ無残な四十男の顔だった。急に激しく疲れた。

則子は、どんな男と寝たのだ？　こんな俺では相手にならんという訳か？　たしかに則子の方が若い。則子はまだ美しい。誰に媚びを見せたのだ。

感情の振幅が激しく、そんな思いが溢れると、忽ち押し流されるようにとどめようがなく

「踏みにじったのだ」あいつは平然と二十一年の俺との人生を裏切ったのだ、と身体が震えるほど、則子への怒りと絶望感が溢れ、鏡台の角を摑んだ。

「使ったものらしいけど――」

眼帯を持って戻って来た則子を、いきなり立ち上がって謙作は平手打ちした。

「あ」

則子は、問いかけるような目をした。則子を更に叩き、押し倒し、髪を摑み、顔を掌でつぶすようにし、ブラウスを裂いた。無抵抗であった。無抵抗の則子を粗暴に裸体にし、謙作は踏みにじるように犯した。

翌日、繁が家を出た。

## 夏沈む

八月中旬。

謙作は、夜七時すぎの本社で、ニューデリーからのテレックスを待ちかねて、四階から六階

へ馳け上がった。

国内繊維機械部にテレックスはなく、海外業務部のある六階へ馳け上がったのだが、六階まで行くことが出来なかった。五階と六階の間で左腰に激痛が走り、手すりを摑んだまま動けなくなったのである。肉をひき裂くような痛みであった。一歩も動けない。動かなければ激痛がないというのではない。激痛は続いており、しかし動けば、更に痛むという咄嗟の予感ですくんだように動けなくなった。

人を求めたが、時間外の階段附近に人影はなかった。振り向くと、踊り場の厚いガラスタイルを外側から雨が濡らしている。台風が近づいているのであった。

「おい」

声をあげたが、われながら心細げである。五階も六階も反応はない。「まずいじゃないの」と押し出すようにいってみた。額から脂汗が流れる。耐《こ》らえているので呼吸のたびに、すすり泣くような声が出た。

人を待つしかない。

そのうち、痛みが拡がるような気がした。左腰だけではなく右腰も激痛の中にいる。足にも走った。

「なんだこれは」

エレヴェーターを使えばよかったのである。たかだか二階ぐらい階段を上れ、というのいつもの頑張りを身体が裏切った。リュウマチか？　神経痛か？　その相異もよく分からない。しかし、他に病名らしいものを思いつかなかった。上ってみよう。上ってあがれないことはない。そう思ったが、足が前へ出なかった。長い時間に思えた。階段を算《かぞ》えようとした。正確には無理だった。痛みで目を集中出来ない。十段ほどである。十段ほどあがれば六階へたどりつく。その十段を算えられず上れないとは、どうしたことだと、痛みから思いをそらそうとするが、激痛で思考の方が拡散した。

「どうかなさったんですか？」

いきなり背後で若い女の声がした。悲鳴のように「触るな」と謙作は叫んでいた。

「触りません」おびえた声であった。

「すまん。腰がひどく痛い。歩けない。誰か呼んでくれないか」

「待っていて下さい」

女は、五階へかけおりた。ところが、なかなか来ない。「この頃の娘っこなんてものは」とひとりで毒づいて、歯をくいしばった。漸く三人の男の社員が来る。肩をかそうというが、とてもそれで医者のいる所まで歩く自信がない。「お手数かけてすまんが、たしか地下の警備室に担架がある」無念だが、そういった。女が小声で「救急車呼んじゃった方が早いんじゃないの」という声が聞こえた。男達は、それには応えなかった。

「ぎっくり腰だ、こりゃあ」

社の医務室は閉まっていて、隣のビルの若い内科の医者が診てくれて、そういった。しかし、腰を急にのばしたわけではない。重いものを持ったわけでもない。謙作がそういうと、忽ち気を悪くして「階段上ってたんでしょう。それだって椎間板《ついかんばん》は無理してるんですよ」と痛み止めの注射をされた。「かかりつけがあったら、そこへ行くといいね」という。かかりつけなどなかった。ろくに風邪もひかずに来たのである。いいというのに宮部が付き添い、車で家に送られた。

則子は「とうとう倒れたか」と思ったそうである。内臓ではなくてほっとした、といった。しかし、暫く謙作は、家から動けぬことになった。


成城に近い私立病院の医者は、症状を聞くとレントゲンを撮ってみましょう、といった。診断は坐骨神経痛であった。原因は脊椎分離症といって椎間関節の関節突起のあいだの骨が割れているのだ、と図を描いて医者は説明をした。

「ころぶとか、ぶつけるとかしましたかね？」

別に、といった。ほうっておくと脊椎が前方へすべり出す。いや、すでに実は少しすべり出していて、それが神経痛の原因になっているのだろう、という。

「どうしたら、よろしいのでしょう?」

医者に慣れていない謙作は、ひどく心細くなった。「骨が割れている」だの「脊椎がすべり出す」だの、刺激的なことをいわれて気弱になってしまう。

手術も出来るが、腰の手術は難しい。コルセットで腰部を固定し、安静にして様子を見ましょう、といった。安静にしている暇はないのだが、あの激痛を思うと言うことを聞くしかなかった。鎮痛剤が切れれば、いまも痛むのである。

なるべく堅い蒲団がいいといわれても、特別堅めの蒲団の用意もなく、薄めのを選び、股の下には座蒲団を二つ折りにしてはさみ、腰の当たりをやわらげて仰向けになった。すべて医者の指示通りである。いいだろう、こうなってはジタバタしてもはじまらない。いわれる通りになんでも守って、一日も早く癒《なお》してしまおう、と思った。

前夜からの雨は病院を出た頃にあがり、いまは薄日がさしはじめている。台風は熱帯性低気圧に変わったという。しょっ中そんな事をいっている。無論台風など来ないに越したことはないが、来る来るといっては結局来ない、ということが重なると、そんな事でも人間の精神は影響を受けるのではないか、などと思う。ウィークデーの昼間、そんな事を考えている自分に気づいて「ああ、とうとうだ」と則子ではないが「とうとう病気になってしまった」と改めて思った。病気といっても、胃でも肝臓でもない。なんとなくたかをくくるところがあって、深刻な気持ちはなかった。病気なんだから仕様がない、と突然重荷をおろしたような、はしゃぐような気持ちがないでもなかった。

そう、あのことは黙っていなければならない。繁が見舞いに来るかどうかは分からないが、医者が「ころぶかぶつけるかしたか」と聞いたことは則子にもいわない方がいいだろう。

繁は川向こうのアパートに入り、横浜のハンバーガースタンドで働いているという。則子は何度か出掛けている。謙作はあれきりである。「下手に手助けなどするな」と則子にもいってある。どこまで意地をはるか。せめて一年ぐらいはほうっておかなければ、なににもならない。たくましくなった繁と再会するのが、ひそかに楽しみでもあった。

「なに笑ってるの?」

いきなり律子の声がした。

風を通すために半分ほど開けてあった襖から、ひやかすようにのぞいていた。

「いつ帰った?」

「いまよ。駅前でお母さんに逢ったわ。お父さん、ひとりでしょんぼり寝てるっていうから、どんな顔をしてるかな、と思ってソーッとドアをあけたの」

「御機嫌じゃないか」

「お父さんこそニヤニヤしちゃって」

「どうしたんだ?」

「なにが?」

「親が倒れると、そんなに嬉しいか?」

「バカねえ」

笑った顔がひっこみ、階段を馳け上がる音がした。律子らしくなかった。妙に明るい。拍子抜けするほど単純に明るかった。

その時、電話のベルが鳴った。

律子が音をたてて馳けおりて来る。

「会社なら出るぞ」

そういったが、律子はもう受話器をとっていた。「あ、こんちは」明るい声である。

「いま帰ったとこ。丁度よかった。うん——うん——」

あとは声をひそめてしまう。きれぎれに「倒れちゃったの」「入院じゃないの、家に」というような言葉が聞こえて来る。相手は男という気がした。はじめの「こんちは」といういい方に、かすかな他人行儀と媚びのようなものを感じた。女友達なら、もっと単純な発声の筈である。あるいは上級生の女かもしれない。それなら構えがあるのも分かる。しかし、だったらもう少し敬語が入るのではないか？　「いま帰ったとこ」といういい方は、対等の相手である。対等の相手の口調でいながら、かすかな構えと媚があるということは、男友達ということではないか？

　謙作は苦笑した。

　まるで探偵である。子供の電話にいちいち耳をそばだてていては身がもたない。しかし、さっきの律子はやはり思いがけなかった。あんな風に単純な明るさを見せたことがなかった。冷笑的であるか無関心であるか挑戦的であるか仕方なく家族に合わせて普通にしているというような律子しか見たことがなかった。考えれば、まだ二十歳の娘である。かげりのない明るさがあっても不思議はない。大体、家にいることが殆んどなかった謙作である。謙作の知らない一面が子供にあっても当たり前であった。「ホッとしましたね」と呟く。あんなところでもなければ、惚れる男はありゃあしない。

　買い物から帰った則子に、

「律子も案外だな」と笑いながらいうと、

「気がついた？」と苦笑して声を低めた。

「なにを？」

「変でしょう？　あの子」

「変というべきか自然というべきか」

「恋人が出来たらしいの」

「そうか」

「時々、はしゃぐのよ」

「うむ」

「あの子がはしゃぐなんて驚いたわ。普段はいつもの仏頂面なんだけど、時々自分でも気がつかないではしゃいでるらしいの」

「聞いてみたのか？」

「聞かないけど——」

「聞いたってかまわないだろう」

「かまわないけど、ひねくれたところがあるでしょう。折角明るい顔をしてるなら、知らん顔をしていようなんて思っちゃうの」

「うむ」

「聞いてみたって素直に返事をする子じゃないし」

「分からないぞ」

「そうかしら？」

「さっきの御機嫌なら、ぺらぺらとしゃべりまくるかもしれない」

しかし、夕飯を三人ではじめると、則子のいう通りのような気もした。立ち入っても仕方がない。悪い相手でもなさそうだ。もう少し知らん顔をして、並の娘らしい律子を楽しんでもいい。

「なにを見てるの？」律子が箸を止める。

「うむ？」

「食べてるの見ないで」

真顔である。

「よく食うと思ってさ」

「いやないい方」

ニコリともしない。こういうところは、まだ律子的である。しかし、こんな律子も年頃になり、恋人らしきものが出来ると、押さえようもなくはしゃいでしまうというところが、女なのかと思う。悲しいような気がしないでもない。いや哀しいというべきか。いとしいというべきか。

「よかったら逢ってもらいたい人がいるんだけど」

突然、律子がいった。

「逢ってもらいたい人？」

則子が聞き返した。

「いつでもいいんだけど——」

わざと事務的な声である。大きめのレタスをつっこむように口へ入れる。無論照れているのである。しかし、ひやかしていいものかどうか分からない。

「そうか」謙作は微笑を押し隠して「丁度いいじゃないか」と真顔でいった。

「なにが？」と則子の察しが悪い。

「俺が一日いる」

「そうね」

突然の律子の言葉に、則子も気を奪われている。

「明日でも明後日でもいい。ただし——」謙作は立ち上がった。

「どうしたの？」と則子がいう。

「少し横になる」と居間のソファへ行った。やはりテーブルの食事はよくない。まだたいしたことはないが、痛みが少しずつ盛り返していた。鎮痛剤の壁がじわじわと崩されて行くような感じがあった。

「蒲団へ行った方がいいんじゃないの？」

「大丈夫だ」ソファでうつ伏せになりながら「この有様だからな」と律子にいった。「時々寝そべるかもしれないぞ」

「明日連れて来るわ。明後日から出掛けるから」

「何処へ行く?」

「山中湖」

「二人でか?」

「まさか。仕事よ」

「仕事?」

「話してないの?」と則子にいう。

「聞いたの一昨日の夜じゃないの。昨夜は大変だったし、話す暇なかったわ」

「ホテルのウエイトレスをやるのよ。十二日間。九月一日に帰って来るわ」

「ピークはすぎてるだろう」

「友達がひと夏契約で行ったの。ダウンして替るわけ」

「ちゃんとしたホテルなんだろうな」

「同じこといわないで」

「大事なことじゃないか」

「モテルだって関係ないわ。私は働くだけだもの」

「モテルなのか？」

「生憎《あいに》くホテル協会加盟ホテル」

だから安心というものでもないが、子供が働くといっているのに水をさすことはない。ウエイトレスか。よく律子が、そんな仕事を引受けたものだ、と思う。

「明日の人のことだけど」と則子がいう。

「どういう人？」

「見てのお楽しみ」

はじめて薄く律子は笑った。

「そんないい方があるか」

「どうせ逢った時話題に困るでしょ。本人がしゃべるわよ」

「で」と則子が肝心なことをきいた。「その人と律子ちゃん、結婚をしたいっていうこと？」

「そう思ってる」

「早いわよ。大学生じゃないの」

「結婚したって大学は行けるわ」

「急いですることじゃないわ」

「逢ってみようじゃないか」俯《うつぶ》せの謙作は亀のように首をあげた。「相手も見ずに、そんな事をいっても仕方がない」

片付けを終えて、律子が二階へ行ってしまうと、

「驚いちゃうわ」と則子は溜息をついた。「あの子はする事がいちいち普通じゃないんだから」

「うむ」

しかし悪い男じゃなさそうだ、と謙作はまた思った。律子がウエイトレスをやろう、というのも男の影響かもしれない。前ならそんなアルバイトは鼻もひっかけなかった筈である。男親は、娘の相手にはとりあえず反感を抱くというが、はじめから妙に謙作は男に好意を感じた。

逢うのは翌日の二時ということになった。律子が「二時頃でどう?」といったのである。

「ウィークデーに昼間でもかまわないのか」というと「いいのよ」という。

「学生か?」

学生なら夏休みだが、学生同士の結婚となると、人柄とは別の問題がある。

「とにかく予備知識はナシ!」

頑固に律子は、なにもいいたがらない。

なんにせよ、すぐ結婚を許す気は、謙作にはなかった。相手がいい人間なら、律子の卒業後にというような約束はしてもいい。それも何回か逢ってからの話である。

最初はなるべく虚心に逢ってみるだけだ。律子がどんな男を好きになったか、どんな男が律子に惚れたか。すべては、それを見届けてからの話である。

気軽な方がいい、構えてはいけない。どうせ相手は緊張し身構えてやって来るのだから、こっちも肩肘張っていては、人柄を見損う。「いっそ俺は、ここで寝ながら逢うかな」とつまりは、その事だけが頭を占め、翌日になると則子と二人で朝から落ち着かなかった。

律子はアルバイト用の「ペタンコの靴」を買って、彼と一緒に戻ると十一時頃に出て行った。

「考えてみれば、親としての人生の重要な瞬間だからな」

お茶の葉の質の心配までして「安いお茶を出すな、この家の格が分かっちまう」照れかくしに謙作はそんな事をいった。二十年育てた娘のひとつの結末を目前にするのである。

うろうろしながら、

「しかし、その男、知ってるのかな?」と気にしている事が、つい口に出た。

「あのこと?」と則子もすぐ分かる。アメリカ人に凌辱《りょうじょく》され、中絶をした事である。「律子ちゃん、そういう所はしっかりしてるから」

「言う訳ないか?」

「ええ」

そういう事の知恵は働く娘である。なにくわぬ顔で、長身の頭のいい、美男ではないにしても顔立ちのしっかりした男を選んだのであろう、と思う。

二時が近くなると「寝そべって逢うわけにも行くまい」ということになり、来るまでなるべく安静にしていることにした。鎮痛剤も多用は禁じられており、寸前にのむことにして、枕元に水を置き目を閉じた。

そのせいで、二人が三十米ほど先の角を曲ったあたりから気がついた。短く律子の笑い声が聞こえたのである。

「来たようだぞ」と則子にいった。

「そう?」

台所で則子が立つ。謙作も身体を起こし錠剤をのんだ。

玄関のドアがあいた。

「ただいま」と律子がいう。

「お帰りなさい」則子が何気ない声をつくって、玄関へ行く。

「こんにちは」と男の声がした。

「あら」

則子は戸惑うような声を出した。

「フフ、おどろいた？」と律子。

「おどろいたわ」

微笑を含ませているが、則子は当惑している。初対面ではないらしい。

「どうぞ。居間へお通しして」

それから小走りに則子が部屋へ来て、襖を閉めた。動揺している。

「どうした？」

「堀先生なの」と小声でいう。

「先生？」

「繁の高校の時の先生で、もう三十以上の、貧弱で、まっ黒けな人なの」


不純なものを感じた。

似合わない。二人並んでいても一向に似合わないのだ。

「堀と申します」

高校教諭と肩書きの入った名刺を出して男は一礼をした。

「そうですか。繁がお世話になったのですか」

いいながら謙作は、失望で声が震えた。

恋人同士には、どことなく共通した雰囲気があるものだ。並んで坐れば一対《いっつい》という印象があるものだ。こんな、電車で隣合わせただけというような二人が結婚をしたいなどと出まかせもいい加減にしろ、と胸の中で叫び声をあげていた。

「繁の紹介かしら?」

則子が辛うじて明るい顔で聞いている。

「はい。繁君とコーヒーをのんだことがありまして」

「偶然そこへ私が入って行ったの」

「いつの事だね?」と謙作は聞いた。

「四か月ほど前になります」

「それで?」

「翌日から繁抜きで何度も逢ったわ」

「何度ぐらい?」

「何度ぐらいって、四か月だもの、数えていないわ」

「そんなに気に入ったってわけか?」

「そうなの」

けろりという。なにをいうか。初対面の翌日に逢いたくなるほどの男ではない。

「おいくつですか?」

「三十一になります」

「三十一」と謙作はおどろいてみせる。

「そんな顔しないで。気にしてるんだから」

律子がとりなすように笑う。

「失礼ですけど」と則子。「いままで御結婚なさらなかったのは、なにか訳でも?」

「いえ、ただ縁がなかったというか――」

「もてなかったんですって」と律子がくすくす笑う。

「そうなんです」堀も苦笑した。「御覧の通り、あまり見栄えがしませんし、性格も地味なものですから」

「よさが、すぐには分からないのよね」

「お前はすぐ分かったわけか?」

「そうなの」

「初対面で?」と則子。

「正直いうと初対面じゃ分からなかったな」

「翌日逢ったっていったじゃないか」と謙作。

「それはちょっと訳があるんだけど、とにかく段々まいっちゃったというわけ」

「私も」と堀も上気した顔で嬉しそうにいう。「まいってしまったわけです」

「そう」

謙作は無力感に襲われた。こうした二人を前にして親になにが出来るだろう。当人達がその気になってしまえば、親がどう反対を唱えようと、つまりは悪あがきにすぎないのだ。怒ってはいけない。単純に反対をすれば逆効果にきまっている。

改めて堀を見た。三十男の顔である。年より老けているかもしれない。色が黒く、服装も地味である。新しい背広が身についていない。悪い男ではないかもしれないが、結婚は善人とならうまく行くというものではない。こんな男と律子が長続きするわけがないのだ。もともと律子は人一倍派手好みなのである。あれもいや、これもいやと選びすぎて縁遠いのではないかと、むしろ高望みを心配していたのだ。一体この男は月給をいくらとっている？　先ののぞみが、どの位ある？　律子は、なにを考えているのだ？

則子がなにかを聞き、二人は顔を見合わせて照れながら笑った。

悪夢を見ているような気がした。急に腰に鋭い痛みが走った。「う」と声を出してしまう。

「痛いの？」と則子が中腰になる。

こんな男の前を不様に腰を押さえてひき下がりたくなかった。

「痛くない。痛くないぞ」と声を高くして謙作はこらえた。


翌日は雨であった。

雨の中を早朝律子は山中湖へ出掛けた。

謙作は寝床の中で、出て行く音を聞いていた。則子が小声で「風邪薬を持ったわね？」というのが聞こえる。「向こうだって買えるわ」と律子が不機嫌に答える。手に負えない娘だ。怒りがこみ上げて来る。戻ってくるな、人の言うことが聞けないような奴は戻ってくるな、と怒鳴りつけたい気持ちを押さえた。昨夜はろくに眠っていない。痛みが続いた。それだって律子のせいである。鎮痛剤が効かないのだ。

「神経痛は心因性の強い病気ですからね。気持ちの安静が大切です」

そんなことを医者がいったが、あんな娘を持っていては安静どころではない。

「データーがよければ納得するの？　月給は二十万以上で背丈は百七十以上で、もっと若くて見た目がよければ納得するわけ？　愛情ってそんなもんなの？　お父さんはデーターを揃えてソロバンをはじいてお母さんと結婚したわけ？」

口論はすまいと思っていたが、昨夜夕食のあとで結局言い争うことになった。

昼間、堀が帰ると「思いがけなかったでしょ？」と親の鼻をあかしたようないい方を律子はした。それでも怒りを押さえていた。まともにぶつかってはいけない。からめ手から時間をかけて、あの相手ではうまく行く筈がないと思わせて行くしかない。そう思っていた。

しかし夕食のあと、律子は堀のアパートが二間であり、本を整理すればそのまま新婚家庭になるというようなことをしゃべり出し、謙作はとうとう自制心をなくした。

「まさかお前は、自分に見切りをつけたんじゃないだろうな」

「見切り?」

話の腰を折られて律子は謙作を見た。

「あの男ぐらいがふさわしいと、くだらん卑下をしているんじゃないだろうな」

「どうして私が自分を卑下するの?」

「あのことがあったからだ」

「あのことって中絶?」

「中絶もだ」

「なんていやらしい想像をするのかしら?　そんな事で私が何故自分を卑下するの?　大体失礼じゃない。どうして卑下すると、あの人を好きになるの?　あの人、結婚のすべり止め?」

「誰が見たって、お前が夢中になるような男じゃない」

「誰がって誰かしら?　私は人の目に合わせて相手を選ぶ気はないわ」

「不自然だ。一口にいえば不自然だ」

「どうして見かけや年にこだわるのかしら？」

「見かけだけじゃない」

「じゃ月給？」

「月給だけじゃない」

「他になにをお父さん知ってるの？　ろくに話もしなかったじゃない。あの人のことなにも知らないじゃない」

「まだ若いんだ。これからどんな男に逢うかも分からない」

「そんなの嫌らしいじゃないの。いまの気持ちを大事にしないで、バカみたいに王子さまの夢かなんか見てるなんて不潔じゃないの」

「お前は現実を知らん」

「現実ってなにかしら？　お父さんが勝手に思い込んでる現実なんて知りたくもないわ」

則子が「やめて頂戴」と何度も口をはさんだが、一度口火を切った以上ひき下がれなかった。律子もしぶとく謙作にさからった。

争いながら、思った以上に深く律子が堀にのめりこんでいることに、次第に謙作は打ちのめされて行った。腰の痛みが口論を打ち切らせたが、蒲団に倒れこんだのは、痛みのせいばかりではなかった。

雨の中を、律子の足音が遠ざかるのを、謙作は目をあいて聞いていた。

## 雨の来る前

律子が出掛けた翌々日の昼間、繁から電話がかかり則子が出ると、これから行っていいか、という。

「いいかしら?」と則子が謙作にきく。

「なんの用だ?」

「そりゃお見舞いよ」

「話したのか?」

「電話をしたわ」

「見舞いなら来なくていい。どうって事はないんだ」

「来ることないっていってるけど」と則子が電話の向うの繁にいう。

「見舞いなら来ることはないといったんだ」謙作は大声を出した。

「でもいいじゃないの。ぶらぶらいらっしゃい。夕飯でも食べて行けばいいわ」

そんな事をいって則子は切った。

「ぶらぶらという事はないだろう。勝手にとび出して行った奴にけじめがなさすぎる」

「だからお見舞いをきっかけにしようとしたんじゃないの。そうしたらお見舞いなら来るなだなんて、それじゃあぶらぶらいらっしゃいというしかないでしょう」

「大体繁の方に、恰好がつくまでは顔を出すまいというぐらいの根性があるべきなんだ」

「じゃあ来るなっていう？」

「そういってもいい」

「ずるいわよ。自分だって来て貰いたいくせに」

「来て貰いたいものか」

「見舞いなら来るなっていったじゃないの。ということは、見舞いじゃなければ来いということじゃないの」

「理屈をいうな」

微妙に則子との力関係がかわって来ている。則子が強くなった。謙作は大半寝ているのだから、どうしても則子の世話になる。すると則子の態度が少しずつ大きくなる。情けない話だ。たった四、五日で女房がのさばり出すのでは、定年になったらどんな扱いを受けるか分かったものではない。

起き上がって台所へ行く。

「なんですか?」と則子はパーコレーターを出している。

「お茶だ」

「いえば持って行くのに」

そうはいかない。「自分でいれるさ」

「なにすねてるの?」

「すねてるわけがないだろう」

「コーヒーはどう? 繁が来たらいれようと思ったんだけど」

「いらん」

「電話してみたらいいのに」

「何処へ?」

「会社よ。宮部さん、もう少し報告してくれればいいのよね」

「順調なら連絡はしないといったんだ。順調なんだ。別に俺は会社のことなど気にしてはいない」

「いらいらしてるもの」

「会社の事じゃなくても、いらいらする事はいくらだってある。律子のことだって、繁のことだって」

「繁はよくやってるわよ」

「お前はいらいらしないのか？　律子の事も平気なのか」

「怒鳴らないの。また痛くなっても知らないから」

まるで母親の口調であった。しかしこれ以上怒鳴るのは、たしかに身体にはよくなかった。黙って茶をいれ、のんだ。

則子はいそいそしている。小さく歌をくちずさみながら、居間のクッションの位置を変えていたかと思うと、急に二階へ駆け上がって行ったりした。繁が現れるのは三か月ぶりである。謙作も逢った時の顔付きを考えておかなければならない。それにしてもバカに簡単に現れるものだ。ぶらぶらいらっしゃい、と母親がいえば忽ちやって来るのなら、この三か月はなんなのだ？　意地をはっていたのではなかったのか？

するともう玄関のドアがあき「こんちは」と繁の声がした。

「はーい」二階から則子が応える。

川向こうからの電話だと思っていれば、駅前あたりからだったらしいのである。

「早いのね」と則子が階段をおりて来る。

「この人、篠崎雅江《しのざきまさえ》っていうんだ」

謙作は台所で顔をあげた。

「はじめましてェ」

若い娘の声である。

「そう」則子が不意をつかれたような声を出している。「いらっしゃい」

「お父さんは？」

「いるわよ」

「寝てるの？」

「ううん」

則子が台所へ入って来た。慌てたような顔である。目をそらしたまま流しへ行く。

「お邪魔します」と娘の声がいった。

則子は答えない。水を出している。

「どうぞ」と謙作がいう。仕方がない。

「なんだ、お父さんそこにいたのか？」

「ああ」

息子が女友達をつれて来たぐらいで、なにをガタガタしているか。則子を見て、そう思ったが、

「寝てなくていいの?」

と現れた繁を見て謙作もギクリとした。長髪をカットしてパーマをかけている。

「なんだ、それは」と思わずいった。

「あ、これ?」と髪に掌を軽くあて「仕様がないんだよ。

「店で長髪は駄目だっていうからさ」

振りかえって「入れよ」と声をかけた。

「なんか私いいのかしら?」

娘の声はそういいながらクックッと笑っている。

「ここまで来てなにいってるんだよ」

「図々しいみたいだけど、失礼しまァす」

とようやく娘が顔を出した。

「哀愁っていうんだ」

「アイシュウ?」

「仇名だよ。本名は篠崎」

「雅江です。どうぞ、よろしくお願いしまァす」

手に大きな果物籠をさげていた。

「そう」

謙作もそのくらいしかいいようがない。

「これ、つまらないものですが」

果物籠を謙作の前のテーブルにドスンと置く。

「いいっていうのに、手ぶらじゃ行けないってさあ」繁が弁解するようにいう。

「そりゃありがとう」と謙作はいった。いうしかない。

「なんかやっぱり野暮くさかったかしら？」

娘は謙作の表情を気にした。

「いいさ。こっちへ来いよ」と繁が居間へ行く。「クーラー入れてないのか」

「神経痛じゃないの」と娘があとについて行く。

「おい」と謙作は則子に声をかけた。「お茶の仕度をしないか」

「いまやるところ」

小声だが、いら立ったような声を則子は出した。

「まあお掛けなさい」と謙作が娘と繁を椅子に掛けさせた。

「寝たきり動けないのかと思ってたよ」

「そんなことはない」

「いいお宅ですねえ」と娘がいう。

「恋人か？」と謙作は繁に聞いた。

「そうじゃないよ。友達だよ。なあ」

「ええ」娘はやや不本意な声を出した。

「就職もアパートもこの人の世話になったんだ」

「そりゃありがとう」

「いいえ」

娘は、はにかんで見せた。それにしても一向に美しくなかった。小肥りで、頬が赤い。頭の悪そうな顔である。

則子が麦茶を持って来た。コーヒーはやめたらしい。思いがけない第三者が入ったので、謙作も繁にうまく対応出来ない。とにかくこの娘を帰してからの事だ。娘がいては聞きたいことも、叱ることも出来なかった。

則子は殆んど口をきかない。

謙作も相手をしているうちに、気が滅入って来た。娘はなかなか腰を上げない。繁の働きぶりを「心配してたけどォ、支店長やなんかの評判もよくてェ、ホッとしてるんです」などという。

「性《しよう》に合ってるんだよな」と繁がいう。

「そうよね。あんた楽しそうだもん。女子高生なんかで、あんた目当てに通ってるのもいるしさあ」

「いるかよ」

「聞いたもん、カツ子に」

「いうなよ、親の前で」

クックッと娘は笑う。繁も笑う。恋人ではないにせよ、こんな娘と親しく出来る繁に謙作は失望していた。顔や姿が悪いのは仕方がないにしても、品もなく頭のよさもない。

「それで私が頼んであげたんです」と娘がいう。

「なにを?」と謙作は、われに返る。

「だから正社員だよ」と繁。

「正社員?」

「九月一日付けで、正社員になるんです、この人」と娘は、謙作が喜ぶのを待ち構えるような声を出した。

「そう」

娘は一時間余りいて、ようやく帰った。途中で謙作は席を立ち和室で横になった。痛みのせいもあったが、娘に帰ることをうながすつもりもあった。しかし、娘は帰らず、それから三十分ほどもいた。繁がひきとめたこともある。その上繁は、娘と一緒に帰るといい出し、則子が止め、謙作もたまりかねて「繁はちょっといるんだ」と口を出した。

「お前はずるい」

「なにが？」

繁を和室へ呼び、謙作は身体を起こすなり怒鳴っていた。

「何故あんな娘を連れて来た？」

「いい娘じゃないか？」

「どこがいい娘なの？」

則子が繁の背後に来て、泣くような声をあげた。

「そりゃあ見てくれはよくないけどね」

繁は平然と苦笑した。ふてぶてしく見えた。三か月自分で食べて来たことで、たくましくなったというより、粗っぽく不良染みたという気がした。パーマをかけた頭も顔に馴染まず、やりきれなく野暮くさく思える。

「お前は、あの娘と帰ろうとした。あの子を使って俺達を避けた」

「くだらない事で揉めたくなかったんだ」

「くだらないとはなんだ！」

「お父さんのいう事ぐらい分かってるからさ」

「どう分かっている?」

「とにかくぼくは大学へ行く気はないし、正社員になるんだし、はじめてはっきりした目標が出来たし」

「目標とはなんだ?」

「支店長さ」

「ハンバーガーチェーンが大学出をどんどんとっているのを知らないのか?」

「実力で追い抜くさ」

「甘いことをいうな」

「辛《から》がって、何もしないよりいいだろう。無駄になったっていいんだ。四年間大学でつぶすより、その四年夢中で働いてみて駄目だってその方がましじゃないか」

「駄目だと分かったときどうする? それから大学へ行くのは容易じゃないぞ」

「他の仕事を選ぶさ」

「転々としはじめたらきりがないぞ」

「ケチばっかりつけるなよ。励ましてくれたっていいじゃないか」

「一年間は働いてみるのもいいと思っていた。しかし、そんなところでずるずる何年も働いてみろ、一生それ以上のところへは行けなくなる」

「すごい偏見じゃないか」

「学歴を馬鹿にしちゃあいかん」

「大学を出て死体を輸入する方がましだっていうの？」

「繁ちゃん」と則子が叫ぶ。

謙作は這うように前へ出て殴りにかかったが、もう繁は立ち上がっていた。


四日がたった。

夜空を背景にして、土手を二つの影が右から左へ横切って行く。

男女である。

間隔を置いてまた二つの影が右手から現れ左手へ切れて行く。

次がまた間を置いて現れる。

いずれも若い男女の二人である。

間隔もほぼ一定している。

夏の夜の恋人達の散歩である。稀に左手から右へという影もあるが、その二人は一定の間隔で何組もの二人連れとすれちがうことになるだろう。右手からが多いのは駅がその方にあるせいである。時間が早いということもある。もう少しおそくなれば、間隔も方向も乱れて来る。しかし、組み合わせは変わらない。若い男女の二人である。

灯りを消した和室で謙作はその影の流れを見ていた。夜気はいけないといわれているが、クーラーも使えず、閉め切った部屋で夜をすごすわけにはいかない。直接肌に触れぬ用心をして、網戸越しの風を受けている。

奈落の底から手ののどかない世界を眺めているという気持ちは、見上げるという姿勢のためばかりではなかった。

謙作は打ちのめされていた。律子、繁、そして追い打ちをかけるように今日の夕刻、宮部がもうひとつの打撃を持ってやって来たのである。

府中まで来た帰りだといった。慌ただしいお見舞いで申し訳ないが、七時までに社へ戻らなければならない。車を待たせてある、と則子に果物の詰合わせを手渡し、二人になるのを待って「うちは予想以上にダメージを受けているようです」といった。うちというのは会社のことである。

「××の倒産がかい?」

大型倒産で話題になったパルプ会社に謙作の会社は非常識に資金をつぎ込んでいたのである。それは謙作も知っていた。「会社の危機」という非常時宣言も、死体輸入の話が持ち込まれたのも、もとはといえばその過剰融資が原因であった。

「ところが、うちの不良債権はそれだけじゃなかったんですね」

強気の相場商法があちこちで裏目に出ている。

その中のひとつに同族経営で崩壊寸前の大手への巨額の資金つぎ込みがあり、その表面化は時間の問題だという。

現会長社長は殆んどすでに当事者能力を失い、主力銀行が調査にのり出して来ていて、明日にも重症の経営危機は新聞に出てしまうのではないか、というのであった。

「で、どうなる?」

「まず、とにかく大量の人員整理は間違いありませんね」

「うむ」

とすれば、狙い撃ちされるのは成績不振部門である。繊維機械部であれ医薬品部であれ、謙作の担当する部門は義理にも現在優良とはいえない。努力してようやく医薬品部は登り坂になったが、まだまだ取引額はたかが知れている。将来を見越せば有望な部門だが、そんな判断も余裕も銀行側にはないだろう。

「やられるか――」

「いえ、まだなんといっても噂の段階ですから、案外銀行の歯止めが効いてどうという事はないかもしれませんが、容易ならん事ですので」

「まずそんな事はないな」

「御病気中に、お耳に入れる事じゃありませんが」

十五分もいただろうか。宮部はまた慌ただしく帰って行った。

不幸は続けて来るという。まったくこう首を揃えて来られると、星回りなどというものも気にしてみたくなる。厄年は後厄《あとやく》を含めてすぎたはずである。

「困るじゃないか、いちどきじゃあ」と誰にともなく呟いて、その声の力のなさに謙作はぞっとした。

則子は何処にいる。

半ば無意識に慰めを求めて首をめぐらせたが、家の中は妙にしんとして音がない。

「則子」

呼んでみたが返事はなかった。

「則子」

ゆっくり謙作は身体を起こした。

腰をいたわりながら、謙作は座敷を出た。

「則子」

もう一度呼んでみる。返事がない。

台所の灯りは消えていた。居間も無人である。天井の隅にはめこんだ小さな照明だけがサイドボードのあたりにぼんやりした光を落としていた。庭へ出たのかと網戸に寄ったが、狭い庭に人影はなかった。

出掛けた筈はない。出掛けるならいくら近所でも謙作に断るだろう。とすれば二階である。暑さに耐えかねてベランダへでも出たのかと階段の下へ来て見上げると、繁の部屋から灯りが漏れていた。なんだ、と拍子抜けの思いであった。起き上がって則子をさがす謙作の心に、異変への曖昧なおびえがあった。無人の居間を見てドキリとしたが、則子はただ二階にいただけのことである。

「いささかノイローゼだな」と呟いて階段を上りはじめる。常時腰に痛みがあるので、そっとしか上れない。それを四、五段上って、謙作はまた小さくドキリとして立ち止まった。

繁の部屋のドアは、ほぼ十五、六センチあいているのである。普通なら、謙作が呼ぶ声が聞こえない筈はない。うたた寝でもしているのか。いや、ベランダに出ていれば、家の中の声が聞こえないこともある。

「上ってみればいい事ではないか」

なにを気弱な臆測をしているのか、と自分が腹立たしく謙作はまたゆっくりと足をあげ階段を上った。首のあたりまでが二階に達すると繁の部屋はのぞけた。のぞくと、則子の横顔があった。

静かな横顔である。目を閉じているが、眠っているのではない。横坐りに腰を落とし、耳にステレオのヘッドホーンをつけているのであった。なるほど、これでは声は聞こえない。

「あら」

いきなり則子が謙作を見た。

「ああ」

謙作は表情に困り、目を落として「どこにいるのかと思った」と薄く苦笑した。

「電話でもかかった?」

「そうじゃない」

ゆっくり階段を上りつめる。

「大丈夫?」と則子が立って来ている。

「大丈夫だ」

いいながら繁の部屋へ入ろうとすると、則子は後ずさりながら「あなた眠ったかと思って」と弁解するようにいった。

「なにを聞いている?」

「別に。気まぐれよ」

「なんだ?」

ゆっくり繁のベッドに腰をおろした。

「ブラームス」

「ブラームスか」

やはりクラシックかと謙作はまたひとつ胸で崩れるものを感じた。則子の浮気の相手がレコード会社のクラシック部門の人間だということだけは、則子をいためつけた時に聞いていた。

「でも関係ないのよ。ただ聞いていただけ。ただ音楽として好きだから聞いていただけ」

則子は謙作の心を窺うような目で、そんなことをいった。

「分かってるよ」

「下へ行くわ」

「いいじゃないか。一緒に聞こう」

「え?」

「おどろく事はない。俺だってベートーヴェンぐらいは聞いたことがある。音を外に出して一緒に聞こうじゃないか」

「ええ」

「あてこすりをいってるんじゃない。一緒に聞きたいんだ」

「――――」

「聞きたいんだよ」

「かけるわ」

則子は観念をしたような微笑を浮かべた。操作をはじめる。その後ろ姿を見ながら、無理矢理則子の秘密に立ち入ろうとしているような、背筋のぞくりとする高まりを謙作は感じた。

則子はプレーヤーの蓋をしめながら「ブラームスの交響曲2番」といった。

「そうか」

繁の椅子に則子が掛ける。曲が流れはじめた。謙作は目を閉じた。なにもヘッドホーンで聞くことはない。こうして聞けばいい。大体ヘッドホーンで音楽を聞く姿は嫌なものだ。見るのをはばかるというようなところがある。他人を寄せつけず、ひとりで楽しんでいる姿は、見ようによってはひどく孤独で暗い印象をあたえる。繁がそうしているのを見た時も、謙作は不機嫌になった。もっとも、そうした感じ方には、仲間に入れてもらえない者の口惜しさがないこともない。いや事実、口惜しさがあるのだ。だからこそ、則子は少なくともクラシックをヘッドホーンで聞くべきではない。男との経緯がある以上、たとえやましくなくても、こうして音を大きく出して聞くべきなのだ。そのくらいの神経を夫に払ってもいい筈ではないか。「俺だってクラシックぐらい聞く。お前が楽しむ曲ぐらい俺だって分からない筈はない」

しかし謙作は一向に曲の中に入りこめなかった。つまらない曲に思える。どこが楽しいのか分からない。ブラームスについてはなにも知らないが、名前は聞いている。大作曲家の筈である。その人の交響曲ならおそらく名曲というような評価があるのだろう。しかし目を閉じて曲の流れに身をまかせようとしても一向に快感がなかった。のんびりしていたかと思うと、大げさな合奏になる。妙に甘い音を出す。おそらく指揮者も演奏者もいい年をした男達の筈である。そういう男達が、こんな音を出すために寄ってたかって労力を使っていることが馬鹿馬鹿しく思えた。

いったい本気で則子はこの曲を好きだと思っているのだろうか、とさり気なく目をあけた。則子を見る。目を閉じていた。おだやかな横顔である。かすかに身体がゆれている。酔っている。この曲に酔っているのである。同じではないか。これではヘッドホーンをつけているのと同じである。いずれにしても謙作は則子の世界へ入れない。

思い出があるのではないか。則子は否定したが、この曲が男との思い出をひき出すのではないのか？　しかし確かめようがない。殴ってみても否定されればそれきりである。心の中は分からない。

急に嗚咽《おえつ》のようなものがこみあげて謙作は声をこらえた。徒労感、絶望感が胃のあたりを食いちぎるような激しさで襲った。謙作は唇をかんでその激情の吹きすぎるのに耐えた。しかし激情は去らなかった。熱風が吹きすぎると、どす黒く熱いかたまりが残り、胃の腑《ふ》をチリチリと焼くように思えた。なにひとつない。なにひとつ残ったものはない、という思いがあった。

律子は外国人と性関係を持ち別の外国人に犯されるという目にあい、中絶をし、いまはあの貧弱な三十男と一緒になるという。繁はどうだ？　三流の大学をバラバラと落ち、大学には行かぬといい、あの与太者のような髪と志の低さ。醜く頭の悪い女友達。繁の人の好さでは、いつあの娘にひっかかってしまうか分かったものではない。

そして則子。心の中を殆んどのぞけない浮気をした妻。謙作を立ち入らせない世界を持ち、平然と目を閉じてブラームスに酔う妻。

そして会社。いわば自分の人生の大半をつぎ込んだ相手。そいつが崩壊しようとしている。いや、それは大げさだ。まだ崩壊と決まった訳ではない。しぶとい筈である。関連会社がそう簡単につぶすわけがない。謙作は不確定なものにすがった。すがることで絶望感から這い上がろうとした。

そうだ。この家がある。この家は、まぎれもなく自分の二十数年の成果だ。四十五歳で、すでにローンを終えている。しかし、それがなにになる。家の中身が、この有様でなにになる。

「どうしたの？」と則子がきいた。

「少し痛む。もういい」

謙作は、ゆっくり立った。

## 氾《はん》濫《らん》

雨は八月三十一日から降りはじめた。

午前中に宮部から電話があり、会社が約六百人の希望退職者の募集をはじめた、といった。すでに経営危機は公のものである。事実上倒産状態であるといってもいい。歯止めをかけているのは主力銀行である。連鎖倒産の大きさが「自主再建」の道を辛うじて残している。組合も退職募集に協力せざるを得なくなっている、と宮部はいった。

「いかがですか？　お身体は」

「ありがとう。お陰さまで大分よくなった」

そういって切ったが、痛みはむしろ増していた。天気が悪い。台風16号が近づいているという。和室へそろそろと戻り、窓に目をやると雨が降りはじめていた。

明日は山中湖でのアルバイトを終えて律子が帰って来る。また口論をはじめなければならない。二十やそこらであの三十男と一緒になりたいというのは、若気のいたりである。一生に関わる若気のいたりは、親がいさめなければならない。

蒲団に横になる。それだけのことに、いくつかの動作がいる。終りに掛け蒲団を少なくとも腰までは掛けなければならない。それが苦痛である。掛けずに暫く天井を見ている。二階で掃除機の音がしている。

「亭主をほうっておいてなにをしている。亭主が蒲団を掛けるのにさえ苦労しているのになにをしている」

掃除をしているのである。則子に罪はない。

しかし、なにかそういう理不尽なことを則子にわめき散らしたい気分がしきりにしていた。わめき散らして則子との距離をちぢめたいという思いがある。この十数日で謙作は則子と自分との隔たりにこたえていた。則子はよく尽してくれる。しかし、何処かで心を開いていない。そんなもどかしさがあった。おそらく則子にそんな気はないのである。「別れた男」を想っているというようなことではない。謙作も嫉妬をしているのではなかった。ただ、則子が別の世界にいるという思いが強いのである。いってみれば、二十年の報いということかもしれない。結婚して二十年謙作は殆んど家庭に背を向けていた。その間に則子は、謙作とは無縁に自分の世界をつくらざるを得なかった。謙作も則子とは無縁の世界を持っている。たまたま十数日こうして二人きりでいると、二人の世界の隔たりが身にこたえる。言葉にしていえば、そんなことなのだろうか。

則子の好む音楽を謙作は楽しめない。謙作が臆測する経済記事の裏側に則子は相槌《あいづち》以上の興味は示さない。

そんなことは当然といえば当然かもしれない。若い頃はむしろその違いに新鮮さを感じたのである。しかし、いまはそんな訳にはいかなくなっている。隔たりにもどかしさと淋しさを感じている。自分が感じているのだから則子にも同様の思いがあるのかもしれない。いや則子にこそそんな思いが強くて「浮気」に走るというようなことをしたのかもしれない。二人を隔てたのは仕事である。その仕事がいま崩壊寸前だという。それでは、元も子もないではないか。

「則子」

聞こえないことを承知で呼んでみる。勃然《ぼつぜん》と性欲が湧く。いや性欲と呼んでいいかどうか分からない。則子との間隙《かんげき》を埋めるために濃密な性交渉を持ちたい、と思う。ひどく猥褻《わいせつ》な時間を則子と持ちたいと思う。

しかし、いまの謙作はそれどころではない。掛け蒲団をもてあましている。打ちのめされている。

「こんなことで、どうする」

と口に出していってみた。「神経痛は心因性の高い病気ですから」という医者の言葉を思い出す。甘えている年ではない。まだ四十五である。心因性の高い病気にかかるなど屈辱と思わなければならない。

身を励まして腕をのばした。掛け蒲団を摑む。またゆっくり身体を倒す。

急に則子が階段をかけおりる音がした。

「ひどい雨だわ」

素早く部屋に入って来ると、雨戸を閉めはじめた。気がつくと、激しい雨音であった。雨戸を閉める則子の隙を狙うように、雨が隅の畳を跳梁《ちょうりょう》した。

九月一日の朝、土手で男達が大声で話す声で目がさめた。意味は分からない。雨音は殆んどなかった。時計を見ると八時少しすぎである。則子はすでに起きている。

昨夜はよく降った。その音を聞いて、いつまでも眠れず、明け方から漸くうとうとした。台風16号が足摺岬《あしずりみさき》の南々東の海上を時速二十キロで北々西に進んでいる、というのが昨日のニュースであった。それも明るいうちのニュースである。台風情報に一喜一憂しても仕方がなかった。どうせ寝ているのである。雨戸を閉め外へ出なければ、つまりは行きすぎて行く。現に行きすぎて行ったではないか。

身体を起こしながら、今日こそは一日起きていてやるか、と思う。朝は具合がいい。具合のよさにのって、そのまま一気に体操をしたり散歩をしたりすれば、案外数日で癒《なお》ってしまうのではないか。つまりは気分の問題だ。もう女々しいことは考えまいぞ、と腕をのばす。「イチニ、イチニ」それでもつい腰をいたわって上半身だけで怖る怖る体操のようなことをした。

「起きました?」と則子の声が台所でする。

「ああ起きた起きた」

「ブランコを運んでいるのよ」

「ブランコ?」

「小堤防のこっちまで水がしみこんで来てるの」

「しみこんで来た?」

土手にさえぎられて階下からでは川は見えない。「なにもいいわよ」ととめる則子に「今日からは無理をしてみるんだ。いたわっているとこの病気はキリがない」

そんなことをいって二階へあがった。則子がのぞいたらしく雨戸が一枚あけてある。

「すごいでしょう」

背後で則子がいった。

「うむ」

川幅いっぱいの水であった。濁流である。見事といってもいい。これほどの水量の多摩川ははじめてであった。さすが一級河川だ、と謙作はちょっと見惚《みと》れるような思いがあった。対岸までくまなく濁流がおおい、久しく見なかった雄大な自然の迫力を見せつけられた気がした。いつもこのくらい滔々《とうとう》と流れていたら住む人間の気持ちも随分影響を受けるだろう。

「どこからしみ込むのかしら?」

「うむ?」

いまその増水した水をくいとめているのは小堤防である。その手前の河川敷に小公園があり、ブランコやおすべりやジャングルジムが置かれている。その手前に本堤があり、そのまた手前に謙作の家を含む家並がある。

その河川敷の公園が水びたしなのである。則子のいう通りそこのブランコやおすべりを雨合《あまがっ》羽《ぱ》の男達がとりはずして運んでいる。大声は彼等の声であった。

「川の水がしみ込んだのじゃないさ」

「じゃあなに?」

「あれだけの雨だ。雨水がたまったのだ」

「それでブランコをとりはずす?」

「冠水の心配をしているのかもしれない」

「カンスイ?」

小堤防は本堤に比べれば、はるかに低い。いまの水量なら大丈夫だが、あと二米も増えれば水は小堤防をのみこんでしまう。

「しかし雨は殆んどやんでいるんだからな。これから二米も増水する訳がない」

ところが昼すぎに、その小堤防が崩れた。

水位ではなく水勢に負けたのである。

決壊した小堤防から、滝のように濁流が小公園を襲った。

あっという間である。

運びおくれたジャングルジムやおすべりが、不器用な巨体を持つ動物のように、身をわずかにゆるがせて水に没した。

水は本堤にせまった。

謙作ははじめて恐怖を感じた。

小堤防が崩れると、河川敷が水に没するのは殆んど瞬時であった。川幅は俄《にわ》かに五十米余りもひろがり、家と水を隔てるのは、本堤だけになった。

「則子」階下の則子を呼んだ。「小堤防が崩れた。避難しなければならないかもしれない」

「まだ見ていたの?」

呆れたように則子はいった。

「二十分ほど前からだ」

「寝てなくていいのかしら？」

「なにを呑気なことをいっている。見てみろ」

「あ」則子も風景の一変に息をのんだ。「すごいわねえ」しかし、どことなく気楽な声である。

「すごいわねなんてものじゃない。これで本堤が崩れたら、この家は忽ち水の中だ」

「だってこの堤防が崩れるかしら？」

「崩れないとはいえない」

「雨はやんでいるのよ。もう水は減って行くはずだわ」

「そりゃそうかもしれないが」

「御覧なさい。誰も堤防が崩れるなんて思っていないわ」

その頃から堤防に人が増えはじめた。雨がやんだこともある。濁流の多摩川を見物に来るのである。

家族連れが多い。

日曜日である。

赤ん坊を抱いた若夫婦。小学生や中学生をひきつれた中年夫婦。無論二人連れもあり、子供たちだけあり、それは夕刻にかけて土手いっぱいにひろがった。笑顔で水量の増えた川を眺め、子供たちははしゃいで水すれすれに斜面を駆けおりるような事をした。

その呑気な大勢の人々を目の前にすると、謙作も自分がひとりで余計な心配をしていたような気がして来る。しかし、水量は増えているのである。

「ニュースをやっていないか」

三時のニュースでは、特に多摩川の増水に触れたものはなかった。

「少し大事なものを二階へ上げた方がいいかしら」

則子がそういって来たのは四時すぎである。律子はまだ帰らない。お向かいや隣からの情報では、水門に排水ポンプが配置されたりしているという。

「排水ポンプでどうするんだ?」

「水の量を減らすんじゃないのかしら?」

「ポンプでか?」

よく分からなかった。この膨大な水の流れがポンプ如きでどうなるとも思えなかった。

「お隣じゃ蒲団やなにかを二階へあげたっていってたわ」

「そうか」

たしかに階下が水につかっても二階は無事ということもあるかもしれない。避難を考えていたが、言われてみればそれが一番ありそうにも思えた。

則子が二人の蒲団、衣類、預金通帳や保険の証書、少量の株券などを二階へあげた。謙作は、ただ見ているしかなかった。

「のみ水なんかも、少しあげておいた方がいいかもしれない」

そんなことを、運んで来る則子に、遠慮がちにいった。

魔法瓶やら急須が運び上げられた。

「ああ」則子は汗をかき、窓に寄って風を求めた。「おろすのがまた一苦労だわ」

その時になって謙作は、忘れていたものに気がついた。

「そうだ」といったが、いまの則子に、またそれを運ばせるのは気がひけた。

「忘れていたものがある。俺が運ぼう」

階段へ行くと、

「なんですか？」と則子が追って来た。「いってくれれば運ぶわ」

「いい。俺が運ぶ」

なぜ、いままで忘れていたのだろう。

「なんだか知らないけれど、あなたが運ぶなんて無理だわ」

則子は階段をおりかける謙作の腕を摑んだ。

「なんですか？　一体」

「アルバムだ」

「アルバム?」

聞きかえされて謙作はむっとした。

「通帳などはいくらだって再発行出来るんだ。アルバムはそうはいかない。俺が運ぶから二階にいればいい」

「あんな重いもの、あなたに運べるわけがないじゃないの」

結局は則子が運ぶことになった。

十二冊である。

二度にわけて則子は運んだ。謙作はただ見ているしかない。

二十年にわたる家族の記録である。則子がむしろ自分から思いついて運ぶべきものではないのか。しかし謙作も忘れていたのである。おそらくそれは、現在の家族に対する失望のせいである。アルバムなど大切にしてなんになる。意識下にそういう思いがあったのだ。

則子は黙って運んだが、則子の心にも、投げやりなそんな思いがあるのかもしれない。

情けなく目をそらして謙作は濁流を見た。律子はなにをしている。腹立たしくそんなことを思った。

五時すぎに釧路から電話がかかった。

「お兄さまだわ」

則子が下から呼び、おりて行く間に「あら、見ませんでしたわ。そうですか」という則子の声で、テレビを見てかけて来たことが分かる。

「ええ。でも本堤防は、ちょっとやそっとでは」

そんなことをいっている則子と替ると、

「小河内《おごうち》で大変な雨量だったそうじゃないか」と兄の声がいった。多摩川上流のダムである。

「そうですか。テレビを見ていませんでした」

貯水限界量をこえ、放水を続けているという。それでは水量が減らないわけである。土のうを積んだり、木流し工法で堤防を守っているが、水流が激しく木流しの樹木は忽ち流されてしまうそうだ、といった。身近の出来事を北海道から教わるというのも妙なものだった。

「こっちは野次馬が出て呑気なものです」というと「そうならいいが」と兄の方が心配な声を出した。

神経痛のことはいわなかった。日曜日なので、向こうも謙作が家にいることを疑わない。切ると則子が二階から「やってるわ。消防隊が出ているわ」といった。

「そうか」もう一度上るのが面倒で「下にいるぞ」というと、則子は馳けおりて来て「警察が土手の人を追い払っているわ」といった。

六時近くに繁がやって来た。

ドアを則子があけると「避難命令が出たらしいよ」と大声でいった。

「避難命令?」

命令という言葉が聞き慣れなかった。「ハンドマイクで怒鳴っているよ」ずかずかと上がって来て居間のソファに横になっている謙作に「二中だってさ。お父さん行けるかな。おぶってやろうか」といった。争ってとび出して行ったことなど忘れたようにけろりとしている。

「二中って、中学校か?」

身体を起こしながらきくと、

「当たり前だろ。二中が高校なら、アル中はニコチン中毒だ」とバカバカしい冗談をいって大声で笑った。

「律子が帰って来るまでは動けないわ」

則子がそういうと「あとから来るよ。どうせこの辺縄でも張って入れなくするんだから」と興奮して少しもじっとしていない。早番で四時すぎに横浜の店を終え、登戸まで帰って来て東京側がどんどん崩れているという話を聞いた。アパートへ荷物をほうり込んでとんで来たという。

「さあ行こう。なにを持って行く?」

「とにかく毛布ね」と則子がいう。

「ああ」

学校への避難が神経痛によくないことは目に見えていた。しかし、近くに適当な知人もない。

すると表のドアがたたかれた。

「田島さん。避難命令が出ています。避難して下さい。堤防が危険です」

高ぶったハンドマイクの声が、そう叫んだ。


繁が登戸の自分のアパートに来たらどうかといったが謙作は断った。対岸である。電車が不通になったら身動きが出来ない。家の近くにいたかった。

「蒲団もあるし寝ていられるのになあ」と繁はいったが、子供には分からない。一軒の家を建てるということが、男の人生でどれほどの比重を占めているかが分からない。家になにかがあれば見届けたいという思いがあった。

しかし外へ出てみると、人々に避難命令という名前にふさわしい深刻さは、不思議なほどなかった。自転車や徒歩で狛江《こまえ》市立第二中学校へ向かう人々の中に、大きな荷物を持つ人は殆んどない。サンダル履きの手ぶらという人もめずらしくなかった。ひと騒ぎしたあとで無事なわが家へ戻るだけだ、という根強いたかくくりを謙作は感じた。

体育館の隅に場所をとる。

近くに二軒はなれた上月《こうづき》という一家がいて、則子が挨拶をした。

主人同士はこれまで顔を合わせたことがない。あの家に越してほぼ十年である。上月さんは更に古い。それでいて体育館ではじめて挨拶をするおかしさが短い挨拶の中の話題となる。

「こんなことが御縁で」と笑顔を交わした。

あちこちでそれに似たことがあるのかもしれない。災害下の人々というより、祭の余興でも待つような奇妙な陽気さが広い館内の空気にあった。

六時半頃、炊き出しのお握りが回って来る。同時に狛江市長が都知事に自衛隊の派遣を要請したという市の職員の報告があった。

「堤防は大丈夫ですか?」という誰かの声に「大丈夫です。御安心下さい」と職員がこたえる。

しかし安心出来ない事態だから自衛隊を要請した筈である。

謙作はひとりでいらいらした。毛布を重ねて敷いた上に横になっている。

目の前で繁が握り飯を食べた。謙作がいらないというと、その分もまたたくまに食べてしまう。その食欲がうっとうしく思えた。あさましいほど顎を動かし喉を上下させて飯のかたまりをぐいぐいと腹に入れて生きようとしている。周囲などかまわず、是が非でも自分だけは生きようとしている。そんな風に思えた。そんな思い方は病んでいるのかもしれない。しかし、親を非難し親の期待には一顧だにせず、大学はやめる、ハンバーガーの店でずっと働くと勝手に決めて家を出ている繁を見ていると、軽い憎しみのようなものが湧いた。

七時に、自衛隊より先に警視庁機動隊、その他応援部隊、報道陣などが続々到着いたしました、とさっきの職員が殆んど嬉し気に大声で報告した。

堤防はどうなっているのか。「大丈夫です」と職員はいう。しかし、おそらく少しずつけずりとられているのである。それを土のうでくい止めているのであろう。小堤防が決壊した時の流れの激しさを思うと、それは全く効果がないのかもしれない。機動隊も来たという土手のあたりのただならぬ情景が目に浮かんだ。

そのただならぬ岸辺で、わが家が身動きもならず孤独に暗く不安に耐えている。その姿を思うと、生物に対するようないとしさを感じた。

「姉さん」

繁が入口へ手をあげて大声を出した。

律子がやってくる。目を伏せている。言い争って出て行ったことを、繁のようにけろりとは出来ない性格である。「教室あちこち回っちゃったわ。お腹すいたわ」と怒ったようにいった。

「姉さんの分なんかないよ」

繁がそういうと「そう」と低くいってカバンを置き腰を下ろす。しかし、またすぐ立って

「いいわ。何処かでちょっと食べてくる」と終始両親には見向きもせず、また離れて行く。

則子がなにもいわないことに気づいて、謙作はその方を見た。横坐りに坐って、目を伏せている。律子が来たことなど気がつかないようにさえ見えた。

なんという家族だ。謙作はゆっくり身体を起こした。

「どうした？　お父さん」と繁がいう。

答えずに立ち上がった。

「どこへ行くのさ？」

「家だ」

痛さを無視して、よろけるように人を分けて外へ急いだ。繁が追ってくる。

「無駄だよ。止められて行けやしないよ」

「ついて来るな」

外へ出た。痛みが激しく小走りのつもりでも這うようにしか歩けない。

「じゃ、おぶってやるよ。おぶされよ」

「向こうへ行け！」

つきのけるようにして歩いた。

お前たちよりはましだ。あの家だけが結局俺の人生の確実な成果だ。こんなところへ避難していたなんてどうかしていた。何故あの家を守るために働かなかったのか。待っていろ。いま行くぞ。土手に立って守ってやる。屋根にへばりついても守ってやる。流されたら一緒に流されてやる。

「あなた」

いきなり則子が腕をとった。ふりはなすと「肩に摑まって」という。

「戻っていろ。律子も来る」

「繁を行かせたわ」

そんなやりとりに気づかなかった。

「俺の家だ。人にまかせている方がおかしい」

「肩に摑まって。一緒に行くわ」

摑まったが、身体が片側に傾くので歩きにくい。

「前を歩け。両肩に摑まる」

則子を背後から押すようにして歩いた。

痛みが刺すように腰と足を襲うので、意識を散らすために「あの家だけだ。あの家だけだ」と心で叫んで足を運んだ。「働いて残したのは、あの家だけだ。あとは滅茶滅茶だ。滅茶滅茶じゃないか」

気がつくとそれが声になっていた。

「滅茶滅茶じゃないか」

そういっているのだ。しかし、則子はなにも言わない。背を謙作の方へやや倒し気味にして、踏みとどまろうとするように歩いていた。

則子は一体どう思っているのだ。悲しんでいるのか？　なにも感じないのか？　怒っているのか？

「そこで止めているわ」

「うん？」

人だかりがあった。その中にヘルメットをかぶった警官が数人見える。縄をはって通行を遮断しているのであった。

「行こう」

謙作が先に立ち人をわけて縄の前へ出た。

「堤防はどうなりましたか？」

「いまンところは無事だけど、危ないね」

若い警官がそういう。

「私はこの先の田島というものです。家まで行きたいのだが」

「駄目スよ、一切」

「避難命令でなにも持たずに出たのです。貴重品をとりに行く権利ぐらいあるでしょう」

「危ないからね」

「いまのところは無事だといったじゃありませんか。その間に貴重品を運ばせるくらいの配慮は、むしろそちらでとりはからうべきことではないなんですか? 相手は川です。家は流されるかもしれないんです。避難させ道を遮断して生命さえ守ればいいというものではないでしょう。何も出さずにすべてを流される人間の身にもなって下さい」

ヒステリックに怒声をあげて貴重品に執着しているという印象は避けたかった。

「しかし私の一存じゃ決められないからね」

「聞いて来て下さい。相談をして下さい」

結局、その警官がつき添って、五分間だけということになった。

「五分以内でも危険が来た時は、すぐ命令に従って下さい」

そんなことをいって警官が先導した。

家近くの角を曲りかかると、十数人の機動隊らしい警官が、隊伍を組み早足ですれちがった。

たのもしいといえばたのもしいが、土手をはなれて何処へ行くのか、とも思う。

「じゃ五分間ですから」

警官を外に置いて、二人で玄関へ入った。ドアを閉めると謙作は、音をたてて鍵をかけた。

「五分で追い出されてたまるか」

則子が、驚いて謙作を見た。

「どうするつもり？」

「ここにいる」

「ばかな事をいわないで」

「何故ばかだ？　どんな思いでこの家を買ったと思ってるんだ」

居間の灯りをつけた。なにもかも静かで、今まで通りだった。

「この家と死ぬ気？」

「繁や律子はどうせ思うようにするだろう。お前だって――」

「私だって、なに――」

「勝手に生きる筈だ」

目をそらして謙作はソファの背を摑んだ。

どうしたらいい？　こんなに沢山のものを持ち出すことは出来ない。この居間を持ち出すことは出来ない。あの台所を持ち出すことは出来ない。

ここにいるといいながら、持ち出す事を思い、その不可能に圧倒されて謙作は居間にひざまずいた。

「自分に罪はないのね？」

則子がいった。

「罪だと？」

「私を非難したいのね？　こんな家庭にした私を非難したいのね？　その通りだわ。あの子たちがああなったのは私のせいね。少なくともあなたのせいじゃない。あなたはいなかったんだから、あなたのせいじゃない」

「そんなことはいっていない」

「だからそんなに弱いのよ。たまに子供とぶつかるとおどろいてしまうんだわ。私はあのくらいの事で子供たちを諦めないわ。あの子達が小さい頃から、あてがはずれることなんかいっぱいあったわ。今更あなたみたいに大騒ぎはしないわ。あの子達がなにをした？　殺人をした？　放火をした？　泥棒をした？　人をだました？　なにもしていないわ。あなたは、いつも逃げていたから」

「逃げてなぞいない。仕事をしていたのだ」

「いつでも仕事をしていたわ」

「それでお前達も食べて来たんだ」

チャイムが鳴った。「田島さん」という警官の声がする。

「死体を輸入してまで食べさせてくれたわけね。私たちは、ただ感謝して、黙っているしかないのね?」

「安手なことをいうな。会社がつぶれたらどうする?」

「会社はつぶれないの?」

「少なくとも俺は最善をつくした」

警官がドアを激しく叩きはじめた。

「でも経営陣が悪かったたってわけ?」

「それが事実だ」

「身をすりへらして働いて、人のせいでなにもならないってわけ? じゃあなんのために働いて来たの? なんのために私たちはほっとかれたの」

「他にどうしようがある? 会社へ入って怠ける方が立派か? 一所懸命働く方が間違っているのか? 経営が悪かったのは不幸だ。しかし俺は自分の生き方を悪いとは思わない」

「悪くないのにこの様はなに?」

ドアの音が激しい。則子は別人のようにひき下がらなかった。「この様はなに?」

「田島さん! あけなさい!」警官の声が叫ぶ。ドアを叩く。「あけなさい、田島さん!」

「あなたはアルバムを大事だといったわね。アルバムは大事でも、本当の繁や律子や私は大事じゃないんだわ。あの綺麗事のアルバムとこの家だけが大事なんだわ」

その時、土手の方で騒然とした声が起こった。

「そんな事をいえるお前か？　お前は、なにをした？　お前は、ただ家にいて、男をつくっただけじゃないか！」

勝手口のガラス戸が割られた。

「生きたかったのよ」

「聞いたふうな事をいうな」

警官が台所へとびこんで来た。

「なにをしてる！　なにをしてるんだ、あんたたちは！」

外で走りながら叫ぶ声がした。

「本堤決壊！　本堤決壊！」

謙作と則子は遮断線までひき戻された。

「学校で待機して下さい」

警官は裏切られた事に腹を立て強くそういったが、謙作は縄の前から動かなかった。則子も傍をはなれない。

野次馬は大声を出し、笑い声をたて「つまらないから帰ろう」というようなことをいった。

「誰か死んだの?」

「どうなってるの?」

「どこへ行ったら一番見えますか?」

若い警官はそんな野次馬と気楽な応酬をしそうになっては、謙作と則子に気づいて抑えていた。

パトカーに分乗して流失の怖れのある家の人々が貴重品を取りに来たのが十時少しすぎであった。

繁も律子もいて四人で多数の警官に守られてもう一度家の前に戻った。

律子も繁も青ざめた謙作と則子の顔を見てひるんだように殆んど口をきかなかった。

家の前の道に、さっきはなかった蛇籠《じゃかご》や土のうが運ばれている。水防隊がすでに田島家を含む最前列の家並を放棄していることを示していた。

声をあげて男が走って来る。

「駄目だ駄目だ、ここの四、五軒は危険だよ。入れちゃあ駄目だ」

泥まみれの消防団員である。

謙作たちと一緒の警官に近づくと、大声でまた「駄目だ、危険だ」とくりかえした。男のいう危険な四、五軒の中心に田島家があった。

突然、隣家の主人が甲高い声で「それはないんじゃないかね」とその消防団員にせまった。

「何度も車を出してくれといったのを、この時間までひき延ばしておいて、危険だから駄目ってことはないんじゃないかね！」

「そんなことというけど、この家の向こうは川なんだよ。土手はないんだよ。今にもここらの家はもってかれちまうかもしれないんだ」

「二分もかかりゃしない。持って来るものは分かってるんだ」

「あんたの身体だ。どうでもっていうなら勝手だけどね」

警官が割って入り「三分ぐらいなら、どうだろう?」と消防団員にきく。

「俺に聞くなよ。俺はそんな責任とりたかないよ。家の向こうは川だってことだよ」

謙作は黙っていた。もうよかった。今更なにを取っても仕方がない。ただ家が流れるなら、流れる姿だけは見届けたいと思った。

「本当だよ。土手がないよ」

繁が戻って来て律子にいった。

「一分あればいいわ」急に則子が警官にいう声が聞こえた。「一分でとって来ます。どうしても欲しいものがあるんです」

「ぼくが行くよ。なに？」と繁が口をはさむ。

「アルバムよ」

謙作は則子を見た。

「そうか」繁がすぐ反応した。「ぼくも気になってたんだ」

「全部は無理でも、みんなの小さい頃のを何冊か欲しいわ」

突然胸がせまり、かすれた声で「俺が行こう」と謙作はいった。

「あなたは駄目よ。私が行くわ」

「いや俺が行く。何冊か持って来る」

「ぼくも行くよ」

警官も断りきれず、その五軒は三分厳守ということになった。電線はすでに切断されており、警官から懐中電灯をそれぞれが借りた。

入るなり繁が「危ないよ、お父さん」といった。家が揺れていた。外からは分からなかったが、階段をあがりかねるほど家中が揺れていた。

「お父さんはここにいろよ」

繁が階段を上った。謙作は、ただ立っていた。

揺れ動く家の柱を握り、「そうか、分かった。そうか、お前は臨終か。お別れか」と何度もうなずいて、謙作は立っていた。

五冊のアルバムを繁が運び出した。

田島家が流失したのは十二時八分であった。

報道陣の背後で、一家四人でそれを見た。

激しく家が身を震わせはじめると、キャメラの音が一斉に起こった。家は川の方へ仰向けに倒れるように傾き、しかし倒れきらぬうちに、瞬時で濁流にひきこまれ、ぐらりと浮かんだ。投光器の灯りの中を下流へすべるように流れ去った。

あとにはコンクリートの土台とタイルの風呂桶と玄関の狭い土間が残った。その土間の隅に、不思議なほどきちんと揃えられたまま則子のベージュのサンダルがあった。

## それからの岸辺

九月三日の午後までに、流失倒壊した家屋は十九棟に及んだ。

二十九世帯九十人が被災した。

棟数に比べ世帯数が多いのはアパートが含まれているためである。

台風は温帯低気圧となって消え、おだやかな九月の青空の下で、濁流だけが勢いを落とさず、二日間次々と家をのみ込んで行くのは異様な眺めであった。

二日から謙作たちは市の福祉会館へ移った。繁が自分のアパートへ来ないかとまた誘ったが、三畳で台所もない部屋に四人の家族が移るわけにはいかなかった。

家族四人になることを怖れる気持ちも謙作にあった。広い畳敷きに、他の家族と同居することで救われているものがあった。四人になれば、それぞれとの争いをまた続けなければならない。暫く時間が欲しいという思いがあった。

事実、応急住宅の斡旋を市に要請したり、被害補償、救援措置などについて被災者が協議するためには一か所にいるということを必要とした。見舞客の便ということもある。

見舞客は多かった。宮部たち繊維機械部員はもとより、本人が顔を見せた重役も二人いた。取引先の会社、二十年以上も逢っていない中学の同級生三人（新聞で名前を見たとやって来た）、大学時代の友人たち、バーのママ、会社の女性たち（電気釜を持って来てくれた）、その人々の中に堀の顔を見、哀愁とかいう娘の顔を見ても、堅い顔で会釈する他謙作は応じようがなかった。

釧路からの見舞いは固く断った。こちらから電話をし、ひとまず落ち着くところへ落ち着いてからにしてくれ、と事情を話した。市長や国会議員、都議会議員らの見舞いがあるかと思うと、宗教団体からの救援に礼を言わねばならず、その間に流失物が小学校に回収されて来ているから見に来てくれ、という連絡が入ったりで、ひとりでいる時間も出来事に感慨を抱く暇もなかった。

四日は雨であった。その中で水防隊は水流をかえるために堰堤《えんてい》を爆破することを続け、五日の夜になって漸く水防の目処がつくという難航ぶりであった。

避難命令解除は翌六日の昼である。

その六日、謙作たちの仮の住居が斡旋され、田島家は都営狛江アパートに入ることになった。三DKである。

家族四人で河原へ出たのは、避難命令が解除されたその日の午後であった。

下流に回収出来ない流出物が多量にあるという。自分の家のピアノが流砂にうずもれているのを見て泣いたという娘さんの話などを聞き、わが家の痕跡を求めて下流へ歩きはじめたのである。

残骸は累々《るいるい》として連なっていた。

家を失ってはじめて家族だけになった四人であったが、明るい太陽の下に散乱した箪笥やテーブル、テレビ、椅子などの日常品の惨状を見ると、それに心を奪われて口をきくゆとりもなかった。

謙作もはじめて、起こったことにまともに向き合うという思いがあった。起こってみると、いつかはこういう事が起こるという予感が、日常の底に絶えずあったような気がする。

いまの生活がこのまま平穏に続くわけがない。この生活が、このままですむわけがない。たとえばアルコールに漬けられた輸入死体を見ながら、謙作はそんな予感を抱いていたという気がした。

いつか突然、なにかが自分たちを叩きのめすのではないか。それは戦争かもしれない、病気かもしれない、あるいは自然の怒りかもしれない。

そしていま、おだやかな川が濁流となって自分達を叩きのめした。裁きを受けた。そんな思いが謙作にあった。

「裁きを受けた」

そう思いながら、謙作の気持ちは不思議なほど軽かった。神経痛が殆んど消えたこともあるのかもしれない。水が襲ってから、絶えず痛みを無視して動いていた。しかし、考えてみればあの激痛を無視出来るはずもなく、気がつくと足腰をいたわる歩き方が残り、痛みは消えかけているのだった。

「ショックでなおったんじゃないの?」

繁がそういうのに、

「バカ。無理をしてるんだ」

と答えたが、照れくさいほど痛みが消えていたのである。

痛みだけではない。なにかしら、多くの拘《こだわ》りが心から消えているという思いがあった。

なにが消えたのか?　なにが心を軽くしているのか?

「あなた――」

則子が息をのむような声でいい立ち止まった。

「うむ?」

視線の先を見ると、わが家の屋根があった。

「あれうちの?」と繁がいう。

「そうだ。うちのだ」

紺の化粧瓦の屋根が、わずかな損傷だけで岸辺に打ちあげられていた。

「うちのだ」

謙作は走った。すぐ木片につまずき、石に足をとられた。膝をつきながらそれでも屋根に向かってなりふりかまわず近づいた。

這い上がるように屋根に膝をつき、両手をついて、わけもなく右手で二、三度瓦を叩いた。

なにかをしてやりたかった。

「そうだね。うちのだね。屋根なんてあまりつくづく見たことなかったからな」

繁が背後でそういった。

「蓋みたいじゃない」

黙っていた律子が口を開いた。

声に素直な哀惜がこもっていた。

「蓋をあけると、家があるみたいじゃない」

「そうね」

則子もいい、謙作の傍に膝をついた。両手で瓦を撫でるようにした。

「へえ。瓦って思ったよりでかいんだなあ」

繁もそういって撫でた。

「よく割れないで」

律子もひざまずいた。

「ステレオよう！　俺のステレオは、どこへ行っちまったよう！」

繁が急に大声で遠くに向かってそんなことをいった。

「東京湾で」律子が無理やりのような明るさでいった。「東京湾で、魚が聞いてるわ、きっと」

律子に似合わぬ平凡な冗談だったが、その平凡さがよかった。ホッとした。四人で笑った。

笑うと、急にこみあげるものがあり、顔をそむけて涙を押さえた。

「泣くなよ、二人とも」

繁がやはり泣くような声を出した。則子も泣いているのであった。

「いいじゃないか。みんなで働けば、また家ぐらい建つさ」

災害による流出は、保険の適用外なのである。一からはじめなければならなかった。

「さっぱりしていいじゃないか」

律子の泣き声も聞こえた。

いいだろう。泣けばいい。災害に泣くということにせよ、家族の感情が一つの方向を向いている快さがあった。

感情の波のおさまるのを待った。

「さあ、行くか」

謙作が声をかける。則子が立つ。

「ぼくがおごるからさ、なんかうまいもの食べようよ」

繁がいう。

「よし食べよう。豪遊しよう」と謙作。

「豪遊は困るよ」

「私も出すわ」と律子がいう。

「よし割勘の豪遊だ」

子供達が働いて得た金と親達の金とで、二子玉川で中華料理を食べた。幸福感があった。


帰りも土手を歩くことにした。

「お父さん」

繁が横に並んだ。

「いずれ対決しなければならない事だからいうけど、やっぱりぼくは大学へは行かないよ」

「支店長になりたいといったな」

「将来は自主経営さ。それにはやっぱり現場だと思うんだ」

「二、三か月食堂で働いただけでそんな事をいいだすところが子供だ」

「親のいうことをきいて大学へ入っていれば大人かよ」

「うむ」

腹が立たなかった。

捉われているのは自分かもしれなかった。

謙作は努力して国立大学を狙い、その学歴で現在の地位を得た。だから学歴の力を信じたが、信じない生き方があってもいい。それが浪人をしたための負け惜しみじみているのが残念だが、励ましてやるべきことかもしれなかった。

「いいだろう。やってみればいい」

「そういうと思ったよ」

「何故？」

「流されちゃってさ。むなしくなってるだろ？」

「生意気をいうな」

「あんまり気が弱くなってもらいたくないいな」

「なるものか」

「それから、こないだの女の子、恋人なんかじゃないから安心しろよ」

「心配などしていない」

「お母さんから聞いたよ。芋ネエにひっかかったってがっかりしてたんだろ」

「お前の趣味に失望したことは事実だ」

「いい娘《こ》なんだよ。お父さんたちは外観でものをいうけど、すごくいい所があるんだ」

「まあ聞いておこう」

「ついでに姉さんの事もいうけど」

「つけ上がるな」

「姉さんて恰好いいのが好きだったじゃないか。堀先生のよさなんて分かる女じゃなかったと思うんだ。それが一時にせよ」

「一時なのか？」

「分からないけど、仮に一時にせよ堀先生に惚れたなんて、いいんじゃないかと思うんだ。姉さんの革命だと思うんだ」

「うむ」

不思議なほど素直に聞けるのであった。

激しく怒った自分が拘わっていたものはなにか、と思う。

家を持てば家に拘わらなければならない。

会社につとめれば会社に拘わらなければならない。

ある位置につけばその位置に拘わることになる。

娘の選んだ男が貧弱な三十男だから怒るのも、考えれば下らぬ拘わりからなのかもしれなかった。

しかし、その拘わりを自力で捨てて生きることは難しい。
凡人の容易に出来ぬことだ。
自然の一撃が自分から多くのものを奪った。
それを恩寵《おんちょう》と思うべきなのかもしれない。
仕切り直して生きる機会と思わなければならないのかもしれない。
振りかえると則子と律子が並んで歩いていた。
「律子。堀君ともう一度逢ってみよう」
律子は「ええ」と微笑した。
則子と二人で話す折がなかった。
「おい、お前達先に行け。お母さんと話がある」
「いいよ。姉さん来いよ」
繁と律子が前をやや早足で歩きはじめる。
則子と並ぶと、妙に照れくささが先に立った。
ともかく一歩から改めて出直すのだ、といいたかった。
力をかしてくれといいたかった。
しかし余り露骨な言葉は声にならない。

「アルバムは嬉しかった」

そういった。則子はうなずく。

「希望退職者の募集に応じようと思う」

「そう」

則子はそういって、はっきりとまたうなずいた。

それで万事通じたような気がした。

しばらく黙って歩いたが、結局繁たちの方へ大声を出した。

「おい。話は終った。待っていろ。四人で並んで帰るんだ」

短い幸せな時期かもしれなかった。

まだ力を失っていない濁流の傍を、四人で上流へ歩いた。

P+D BOOKS ラインアップ

三匹の蟹 大庭みな子 ●愛の倦怠と壊れた"生"を描いた衝撃作

冥府山水図・箱庭 三浦朱門 ●"第三の新人"三浦朱門の代表的2篇を収録

虚構の家 曽野綾子 ●"家族の断絶"を鮮やかに描いた筆者の問題作

地を潤すもの 曽野綾子 ●刑死した弟の足跡に生と死の意味を問う一作

プレオー8の夜明け 古山高麗雄 ●名もなき兵士たちの営みを描いた傑作短篇集

白球残映 赤瀬川隼 ●野球ファン必読!胸に染みる傑作短篇集

# P+D BOOKS ラインアップ

居酒屋兆治　山口瞳　●高倉健主演映画原作。居酒屋に集う人間愛憎劇

血族　山口瞳　●亡き母が隠し続けた私の「出生秘密」

岸辺のアルバム　山田太一　●〝家族崩壊〟を描いた名作ドラマの原作小説

マリリン・モンロー・ノー・リターン　野坂昭如　●多面的な世界観に満ちたオリジナル短編集

帰郷　大佛次郎　●異邦人・守屋の眼に映る敗戦後日本の姿とは

夢の浮橋　倉橋由美子　●両親たちの夫婦交換遊戯を知った二人は…

P+D BOOKS ラインアップ

城の中の城　倉橋由美子　●シリーズ第2弾は家庭内"宗教戦争"がテーマ

アマノン国往還記　倉橋由美子　●女だけの国で奮闘する宣教師の「革命」とは

青い山脈　石坂洋次郎　●戦後ベストセラーの先駆け傑作"青春文学"

水の都　庄野潤三　●大阪商人の日常と歴史をさりげなく描く

抱擁　日野啓三　●都心の洋館で展開する"ロマネスク"な世界

花筐　檀一雄　●大林監督が映画化、青春の記念碑作「花筐」

（お断り）
本書は２００６年に光文社より発刊された文庫を底本としております。
あきらかに間違いと思われるものについては訂正いたしましたが、
基本的には底本にしたがっております。
また、底本にある人種・身分・職業・身体等に関する表現で、現在からみれば、
不当、不適切と思われる箇所がありますが、著者に差別的意図のないこと、
時代背景と作品価値とを鑑み、原文のままにしております。

山田太一（やまだ たいち）
1934年（昭和9年）6月6日生まれ。東京都出身。1988年『異人たちとの夏』で第1回山本周五郎賞を受賞。脚本の代表作に『男たちの旅路』『それぞれの秋』『丘の上の向日葵』など。

# 岸辺のアルバム

２０１８年11月13日　初版第１刷発行
２０２４年５月15日　第８刷発行

著者　山田太一
発行人　五十嵐佳世
発行所　株式会社　小学館
〒１０１－８００１
東京都千代田区一ツ橋２－３－１
電話　編集　０３－３２３０－９３５５
販売　０３－５２８１－３５５５
印刷所　大日本印刷株式会社
製本所　大日本印刷株式会社
装丁　おおうちおさむ（ナノナノグラフィックス）


ISBN978-4-09-352351-6

P+D BOOKS